나미가 오지 않는 ──── 저녁

김영 소설

Bmk
magazine&publishing

노아의 방주 ◦ 9

오픈 게임 ◦ 41

나미가 오지 않는 저녁 ◦ 69

은빛 우산 ◦ 99

아르바이트 ◦ 125

이논 ◦ 153

홍콩 블루스 ◦ 181

해피 버스데이 ◦ 209

사과 ◦ 237

해설 — 임정균(문학평론가)
        저녁 이후에 오는 시간 ◦ 269

작가의 말 ◦ 286

노아의 방주

노아의 방주

　게임 톡에 접속하자마자 채팅창에 글이 올라온다. 노아는 헤드셋을 고쳐 쓴다. 이 세계에서 노아를 모르는 사람은 없다. 노아의 스타크래프트 통산 전적은 5만 전 4만 3천여 승, 승률 상위 1퍼센트에 속한다. 노아는 자칭 고수인 하수들과 또다시 2 대 2 게임을 시작한다. 오후의 팀 메이트 역시 간밤의 좀비#이다. 노아는 저그를, 좀비#은 프로토스를 선택한다. 상대방도 같은 종족 배치다. 예상보다 길어지긴 했지만 9분 40초 만에 상대를 격파하고 승리를 거둔다. 18연승이다.

　노아가 싱크대의 수도꼭지에 입을 갖다 댄다. 미지근한 수돗물이 목구멍을 적시는 동안 초인종이 울린다. 1층 할머니의 심술 맞은 얼굴이 떠오르는 바람에 콜록거리며 사레가 든다. 할머니는 밀린 수도세나 전기세, 방세 따위를 받으러 하루에 한 번은 방문하는 성실하고 성가신 집주인이다. 10분쯤 버티면 할머니는 혼자 손잡이를 비틀어대다 2층 층계를 내려갈 것이다. 현관에서 택배요, 택배, 라는 낯선 사내의 신경질적인 목소리가 들려온다.

비옷을 입은 택배기사는 저만큼 꽁무니만 보이고 현관 앞에 라면박스가 놓여있다. 발신인은 아빠다. 아빠는 수신인란에 엄마 대신 노아의 이름을 써놓았다. 상자가 보기보다 묵직하다. 부엌칼로 테이프를 가르고 내용물을 덮은 신문지를 벗기니 쌀, 김, 멸치, 캔 참치 등이 포장째 들쑥날쑥 들어있다. 당장 입에 털어 넣을만한 것은 없지만 모두 일용할 양식들이다.

김이 든 검은 비닐 사이로 하얀 봉투가 눈에 띈다. 편지 따위는 없고 두툼한 봉투 속에 낡은 지폐가 가득하다. 만 원짜리 스무 장, 천 원짜리 서른 장, 모두 이십삼만 원이다. 다시 한번 찬찬히 그것을 세어본다. 정확하게 이십삼만 원이다. 천 원짜리 서른 장은 아무래도 부록이나 사족처럼 여겨진다. 천 원짜리 삼만 원은 슬쩍해도 모양새가 나쁘지 않을 것 같다. 천 원짜리 서른 장보다는 만 원짜리 세 장이 날렵하고 간편해 보인다. 만 원짜리 열일곱 장과 천 원짜리 서른 장으로 이룬 이십만 원이 엄마에겐 더 감동적일 것이다. 좀처럼 소식 없는 아빠가 금액을 확인할 리 없고 그럴 일도 없어야 한다. 노아는 0.1초의 망설임도 없이, 만 원짜리 석 장을 뒷주머니에 챙겨 넣는다. 엄마의 몫이 담긴 봉투는 완전변태 참고서 한국 근현대사 중간에 끼워 둔다.

— 하이, 아피에서 보자.

소녀다. 가끔 문자는 주고받았지만, 소녀를 못 본 지 석 달이 넘었다. 소녀는 한 번도 먼저 보자고 연락해오는 법이 없는 졸라 약은 계집애다. 노아는 시시껄렁한 여자애들에게서 시시때때로 날아드는 애니팡 톡 사이로 즉시 콜을 보낸다. 피시방 근처 J 피자점에서 가장 비싸고 맛있는 피자를 사주겠다는 문자와 함께 업그레이드된 피자 이모티콘도 덧붙인다. 개미집 투시도 같은 화면은 일정하게 요동치고 커서는 계속 깜박인다. 게임과 게임 사이, 채팅은 욕투성이다. 노아는 좀비#에게 졸라 미안, 이라고 치고 나가기를 클릭한다.

소녀는 한참 동안 답을 달지 않는다. 글을 읽지도 않는다. 소녀는 또 제 아빠 핑계를 댈 것이다. 소녀의 엄마가 운영하는 어린이집에서 운전기사 일을 하는 소녀의 아빠는, 수업을 빼먹고 피시방에서 살다시피 하는 노아를 불가촉천민쯤으로 여긴다. 친아빠도 아니면서 소녀를 지극정성으로 에스코트하는 그는 외동딸 소녀를 명문대에 진학시키는 것이 지상 최대 목표인 소녀 엄마의 명을 받들어, 노란 학원버스로 소녀의 등하교는 물론, 주말 과외와 야간과외 때도 차를 태워준다. 그러니 노아는 도무지 자신을 만날 틈이 없다는 소녀의 말을 믿지 않을 수도 없다.

노아가 샤워를 하고 머리를 말리는데 또 초인종이 울린다. 이번엔 진짜 주인집 할머니다. 인기척도 없이 다가온 할머니는 집안에 누군가 있다는 것을 알고는 계속 초인종을 누른다. 문도 함께 두드린다. 귀를 막아도 소용없다. 안 열고는 못 배긴다. 인내와 끈기로 어우러진 노파의 집념에 대항할 세입자는 아무도 없을 것이다. 이럴 땐 차라리 문을 여는 편이 낫다. 때론 정면 대결이 가장 좋은 해결책이기도 하니까.

"노아 엄마 왔나?"

재가 간병일을 하는 노아의 엄마가 이 주에 한 번, 주말에만 온다는 걸 알면서도 할머니는 늘 같은 질문을 한다. 현관문을 다 열기도 전에 할머니의 고약한 입 냄새가 노아의 후각을 공격한다. 화장실 옆 하수구에서 나는 냄새와 비슷하다. 할머니의 마뜩잖은 표정은 변함없지만, 오늘따라 안색은 더욱 누르스름하다. 노아가 숨을 참으며 전방위 방어 태세로 선제공격에 나선다.

"여기요."

노아는 집안으로 들어서려는 할머니를 제지하기 위해 이십만 원이 든 하얀 봉투를 재빨리 할머니 앞에 들이민다. 할머니의 투미한 눈과 파리한 입술이 금세 벌어진다. 두툼한 돈 봉투를 받아 든 할머니는 손가락에 침을 퉤퉤, 뱉어가며 지폐를 한장씩 세어본다. 뒤편의 천 원짜리를 보는 순간 미간의 주름이 깊어진 할머니가 혼잣말을 내뱉는다.

"이걸로 또 몇 달을 개길 심산이구만, 쯔쯧!"

평소 같으면 이것저것 참견을 하고 갈 할머니가 현관에서 그냥 돌아선다. 지폐의 힘을 목도하는 순간이다. 할머니가 끄는 슬리퍼 소리가 점점 멀어진다. 폰 속 소녀는 여전히 묵묵부답이다. 대신 엄마에게서 문자가 와 있다. 엄마의 문자는 매번 길고 내용은 똑같다. 밥 챙겨 먹었나, 학교는? 수업 빼먹지 마라, 이제 고등학생이다, 공부에 집중해라, 재수는 안 된다, 과외는 못 시켜줘도 대학은 보내줄 테니까. 제발 게임 좀 줄이고 책도 좀 읽장……. 넹, 노아는 한 음절로 엄마의 다음 잔소리를 차단한다.

겉옷을 걸친 노아가 집을 나선다. 1층으로 내려가는 좁은 층계의 경사는 직각에 가깝다. 옥상 텃밭에 물을 주거나 빨래를 널고 걷기 위해 하루에도 몇 번씩 오르내리는 주인 할머니가 신기할 뿐이다. 물기 어린 가파른 층계를 급히 내려가다 미끄러지기라도 하면 1층 시멘트 바닥에 내동댕이쳐져 뇌진탕으로 죽을지도 모르는데, 약아빠진 일본원숭이 같은 주인 할머니는 곧 죽어도 눈앞에 돈만 보이는 모양이다. 무심코 붙잡고 있는 쇠 난간에서 녹물이 묻어난다. 칠이 벗겨진 손잡이 겸 난간에 옷이 닿지 않게 조심하며 층계를 내려온다. 땅바닥의 하늘색 페인트 찌꺼기들이 발바닥에 들러붙는다. 빗방울이 점점이 떨어지는가 싶더니 소강상태였던 비가 다시 후드득, 듣기 시작한다. 빗줄기가 제법 굵다. 장마철답게 비는 종일 오락가락, 하늘은 낮고 흐리다. 노아는 우산을 가지러 집으로 되돌아가지는 않는다. 허름한 우산을 쓰느니 차라리 비를 맞는 편이 낫다.

"하이야 하야 ……."

층계를 다 내려서서 주인 할머니 집 현관을 지나 대문으로 향하는데 대문 옆 화장실에서 할머니의 신음이 들려온다. 노아의 인기척을 들었는지 할머니가 목소리를 높인다. 나사가 빠져 삐딱하게 닫힌 화장실 문 사이로 할머니의 주저앉은 모습이 보인다. 노아를 본 할머니가 더욱 다급하게 쉰 소리를 낸다. 혼자 사는 주인 할머니는 노아가 들을 수 있게 여태 고함을 질러댄 모양이다. 노아는 차마 그냥 지나치지 못하고 그 자리에 멈춰 선다. 조금 전 할머니와 말을 섞은 여파랄까. 평소 같으면 할머니와 눈도 마주치지 않았을 것이고, 신경도 쓰지 않고 튀어 달아났을 것이다. 화장실 바닥에 주저앉은 채 두 손만 간신히 까딱거리는 할머니는 언제 엉덩방아를 찧었는지 그 자리에서 일어나지 못하고 뒷벽에 붙어 나자빠져 있다. 노아가 다가가 부축해서 일으키려 하자 손사래를 치며 비명을 질러댄다. 이런 쉬바, 화변기에 대변이 한 무더기 고여 있다. 일단 코를 막고 파이프 밸브를 열어준다. 코로로록, 물이 쏟아지며 변기에 고여 있던 대변을 쓸어간다. 할머니의 누리끼리한 엉덩이와 사타구니 그리고 노아의 흰 운동화에도 똥물이 튄다. 쓰발!

그래, 이럴 때 119를 불러야 하는 거지. 노아는 집 위치를 꼬치꼬치 묻는 소방대원과 통화를 하면서 존나, 재수 없다는 생각이 든다. 지난 만우절에 장난 전화를 건 적이 있었는데 혹, 자신의 목소리를 알아보는 건 아닐까. 하지만 지금은 100

퍼센트 리얼이다. 혹시 그렇더라도 정상 참작해주겠지. 꼼짝 못 하는 할머니는 입만은 살아서 딸도 불러달란다. 남에게 현관문 비밀번호를 주저 없이 불러준다는 건 겁나 다급한 상황임에 틀림없다. 노아가 급히 할머니 집 방 안으로 들어간다. 안방의 커다란 텔레비전이 저 혼자 큰소리로 떠들고 있다. 전화기 앞 벽면에 휴대폰 번호가 적힌 종이쪽지가 붙어있다. 노아는 텔레비전 전원을 끄고 맨 위 칸의 큰딸 상화, 라고 적힌 번호를 누른다. 다행히 딸이 즉각 전화를 받는다. 놀라는 딸, 상화에게 상황을 대충 말해주고 급히 수화기를 내려놓는다. 전화기 옆 검은 성경책 갈피 속에 노아가 할머니에게 건넨 하얀 봉투가 끼워져 있는 게 보인다. 노아는 얼른 그걸 제 호주머니에 집어넣는다. 제 것을 챙기는 듯 아무 거리낌이 없다. 그것은 세상에서 자신이 가장 불행하고 박복하다는 생각에 사로잡혀있는 엄마, 박미경 여사에게 아빠가 모처럼 보낸 사랑의 정표 아닌가. 그 돈은 누가 뭐래도 엄마의 것이고 엄마로부터 흘러나와야 한다. 노아가 소녀에게서 문자가 와 있나 확인해본다. 아직 1이라는 숫자가 지워지지 않고 그대로 있다.

할머니 몸이 그새 바닥에 축 늘어져 있다. 노아는 할머니 몸에 손을 대지 않고 그대로 내버려 둔다. 귀찮기도 하지만,

쓰러진 사람을 함부로 건드려선 안 된다는 것을 어디선가 주워들은 기억이 났기 때문이다. 노아는 달리 할 일도 없고 해서 대문 속 쪽문을 나서려고 몸을 굽히다가 구급대원들과 맞닥뜨린다. 아무리 소방서가 길 건너편에 있다 해도 너무 빨리 출동한 것 아닌가. 구급대원 둘이 군데군데 빗물이 고인 마당에 들것을 내려놓고 할머니를 안아 올려 눕힌다. 비 때문인지 눈을 감고 있는 할머니는 한마디 말도 내뱉지 못한다. 평소 할머니 성격이라면 온갖 말을 다 지껄였을 것이다. 아직 딸은 도착할 기미를 보이지 않고 노아가 보호자로 따라가야 할 상황이다. 이런 시벌!

노아는 소녀를 만나기는커녕 난데없이 119구급차에 오른다. 인근 종합병원 응급실에 도착하고 보니 무슨 구경거리라도 난 듯 사람들이 쳐다본다. 존나 쪽팔린다. 노아는 할머니가 옮겨진 간이침대 곁에 어정쩡하니 붙어서 있다가 간호사가 물어보는 말에 시큰둥하니 마지못해 대답한다. 노아가 이층집에 세 들어 사는 학생이라는 걸 말끝마다 덧붙이자 간호사는 노아를 확인하듯 한 번 쏘아본다. 드넓은 응급실은 아픈 사람은 물론, 하얀 가운을 입은 의료진과 보호자들로 붐빈다. 할머니의 침대는 대기 상태로 응급실 한가운데 놓여있다.

긴박하고 소란스러운 응급실은 왠지 활기가 넘쳐 보인다. 그렇지만 다치거나 아파서 급하게 병원으로 실려 오는 사람들과 가까이서 부대끼니 노아는 괜히 마음이 심란해진다. 매일 아픈 사람을 대해야 하는 엄마 생각도 난다. 엄마의 엄마는 요양병원에 두고 다른 노인을 돌보는 엄마의 심정은 어떠한 것일까. 그래도 난리 북새통 같은 병원보다는, 잘 가꾸어진 정원과 연못도 있다는 주택에서 재가 간병일을 하는 엄마가 좀 더 낫겠다는 생각이 든다. 따분해진 노아가 정수기에서 물을 따라 마시려는데, 할머니의 큰 딸인 듯 덩치가 산만 한 아줌마가 침상을 두리번거리면서 다가오는 것이 보인다.

"엄마, 괜찮나? 아이구, 이게 무슨 난리야!"

헝클어진 머리칼을 쓸어 올리며 씩씩대는 딸은 엄마 또래쯤으로 보인다. 노아는 고맙다는 인사도 없이 허둥대는 딸에게 할머니를 인계하고는 얼른 응급실 문을 나선다. 응급실 주변 마당은 차량으로, 보호자로, 링거를 꽂은 환자들로 어수선하다. 노아는 병원을 뒤로하고 대로를 향해 뛰다시피 걷는다. 소녀에게선 여전히 연락이 없지만, 호주머니에 두툼하니 돈봉투가 집히는 것이 씨익, 입가에 미소가 절로 인다. 막노동을 하고 일당이라도 받은 기분이다. 내일모레면 돈을 받아 들고

기뻐할 엄마의 얼굴을 떠올리니 더욱 흐뭇해진다. 그래, 누가 뭐래도 이건 처음부터 엄마의 몫이었던 거다.

소녀랑 자주 만났던 아이센스 피시방은 병원 건너편 시장통에 있다. 노아는 8차선 도로를 무단횡단하려다 멈칫한다. 가로수 사이로 사망사고의 뺑소니 차량을 찾는다는 플래카드를 발견하고는 육교 층계를 용수철처럼 뛰어오른다. 육교에서 내려다보는 거리의 간판들이 만장 같다. 참을 수 없는 존재의 가려움을 완화시킨다는 치질 연고가 사방연속무늬로 붙은 우리 약국을 시작으로 도시는 온통 광고로 뒤덮여있다. 빼곡한 로고와 문자들이 자신의 존재 이유를 드러내 보이는 끝자락에 푸른 유리로 외관을 리모델링한 보람상조 건물이 있다. 4층 아이센스 피시방은 언제부턴가 게임을 하는 아이들보다 잠을 자는 어른들이 더 많아 부쩍 후진 곳이 되어버렸다. 피시방 절반을 만화방으로 내주면서 분위기가 바뀐 것이다.

노아는 소녀에게 또 문자를 하려다 망설인다. 노아의 문자를 대하는 소녀의 자세는 그녀만의 특기이자 무기이다. 여태 아무 대꾸가 없는 걸 보면 소녀는 오늘도 약속을 지키지 못할 모양이다. 자의든 타의든 소녀는 말과 행동이 다른 애니까. 배에서 꼬르륵 소리가 난다. 신제품 컵라면을 먹는 뚱보 개그맨의 얼굴이 캐리커처로 그려진 편의점 파란 배너 앞에서 발걸음을 멈춘 노아는 라면으로 애벌 요기를 할 생각에 침이 고인다. 봉투를 건드리지 않고도 소녀에게 피자를 사주고 컵라면 하나 정도는 너끈하게 사 먹을 수 있다.

어릴 때부터 식사 대용이었지만 한 번도 질린 적 없는 라면은 누가 뭐래도 노아의 몸과 마음을 이완시켜주는 힐링 식품이다. 노아가 피시방에서 막 출시된 카레 라면을 끓여주었을 때 소녀는 엄지척을 해주었다. 학교 때려치우고 피시방에서 라면이나 팔까? 종일 게임도 하면서……. 소녀는 한심하다는 듯 눈을 흘겼다. 그렇지만 노아는 진심이었다. 스타크래프트 프로게이머 임요환이 이상형이었고, 블리자드의 마이크 모하임 CEO가 궁극적 목표였으므로, 피시방을 운영하며 맛있는 라면을 파는 것은 꿈을 위해 반드시 내디뎌야 할 첫걸음일지도 모른다.

실은 언젠가 배틀넷을 통해 데뷔하거나 E 스포츠의 중계자가 되는 것이 노아의 진짜 꿈이다. 관전 포인트가 아쉬운 스타크래프트2나 스타리그보다는, 안정적인 화면을 제공해 중계가 용이한 리그 오브 레전드가 매력적이다. 리그 오브 레전드의 개발사인 라이엇 게임즈는 세계 최강팀을 가리는 월드 챔

피언십을 개최하며 E 스포츠 팬들의 관심을 모은 바 있다. 얼마 전 월드 챔피언십 결승전이 서울 상암에서 개최됐을 때는 무려 4만 명이 넘는 유료관객들이 참가했다. 그때 노아는 실버 석을 예약하고도 입장료 이만 오천 원을 제때 송금하지 못해 참석하지 못했다.

맛있는 라면을 먹으며 안락한 공간에서 게임을 할 수 있다면, 게이머들은 행복할 것이다. 피시방은 행복한 놀이터여야 한다는 것이 노아의 모토다. 맛있는 것 또한 행복이므로 라면은 행복의 중심에 있어야 한다. 피시방을 운영하려면 피시방의 주메뉴인 라면에 대해 잘 아는 것이 유리하다. 그래서 노아는 웹 서핑으로 세계의 라면 종류와 노르웨이 라면왕 아저씨에 대해서도 조사했다. 석 달 전, 한 식품 회사의 라면 축제 때는 수업을 빼먹고 행사장에 가서 라면 다섯 봉지가 부상인 참가상을 받아오기도 했다.

그날 노아는 소녀에게 자신의 계획을 말해주었고 원한다면 라면코너를 맡기겠다고 선언했다. 내내 콧방귀를 끼던 소녀는 해당 사이트의 인증샷과 댓글을 보고서야 감탄사를 아끼며 고개를 끄덕였다. 미완성에 좀 유치하긴 해도 노아는 소녀에게 라면에 대한 자작 랩까지 들려주었다. 소녀는 그날 노아에게 완전히 반한 듯했다. 별에서 온 그대의 주인공처럼 오래 오래 키스할 수 있었으니까. 둘은 그날 처음으로 하나가 되었다. 그러나 어느 정도 레벨을 올리고 나면 다소 심드렁해지고 레벨 또한 좀처럼 오르지 않는 게임의 세계처럼 노아는 한동안 소녀를 만날 수 없었다.

— 어디? 나 학원 찍고 아피 앞

역시 소녀다. 노아를 들었다 놓았다 하는 것은 여전하다. 노아는 설익은 컵라면의 국물을 먼저 한 모금 맛본다. 익지 않아 딱딱한 면발은 과자처럼 고소하다. 차츰 쫄깃해지는 면발이 목구멍을 넘어간다. 매콤하면서도 시원한 국물은 온도에 따라 다른 맛을 자아낸다. 후루룩, 반쯤 남은 컵라면을 마시다시피 들이켜고는 자리에서 일어선다.

"야, 올만!"

모퉁이에서 소녀를 본 노아는 반가워 눈물이 날 지경이지만 쿨한 척하느라 한 손을 높이 들어 보이고는 건물 층계를 오른다. 4층까지 단숨에 이른 노아가 출입문 위쪽 유리를 통해 피시방 안을 들여다본다. 카운트 옆 구석진 곳에 자주 보는 늙은 취준생 둘이 엎드려 자는 모습이 보인다. 늘 앉는 노아의 의자엔 아웃도어 차림의 중년 사내가 벌써 자리를 차지하고 있다. 피시방은 바로 옆 만화방보다는 비싸지만, 이 시각이면 하룻밤 쪽잠을 자려고 입장한 노숙자 아닌 노숙자들로 물이 흐려지기 시작한다. 노아의 밥인 중학생 조무래기들은 한 명도 보이지 않는데도 빈자리가 없다. 노아와 나란히 앉아 게임을 하기는커녕 혼자 앉을 자리마저 마땅치 않다. 별수 없이 층계를 서너 개씩 건너뛰어 내려오는데 백 팩을 둘러멘 소녀가 팔짱을 낀 채 노아를 노려보고 있다. 창백하리만치 하얀 얼굴, 작은 어깨를 덮은 풍성하고 검은 머리칼, 하얀 블라우스와 푸른 체크무늬의 짧은 교복 치마, 웹툰 속 여주인공 코스프레가 따로 없다.

"피자 사준다며? 이거 어디서 퍽쳤냐?"

소녀가 엄지와 검지를 동그랗게 말아 보이며 놀린다. 노아는 소녀의 상큼 도톰한 입술에서 험한 말이 나올 때마다 신기하다 못해 신선한 느낌이 든다. 노아는 소녀와 눈을 마주치지 못하고 소녀 등짝에 붙은 불룩한 백팩을 툭툭, 친다.

"웬 거냐?"

"나 집 나왔어."

소녀가 뾰로통하니 입을 내민다. 노아는 흥, 하며 가볍게 콧방귀를 날린다. 임기응변에 능한 소녀의 말을 곧이곧대로 믿다간 망한다. 물론 대부분은 소녀의 아빠 때문이라는 것을 잘 알고 있다. 애정 표현이 과하다는 소녀의 아빠가 친아빠가 아니기에 그녀의 거취가 더욱 자유롭지 못하다는 걸 이해 못 하는 것도 아니지만 소녀는 그날 이후 번번이 약속을 어긴다. 아빠를 방패 삼아 다른 녀석들을 만나고 다니는지도 모른다. 덕분에 노아는 뜻밖의 오기가 생겼다. 게임으로 끝장을 보는 게 그것이다. 남들은 중독이라 하겠지만 노아는 차근차근 게임 레벨을 올리는 중이다. 게임으로 대학을 갈 수 있다면 어디든 자신 있다. 대중적인 메이플스토리 광일 뿐인 소녀는 깜냥도 안 된다. 정시든 수시든, 적어도 소녀가 가는 대학보다는 순위가 높은 대학에 원서를 낼 수 있을 것이다. 아니 그녀는 쳐다보지도 못할 위치에 올라 그녀만의 해바라기가 될 작정이다.

"뻥 치시네!"

"정말이야!"

소녀는 전에 없이 심각한 표정이다. 소녀보다 한 걸음 앞장 선 노아는 줄지어 선 건물의 핸드폰 대리점과 크리스털 존, 팬시 선물점 등을 지나쳐 두 판 시키면 한 판이 공짜라는 붉은 광고지가 나붙은 피자가게로 들어선다. 인근 보습학원에서 수업이 끝났는지 가게 안은 학생들로 만원이다. 적당히 끼어

든 노아가 쉬림프 골드 레귤러 한판을 주문하고 피자점을 빠져나온다. 소녀가 개업 화환이 놓인 팬시점 앞으로 노아를 이끈다. 작은 인형과 필기구, 열쇠고리 등이 빼곡히 진열된 쇼윈도 조명이 지나치게 밝고 화려하다. 튼실한 노아의 상반신과, 상대적으로 더 야위어 보이는 소녀의 실루엣이 유령처럼 유리에 겹쳐 비친다.

"저거, 예쁘지?"

소녀가 엄마 코알라에게 업혀있는 아기코알라를 가리킨다. 노아가 성큼 가게로 들어가 냉큼 그 열쇠고리를 집어 든다. 생각보다 비쌌지만, 거금이 있으니 아무 문제가 없다. 엄마의 몫이 조금 줄어들긴 해도 그게 없어진 게 아니라 소녀에게로 간 거니까. 코알라의 앙증맞은 얼굴이 잘 보이도록 소녀가 백팩 지퍼에다 그걸 매단다. 잠시 소녀의 표정이 밝아진다. 소녀가 담배 두 개비를 꺼내 노아에게도 하나 물려준다. 붉은색 말보로는 가끔 노아가 피시방에서 피우던 흰색보다 가늘고 독하다. 안개비가 흩뿌리는 거리에서 들이켜는 담배가 매큼하면서도 달다. 소녀는 누가 쫓아오기라도 하듯 허공에다 급하고 강한 연기를 뿜어댄다.

"집 나왔다며?"

"나 좀 재워줄래?"

소녀의 애매한 표정과 말투는 애교도 아니고 엄살은 더더욱 아니다.

"너 하는 거 봐서."

노아가 놀리자 소녀가 눈을 흘긴다. 입가엔 쓸쓸한 미소가 번진다.

"근데 너네 집 무슨 일 있냐?"

노아가 정색하고 묻는다. 소녀는 대꾸 없이 담배만 거푸 피워댄다. 소녀의 그윽한 눈빛이 장난을 치는 것 같지는 않다. 오락가락하는 비처럼 갈피를 잡을 순 없지만, 평소보다 차분하고 어둡다. 피자가게에서 학생들이 무더기로 빠져나온다. 주머니에 넣어 둔 진동벨이 울린다. 노아가 꽁초를 하수구 구멍에 내던지고 가게로 들어간다. 담배를 마저 피운 소녀가 뒤따라 들어와 빈 의자에 아무렇게나 자리 잡는다. 노아가 소녀 앞에 피자 접시를 내려놓고 소스를 뿌리는 동안 소녀는 노아가 하는 양을 멍하니 쳐다만 보고 있다.

"뭐 열 받은 일 있냐?"

"제길, 몇 달째 소식이 없어."

"누가?"

"야, 너 건너편 약국에 가서 시약 좀 사 올래?"

노아는 피자를 한 입 베어 물다 혀를 깨문다. 그날 소녀는 피를 흘리지 않았다. 노아는 조금 실망했지만, 그것 때문에 소녀를 의심하거나 전근대적인 남자가 될 생각은 없었다. 자신은 쿠울하니까. 문제는 소녀가 노아보다 더 쿠울하다는 거였다. 매번 소녀는 노아보다 한 수, 아니 몇 수 위였다. 노아가 소녀의 배를 흘끔 쳐다본다. 소녀의 가느다란 허리가 접힐 듯 홀쭉하다.

"야, 너 자꾸 뺑 치지 마."

노아의 목소리가 한 톤 높아진다. 노아는 크러스트와 핫소스를 잔뜩 뿌린 피자 한 조각을 통째 입속에 욱여넣는다.

"흥! 왜, 겁나냐? 걱정 마, 죽어버리면 되니까."

소녀가 피식 헛웃음을 흘리며 포크를 피자에 내리찍는다. 평소에도 죽고 싶다는 말을 입에 달고 사는 소녀이긴 하지만 오늘은 더욱 수위가 높다. 게다가 진지하기까지 하다. 노아는 어처구니가 없어 아무 대꾸도 하지 않고 피자만 집어 먹는다.

"야, 내 말 씹냐? 나 오늘 죽을 수도 있다니까!"

소녀의 음성이 갈라진다. 직설적이고 터프한 소녀의 말이 가시처럼 목구멍에 턱 걸린다. 소녀는 피자 한 점 맛보지 않고

28

포크를 던지듯 내려놓는다.

"진짜 죽을 사람은 죽는다고 말하지 않거든."

노아도 더는 참지 못하고 소녀의 말을 받아친다.

"야!"

소녀가 냅다 고함을 지른다. 주변 손님들이 일제히 두 사람을 돌아본다. 소녀의 히스테리에 익숙해져 있는 노아는 그리 놀라지 않는다. 다만 기분이 좀 나쁠 뿐이다. 이럴 땐 맞짱 뜨거나 어긋나기 작전으로 나가야 한다.

"나 지금 무지 배고프거든. 곧 뒈질 것 같거든."

노아가 게걸스레 피자를 먹어치운다. 목이 멘 노아가 벌떡 일어나 콜라를 리필해 온다. 벌컥거리며 들이켜는 노아를 가만히 노려보기만 하던 소녀가 테이블 위에 뺨을 대고 엎드려 버린다. 또르륵또르륵, 손가락 끝으로 피아노 치듯 바닥을 두드려대는 것이 힘이 하나도 없어 보인다. 이 정도에서 성질을 죽일 소녀가 아닌데 뭔가 일이 단단히 생겨버린 것 같다. 노아는 남은 피자를 마저 입에 털어 넣으며 소녀의 백팩을 챙겨 든다.

"가자, 오늘 마누카 허니 아이스크림에다 서방님이 레벨 왕창 올려줄 테니까."

"미쳤냐? 누가 내 서방이래?"

소녀는 노아의 말을 거칠게 받아치면서도 슬그머니 자리에서 일어난다. 노아는 소녀에게서 불쑥불쑥 뿜어져 나오는 불온한 기운이 불안하다. 소녀의 말이 부디 농담이길 바라는 마음 가득하지만, 걱정되는 것도 사실이다.

"나 오늘 돈 많아. 우리 기분 전환하러 가자."

"야, 난 정말 죽고 싶다니까. 수면제 모아둔 것도 있어."

소녀가 노아의 귀에다 대고 뇌까린다. 노아는 소녀의 얼굴에 피로감이 팽배해 있음을 본다. 그림자처럼 붙어선 소녀에게서 시든 장미꽃향이 나는 것도 같다. 어중간한 성적과 아빠의 과한 관심, 엄마의 욕심 등으로 공부 스트레스 또한 장난아닌 소녀는 정말 죽고 싶은지도 모른다.

"너 자꾸 까불래?"

"그만 됐고, 나 피곤해. 너네 집에 아무도 없지?"

"우리 집엔 왜?"

"걱정마, 거기서 뒈지진 않을 테니까."

소녀가 도로에 내려서더니 다짜고짜 택시를 잡는다. 노아는 소녀에게 들릴 듯 말듯 씨발, 욕을 하며 땅에다 침을 뱉는다. 기분이 엉망일수록 게임 생각이 간절해진다. 노아의 손가락이 근질거린다. 시계를 보니 저녁을 먹고 야자를 빼먹은 친구들과 한창 게임에 몰두할 시간이다. 소녀가 먼저 택시에 몸을 밀어 넣는다. 어쩌면 소녀는 그날처럼 노아의 품에 다시 안기고 싶은지도 모른다. 택시기사의 같잖아하는 눈빛을 쏘아보며 노아가 소리를 내지른다.

"불이동 버스 종점이요!"

집 앞 산복도로에서 차가 멈춘다. 길이 좁고 경사가 급해도 집으로 가는 지름길이 시작되는 곳이다. 시간도 택시비도 절약할 수 있어 일석이조다. 꾸벅꾸벅 졸던 소녀가 눈을 뜬다. 머리가 희끗한 택시기사는 말없이 차비를 받고 거스름돈을 내준다. 노아는 한풀 꺾인 소녀의 늘어진 몸을 끌어안고 부축하듯 내린다. 그동안 바깥은 어둠이 내렸고 빗줄기가 굵어졌다. 소녀는 하품을 하며 손수건을 펼쳐 머리에 쓴다. 시멘트로 아무렇게나 포장된 집 앞 오르막길에는 여기저기 길고양이들의 똥이 싸질러져 있다. 집 없는 녀석들의 집단 퍼포먼스 장소인 듯하다. 좁은 골목길에 빗물로 짓이겨진 똥을 피하느라 둘의 시선은 온통 땅바닥을 향한다. 노아는 집으로 가는 길이 좁고 가팔라 지난번에도 소녀에게 쪽팔리고 미안했던 기억이 난다. 생뚱맞게 밝은 가로등 덕분에 비를 맞고 있는 골목의 치부가 오롯이 드러난다. 소녀가 코를 막고 미간을 한껏 찌푸린다. 노아는 소녀의 책이라도 찢어서 똥을 덮어버리고 싶은 심정이다. 그러나저러나 한눈을 팔거나 방심하면 재수 옴 붙기에 십상이다. 다행히 둘은 무사히 언덕배기에서 제일 높은 집 녹색 대문에 다다른다.

"아, 학생, 아깐 고마웠어. 집 좀 잘 부탁해."

막 대문을 나서던 할머니의 딸이 노아에게 아는 체를 한다. 딸은 응급실에서 볼 때와 사뭇 인상이 달라 보인다. 가로등 불빛 때문인지 그 새 볼살이 좀 빠진 것 같기도 하고, 너구리처럼 눈가가 까매진 것 같기도 하다. 커다란 우산을 받쳐 든 그녀는 쇼핑백에 입원 용품이라며 무언가를 잔뜩 챙겨나간다. 그녀는 노아의 뒤에 서 있는 소녀를 흘깃 쳐다보는가 싶더니 이내 등을 보이고는 골목을 빠져나간다.

"도둑년 같은데?"

노아가 소녀의 입을 틀어막는다. 둘은 비를 피하느라 가파른 층계를 단숨에 오른다.

"야, 너네 집은 어째 텔레비전도 없냐?"

거친 숨을 내쉬며 안방에 들어선 소녀가 가방도 벗지 않고 이죽거린다. 소녀는 지난번에도 텔레비전 타령을 했었다. 노아는 바닥에 깔린 이불을 발로 밀치며 소녀가 앉을 자리를 만들다 만다.

"야, 나가자, 저 아래 무지 큰 티브이 보여줄 테니까."

노아가 소녀의 등을 떠밀다시피 돌려세운다. 숨 고를 틈도 없이 방을 나선 소녀가 현관에 오뚝, 멈춰 선다. 소녀의 큰 눈이 티모 모자를 놓칠 리 없다. 리그 오브 레전드 준결승전 때 공동구매해서, 엄마가 처녀 때 수놓았다는 범선 풍경 액자 위에 고이 모셔둔 것이다. 소녀가 냅다 그걸 벗겨 머리에 써본다. 모자 아래 숨어있던 범선 세 척이 오롯이 드러난다. 소녀가 그걸 자세히 들여다본다. 돛 세 개가 팽팽하게 수놓아진 범선의 정교함을 살펴본 소녀가 감탄사를 연발한다. 노아는 언젠가 그것이 소녀의 것이 되리라 생각한다.

노트북을 집어 든 노아가 소녀를 앞세우고 층계를 내려간다. 개구리 왕눈이를 연상케 하는 커다란 안경이 고글 같다. 비는 여전히 쏟아지는데, 안경이 부착된 티모 모자를 쓴 소녀는 난간도 잡지 않고 빠르게 층계를 내려간다. 가속도가 붙은 소녀는 가파른 층계도, 폭우도 겁내지 않고 씩씩하게 발을 내딛는다. 노아는 노트북을 옷자락으로 감싼 채 엉거주춤 소녀를 뒤따른다. 소녀가 노아를 이끌고 내려가는 형국이다. 어찌

된 일인지 층계는 빗속에서 오히려 안전해 보인다.

할머니의 딸이 문단속을 했겠지만, 비밀번호를 알고 있으니 아무 문제가 없다. 할머니는 어쩌면 수술을 해야 하거나 아니면 영영 집에 돌아오지 못할지도 모른다. 적어도 오늘 밤은 아무도 이곳에 오지 않을 것이다. 노아는 호기심과 기대로 달뜬 소녀를 이끌며 능숙하게 현관문을 열고 집안으로 들어선다. 어스름한 실내는 꿉꿉한 기운과 함께 곰팡내가 동시에 나더니 이내 아무렇지도 않아진다. 노아는 자개 일색인 농과 문갑, 커다란 화장대가 빙 둘러 놓인 안방 벽을 더듬어 스위치를 올린다. 높다란 천장엔 가느다란 형광등 둘이 맞대져 있지만, 한쪽에만 불이 온다. 비가 샜는지 천장 곳곳에 거뭇한 얼룩이 보인다. 티모 모자와 젖은 블라우스를 벗어던진 소녀가 발라당 보료 위에 드러눕더니 폰을 꺼낸다. 엄지 두 개로 빠르게 문자를 보내던 소녀가 씨발, 개새끼, 하며 폰의 전원을 꺼버린다. 노아는 못 들은 척 텔레비전을 켜고 볼륨을 조절한다.

"야!, 담배 남은 거 없냐?"

소녀가 누운 채 손바닥을 내민다. 노트북을 열던 노아가 소녀의 손을 쳐낸다. 잠깐 스치는 소녀의 손에서 차고 습한 기운이 느껴진다.

"넌 이제 피우면 안 되잖아!"

노아는 자신도 모르게 튀어나오는 어투가 어릴 적 아빠의 말투와 닮았다고 생각한다. 만나는 이마다 해병대 출신임을 강조하던 아빠는 크고 호탕한 목소리에 때로 폭력적이어서, 엄마는 물론 노아를 자주 주눅 들게 했었다.

"왜 안 되는데? 나 죽을 거야, 실컷 먹고."

자리에서 벌떡 일어난 소녀가 또 시비를 건다. 노아는 슬그머니 자리를 피한다. 피자 한 점 먹지 않은 소녀는 정말 배가 고파 헛소리를 하는 것인지도 모른다. 노아가 부엌으로 가 냉장고 문을 열어본다. 냉장고 안은 된장, 고추장, 김치 따위를 넣어 둔 플라스틱 통이 몇 개 들어있을 뿐 당장 입에 털어 넣을만한 것은 없다. 시큼하고 알싸한 김치 냄새가 코를 찌르자 금세 침이 돈다. 노아가 냄비에 물을 붓고 가스 불을 켜더니 소녀에게 말할 새도 없이 후다닥 현관을 뛰쳐나간다.

노아는 자신의 몸이 흠뻑 젖은 뒤에야 집에 라면이 한 개도 없다는 걸 알아차린다. 빈손으로 돌아온 노아에게 소녀가 수건을 대령한다. 잠시 혼자 두었더니 소녀는 그새 철이라도 든 모양이다. 노아는 머리의 물기를 털어내며 어릴 적 주일학교에서 처음 만난 소녀와 소꿉놀이하던 기억을 떠올린다. 소녀는 늘 노아의 아내가 되어주었다. 소녀 역시 어리고 철없는 남편인 노아를 싫어하지 않는 눈치였다. 노아는 아빠처럼 전근대적인 아빠 흉내를 냈고, 소녀는 제 엄마처럼 나긋나긋한 서울 말씨로 잔소리를 해댔다. 그때만큼 두 사람이 순수했던 적도 없었을 것이다.

노아는 부엌 선반 위에서 쇠고기라면 한 개를 기어코 찾아낸다. 먼지가 앉은 봉지를 찢으니 텁텁한 냄새가 확 풍겨온다. 스프를 먼저 풀고 팔팔 끓여내도 냄새는 여전하다. 면발은 불고 국물은 졸아든다. 김치통의 새큼한 김치와는 그런대로 어울린다. 노아는 김칫국물을 넣은 라면 국물을 몇 모금 마셔본다. 곰삭은 젓갈 때문인지 여태 맛보지 못한 깊고 오묘한 맛이 난다. 소녀는 콧구멍과 입을 틀어막고 텔레비전 앞으로 달아난다.

채널을 돌리던 소녀가 슈퍼맨 아가들의 먹방 대결이 나오는 예능프로에 채널을 고정한다. 먹성 좋은 아가들이 돼지갈비와 족발을 양손에 쥐고 뜯어먹는 장면과 소녀보다 몇 곱절은 어린 여자애가 그 아기들을 챙기고 닦아주는 모습에 소녀가 빠져든다. 죽을 거라며 헛소리를 지껄이던 소녀가 잠잠히 텔레비전에 집중하는 것을 보니 노아는 한결 마음이 놓인다.

라면 건더기만을 대충 해치운 노아는 최신 웹툰 동영상을 검색하다 말고 소녀 곁에 다가간다. 노아가 소녀를 뒤에서 끌어안는다.

"야, 우리 그냥 결혼이나 할래?"

노아는 한 손으로 텔레비전 음소거를 하며 진지하게 속삭인다.

"네가 아빠라고 장담할 수 없어."

이런 존나. 순간 노아가 소녀에게서 뚝, 떨어진다. 불쑥 내뱉는 소녀의 대답이 가관이다. 노아는 할 말을 잃는다. 잠시 노아의 것도 소녀의 것도 아닌 침묵이 흐른다. 소녀는 간간이 한탄인지 한숨 소리인지 모를 신음을 뱉어냄으로써 자신이 한 말에 진정성을 더하고 있다. 소녀가 다시 음 소거를 누르고 볼륨을 높인다. 경쾌한 차림의 쇼 호스트가 현란한 색감의 아웃도어를 요란하게 소개하고 있다. 소녀는 노아가 먼저 무언가 질문해주기를 바라는 듯 끝내 입을 열지 않는다. 노아는 뭐라 말할 수 없는 감정들을 언어로 표현하는 방법을 모른다. 마주친 적 없는 낯선 침묵 사이로 오직 게임의 세계가 떠오를 뿐이다. 소녀는 아예 화면 속으로 들어가 버린 듯하다.

노아는 다시 폰으로 회귀한다. 액정에서 호모 모빌리스의 귀환을 환영하는 이모티콘이 쏟아져 나온다. 노트북과 폰에서 스테레오로 깜빡이는 좀비#의 초대를 뿌리치고 신생 게임존으로 들어간다. 갓 출시되어 그래픽이 장난 아닌 갓 오브 하이스쿨의 캐릭터를 늘려가는 동안 소녀는 한마디 말도 건네지 않는다. 자동공격도 가능한 팀 레벨 5까지 이르자 소녀의 코 고는 소리가 들려온다. 조용하던 방안이 소녀의 숨소리로 가득 찬다. 이런 미친. 소녀에게 또 속은 것일까. 밀당의 지존, 소녀답다. 그제야 노아는 다리를 뻗고 자리에 눕는다. 단잠에 빠진 소녀가 깨어나 죽어버릴 확률은 제로에 가깝다. 노아도 폰을 내려놓고 눈을 감는다.

까무룩 잠들었던 노아가 요의를 느끼고 눈을 뜬다. 국물이 반쯤 남아있는 라면 냄비에다 실례지만 실례를 한다. 소변 줄기만큼이나 소리가 굵다. 다행히 냄비가 넘치지는 않는다. 지린내 나는 손가락에 피 같은 것이 묻어난다. 화장대 거울에 비친 노아의 얼굴이 피투성이다. 굳어버린 피에서는 립스틱 냄새가 난다. 주인 할머니 냄새 같기도 하다. 노아가 얼굴에 묻은 립스틱 자국을 휴지로 문질러 닦아낸다. 거울 속 노아의 얼굴은 발진이 돋은 것처럼 얼룩덜룩하다. 목 주위 티셔츠 깃에도 핏빛 흔적이 지저분하게 묻어있다. 옷을 빨거나 어쩌면 버려야 할지도 모른다.

곤히 자는 소녀의 오른손에 립스틱이 쥐어져 있다. 노아가 립스틱을 가만가만 빼낸다. 립스틱은 닳고 부러져 밑바닥이 거의 다 드러난 상태다. 그래도 소녀의 얼굴 정도는 충분히 커버할 수 있다. 소녀의 검고 긴 머리칼을 조심스레 걷어내자 희다 못해 푸르스름한 뺨과 목덜미가 드러난다. 좀비 놀이라도 한 듯 소녀의 이마는 이미 노을보다 붉다.

새끼손톱만 한 바퀴벌레 한 마리가 소녀의 발치에서 꼼지락거리는 것이 보인다. 통통한 흑갈색에 윤기마저 나는 녀석은 가끔 노아의 집에서 발견되는 것보다 사이즈가 크다. 녀석이 더듬이를 바투 치켜들더니 아기처럼 쌔근거리며 자는 소녀의 옆구리로 바짝 진군해온다. 녀석이 소녀의 육체를 염탐하듯 주위를 맴돈다. 노아가 손을 들어 내리치려는 순간, 녀석이 순식간에 장롱 밑으로 사라진다. 고요한 중에 녀석이 사각거리며 돌아다니는 소리가 자못 경쾌하게 들린다. 밤새 녀석은 노아를 잠 못 들게 하고 계속 깨어있게 할 모양이다.

지붕을 때리는 천둥소리가 한차례 요란하게 들려온다. 가까운 곳에서 무언가 날아가 부딪치는 소리도 들린다. 그렇다고 해서 노아는 밖으로 나가 확인할 마음은 생기지 않는다. 무언가 잘못되었다 해도 자신이 바로잡아야 할 이유나 책임은 없으니까. 깊은 밤, 빗소리는 점점 더 촘촘해지고 거세진다. 비가 억수같이 와서 홍수가 나더라도 산꼭대기에 있는 이 집과 방은 떠내려갈 염려가 없을 것이다. 세상의 바다에서 외딴섬 같은 방은 방주가 된다.

노아의 열 손가락이 근질근질 춤을 춘다. 좀비#은 여전히 살아있다. 노아는 저그를, 좀비#은 프로토스를 선택한다.

오픈 게임

오픈 게임

발치에 휘감겼던 망설임은 어느새 달아나고 없었다. 집안과는 확연히 다른 공기가 뺨에 와 닿았다. 상쾌했다. 붉은 장미꽃잎이 큼직하게 수놓아진 민소매 하얀 원피스가 햇살에 눈부셨다. 맞춰 신은 빨간 구두에서도 도발적인 색감이 묻어났다. 우중충한 연립주택 1층에서 본 느낌과는 사뭇 달랐다. 너무 튀지나 않을까. 어쩌면 환해 보이는 모든 것은 아침 햇살 때문일지도 몰랐다. 싱싱한 해를 띄워 올린 하늘은 아침 안개 따위는 드리운 적 없었다는 듯 해맑았다.

터미널 광장에 대기 중이던 시외버스들이 허기를 다 채우지 못한 맹수들처럼 그르렁거렸다. 나는 이미 운전대를 잡고 있던 운전 기사에게 다가가 U시 행임을 확인하고 발판에 올라섰다. 두 좌석이 나란히 비어있는 통로 쪽 의자에 다가가 몸을 굽히는데 갑자기 버저가 삐이익, 하고는 신경질적으로 울어댔다. 내가 빈자리에 앉자마자 버스가 미끄러지기 시작했다. 나는 등받이를 뒤로 밀쳐 등을 편안하게 기댔다. 그제야 난 내 옆자리에 누군가가 타고 있음을 알아차렸다. 몸집이 지나치게 왜소해 보이는 노파였다. 그녀는 별 부피감 없이 그 자리에 붙박여 있었다. 버스에 올라 자리에 앉을 때만 해도 그녀는 보이지 않았다. 옆 좌석 등허리에 납작하니 붙어있던 미라가 순식간에 앞으로 밀려 나와 부조라도 만들어 낸 것일까. 나는 주변을 둘러보았다. 빈 좌석이 많았다. 하지만 의자까지 뉘었는데 새삼스레 자리를 옮기면 옆자리에 앉은 노파에게 결례가 될지도 몰랐다. 그녀는 제 몸에서 불쾌한 냄새라도 나는가 싶어 기분이 나쁠 것이다. 나는 자리를 바꾸지 않고 노파를 배려하는 마음으로 최대한 몸을 옹송그려 의자 중간의 경계를 넘어가지 않으려 애썼다. 실은 내 옷에 노파의 냄새가 닿을까 봐 조심한 것이었다. 나는 U시에 도착할 동안 잠이나 자두어야겠다고 생각하고 눈을 감았다. 눈이 빠질 듯 아픈 증세는 조금 나아졌지만, 눈앞이 흐릿한 현상은 여전했다.

"어딜 가세요?"

그러잖아도 옆자리에 신경이 쓰여 눈만 감았을 뿐이었다. 상대는 기다렸다는 듯 낮은 목소리로 말을 걸어왔다. 분명 시비를 거는 공격적인 말투였다. 나는 못 들은 척했다. 그녀는 끈질기게 질문을 해댔다. 그녀의 보채는 것 같은 목소리는 내가 해결해야 할 부채라도 들어있는 듯 나를 옥죄기 시작했다. 나는 몸을 뒤척이다가 핸드백을 열었다. 책 읽는 시늉이라도 하면 노파가 말을 걸어오지 않을 것 같았다. 챙겨 넣었다고 생각한 『최면의 세계』가 보이지 않았다. 대신 세 시간마다 점안해야 하는 앙증맞은 인공누액 병과 오래된 자낙스 약병이 손에 잡혔다. 잠시 그것을 만지작거리다 손을 빼고 지퍼를 닫았다.

"실례합니다만 어딜 가시죠?"

옆자리에 앉은 노파가 말투를 가다듬더니 다시 한번 점잖게 물어왔다. 노파의 반복된 질문에 한 번쯤은 반응해주어야 할 것 같았다. 하지만 아무 말이나 둘러대기는 싫었다. 귀찮기도 했고 거짓말하기 싫다는 것이 더 정확한 이유였다. 그렇다고 최면이 뭔지 모를 노파에게 최면 정모에 나갑니다, 라고 솔직하게 말했다간 얘기가 길어질 수도 있기에 그냥 아무 말도 하고 싶지 않았다. 나는 꼬았던 다리를 풀어 가지런히 내려놓았다. 유난히 윤나는 빨간 왼쪽 구두코가 앞 좌석 밑에 닿았다. 그녀도 굽이 높은 빨간색 구두를 신고 있었다.

눈동자를 굴려 그녀의 옆모습을 훔쳐보았다. 설핏 본 그녀의 얼굴은 처음 내가 생각했던 나이보다는 훨씬 적어 보였다. 어쩌면 나와 엇비슷한 연배일지도 몰랐다. 그녀가 노파가 아니라서 다행이긴 했지만, 그렇다고 대화를 나누고 싶은 마음은 생기지 않았다. 그녀는 노출이 심한 내 차림새를 보고 못마땅해하는 것이 틀림없었다.

"그건 왜 물으세요?"

나는 성가셨지만 어떤 흠도 잡히지 않으려고 정중하게 대꾸했다.

"얼굴에 나, 불안하다, 라고 쓰여 있는데요."

그녀의 말투는 단정적이었다.

"그래 보여요?"

나는 최대한 말을 아꼈다. 대답 대신 그녀가 차창의 커튼을 젖혔다. 아른거리던 햇빛이 순식간에 내 무릎까지 덮쳤다. 원피스 아래로 드러난 무릎은 햇살이 닿아 눈부셨다. 나도 그녀처럼 창밖을 내다보았다. 버스는 이제 톨게이트를 빠져나가는 중이었다. U시에 도착하려면 적어도 2시간은 소요될 것이다. 그 시간 내내 그녀를 상대해야 되는 건 아닌지.

"기분이 별로 안 좋으신가 봐요. 계속 인상을 찡그리고 계시네요."

옆자리에 앉은 여자는 자꾸 말을 걸어왔다.

"아마 안구건조증 때문일 겁니다."

나는 손가락으로 눈언저리를 꾹꾹 누르며 꿋꿋하게 대답했다. 내 무심한 말투가 그녀에 대한 경계의 태도임을 그녀가 알아차리길 바랐다. 두 눈이 한결 또렷해졌다. 버스 정면에 달린 디지털시계가 숫자 10:00:00을 만들었다. 집에 있다면 늦잠을 자거나 컴퓨터 앞에 앉아 있을 시각이었다. 허브 목걸이 덕분일까. 올봄까지만 해도 햇볕 알레르기가 심해 거의 외출하지 못했는데, 이제는 한낮에 외출해도 괜찮을 만큼 상태가 좋아졌다. 그래도 당분간 햇볕은 조심해야 한다던 단골 한의사의 말이 생각나 나도 모르게 커튼으로 손이 갔다. 그러자 그녀가 재빨리 커튼을 드리워주었다.

"목걸이가 아주 특이한데요? 결혼하셨죠?"

그녀의 말투엔 결혼도 했는데 얼굴에 뭐 그리 신경 쓰냐는 비아냥거림이 함께 들어있었다.

"아직 아이는 없으시죠?"

계속되는 그녀의 넘겨짚기식 질문에 나는 화가 치밀어서

그만 고함을 지를 뻔했다. 입술을 잘끈 깨물고 힘껏 그녀를 노려보았다. 그러나 그녀는 고개를 숙이고 치맛단에 묻은 먼지를 털어냈다. 순간 얼굴에 열기가 확, 달아올랐다.

"무슨 걱정거리라도 있나요? 얼굴에 수심이 가득하네요. 남편이 실직이라도 하셨나 보죠?"

그녀가 이번에는 목과 어깨의 비듬을 슬슬 털어내며 빈정거렸다. 마침내 내 입에서 목구멍에 차올랐던 말이 터져 나왔다.

"어, 어떻게, 그렇게 잘 아세요?"

이런, 너무 흥분해서인지 그만 목이 메고 말았다. 그녀는 부산한 손동작을 그치고 반듯하게 고쳐 앉았다.

"사람 사는 일이 뻔하잖아요. 그 복장으로 장례 치르러 가는 길은 아닐 테고. 무슨 일이든 어떻게 받아들이느냐의 차이죠. 사람들은 그것을 잘 알고 있으면서 자주 잊어버리죠. 모든 것은 마음먹기 나름 아니던가요."

내 대구를 말꼬리 삼아 그녀는 말을 쏟아내기 시작했다. 마음먹기 나름이다, 내가 남편에게 가끔 쓰는 말인데. 문득 나는 그녀가 지금 내게 쓸모가 있을지도 모르겠다는 생각이 들었다. 어차피 같은 버스를 타고 가는 마당에 그녀가 무슨 말을 하고 싶어 저러는지 한번 들어볼까도 싶었다. 이토록 타인의 삶에 관여하고 싶을까. 혹, 나에게 특별한 관심이 생겨서 집요하게 말을 걸어오는 것이 아닐까. 그렇다면 이 각박한 세상에서 나에게 관심을 주는 그녀가 얼마나 고마운 존재인가. 그녀는 오늘의 운세에 나오는 나의 귀인일지도 모른다. 그러나 나는 그녀에게 내 속을 보이고 싶지 않았다. 그녀가 내 얘기를 듣고 그 자리에서 사라져준다면 또 모르겠지만. 난 친구나 가족은 물론 남편에게도 내 흔적을 남기고 싶지 않았다. 결혼한 지 5년이 지났지만, 아이가 없다는 사실에 허전하면서도 한편 홀가분하다는 생각이 드는 것은 바로 그런 이유에서였다.

"핑계 없는 무덤은 없겠죠?"

나를 이해해달라는 뜻이었을 것이다. 불쑥 그 말이 튀어나왔다.

"중대한 결정은 묘지에서 내리라 하더군요."

느닷없는 내 말에 그녀의 응수는 대단했다. 가둘 수 없는 호기심은 슬그머니 기대로 바뀌었다.

"실례지만 뭐하시는 분이세요?"

이제야 생각이 나다니. 질문자의 입장이 되면 수세에서 벗어날 수 있다는 것을. 사람은 소극적이고 수동적일 때 스트레스를 더 많이 받는 법.

"마음 읽는 법을 공부하고 있는 사람입니다. 최면을 공부하고 있죠."

나는 깜짝 놀랐다. 어쩌면 그녀도 U시에서 모이는 최면 정모에 가는 것이 아닐까. 외모나 분위기로 봐서 고참이거나 운영진일지도. 나 같은 새내기에게도 직접 메일을 보내 최대한 많은 인원을 참석할 수 있게 유도하는 '빨간 구두'일지도 모른다.

"정말 최면으로 상대의 마음을 읽을 수 있나요?"

그녀가 대답 대신 고개를 두어 번 끄덕였다. 그녀는 말을 할 때마다 양어깨를 옆으로 천천히 밀었다 당겼다 했다. 그것은 그녀의 몸에 밴 오래된 습관인 듯했다. 그러고 보니 그 행동이 그녀를 노파처럼 보이게 한 것 같았다.

"상대방이 무슨 생각을 하는지 알면 자살할 사람들 많다면서요?"

그녀가 내 말에 멈칫했다. 그녀가 몸의 리듬을 멈추었다. 그리고는 상체를 앞으로 웅크렸다. 내가 작정하고 말을 건네기 시작하니까 오히려 그녀의 말수가 줄어들었다. 최면이라는 말에 스스로 최면이라도 걸린 걸까. 나는 그사이 마음을 열고 아무 의심 없이 마구 말을 내뱉고 있다는 것을 알아차렸다. 나는 그녀가 나에게 몰래 걸었을지도 모를 최면에 말려들지 않았음에 안도하면서 그녀가 다시 가슴을 펴고 질문해 줄 것을 기다렸다. 그런데 그녀는 아무런 기척이 없었다.

엔진 소리만 일정하게 들리는 버스 안에 갑자기 귀에 익은 음악 소리가 났다. 나는 재빨리 핸드백을 뒤져 핸드폰의 폴더를 열었다. 카사노바였다. 나는 작은 목소리로 네, 아니오, 아직, 이라는 말만 흘려 넣었다. 통화하면서 그녀의 눈치를 살폈다. 그녀는 볼이 야위어서 광대뼈가 좀 도드라졌지만 깨끗한 피부와 부드러운 웨이브가 들어간 긴 머리칼을 하고 있었다. 그런데 그녀도 통화하기 시작했다. 웬일인지 그녀는 고통스러운 표정을 지었다. 나처럼 공황장애라도 있는지 손으로 가슴을 움켜잡았다. 내가 카사노바와 통화를 끝냈을 때 그녀도 정확하게 폴더를 닫았다. 그녀는 고개를 숙이고 한동안 잠자코 있었다. 나는 카사노바에게 못다 한 말을 문자메시지로 보냈다.

카사노바는 인터넷 최면연구회 카페의 운영자다. 다른 카페를 통해 카사노바를 알게 되었지만, 최면이라는 매개가 없었다면 그는 그저 그렇고 그런 아이디에 불과했을 것이다. 그가 게시해 둔 글을 읽으면서 모임에 나가보고 싶다는 생각이 자주 들었지만, 카사노바를 볼 용기가 없었다. 카사노바와는 메모 창을 통해 싸움닭처럼 싸우거나 저속한 음담패설로 시시덕거렸기 때문에 얼굴을 본다는 것은 서로 민망한 일이었다. 그러다 상대방의 속마음과 아픔을 조금씩 알게 되었고 대화도 차츰 정화되었다. 그는 의도적으로 내가 사는 곳과 가장 가까운 U시에서 정기모임을 한다고 회원들에게 공고했다. 그 정모를 빌미 삼아 우리는 처음으로 얼굴을 보기로 합의했다.

카사노바와 통화를 하고 나니 온갖 수다가 떠들고 일어났다. 머릿속의 수다는 남편이라는 가지도 건드렸다. 남편은 워라벨과는 거리가 먼 공기업을 그만두고는 일 년 동안 공부만 했다. 얼마나 어려운 시험을 준비하는지 최근 들어서는 한 달에 며칠씩 독서실에서 숙식을 해결하곤 했다. 처음에는 짜증도 나고 걱정도 되었지만 나에게 자유라는 보상이 주어졌다. 이제는 그런가보다 라고 여겼다. 다음 주 월요일엔 제 아버지 제사가 들어있으니 일요일 저녁이나 월요일 오전까지는 집으로 돌아올 것이다.

그녀는 똑바로 앉아서 핸드폰을 들여다보고 있었다. 조금 전 고통스러워하던 모습은 사라지고 없었다. 그녀도 누군가에게 문자메시지를 보내는 모양이었다. 내 핸드폰에서 진동음이 울렸다. 나는 깜짝 놀라 화면을 열어보았다.

'사랑한다, 사랑한다, 사랑한다!'

스팸은 아니었고 누군가 번호를 잘못 알고 보낸 것 같았다. 나는 보이스톡 메시지를 지우고 저장되어있던 음성 메시지를 찾아 버튼을 눌렀다. 그것은 며칠 전 한밤중에 나의 카사노바가 녹음해둔 것이었다. 술에 적당히 취한 카사노바의 음성이 네 개나 연속으로 찍혀있었다. 내용은 은밀하고 유치하기 그지없었다. 핸드폰의 잠금 해제 패턴도 바꾸지 않았으면서 나는 그걸 지우지 않고 생각날 때마다 꺼내 듣곤 했다.

결혼 전, 엄마는 세상의 남자들을 늙은 늑대, 젊은 늑대, 어린 늑대, 양의 탈을 쓴 늑대, 늑대 같지 않은 늑대, 여우 같은 늑대 등으로 정의했다. 수식어가 어떠하든 모두 늑대라는 것을 강조하는 말이었다. 일찌감치 아버지와 헤어진 엄마에게, 그렇다면 여자는 어떻게 구별하는지 물어보았다. 엄마는 망설이지 않고, 늙고 싶지 않은 여우, 젊은 여우, 어린 여우, 곰 같은 여우, 구미호 같은 여우, 늑대 같은 여우 등으로 분류해주었다. 늑대 같지 않은 늑대와 사는 나는 어떤 여우일까. 옆에 앉은 이 여자는 또 어떤 여우일까.

온라인상에서 나는 옛날이야기 속의 여우처럼 변신했다.

여고생이 되었다가 할머니가 되었다가 엄마처럼 능력 있고 자유분방한 50대 사업가가 되기도 했다. 심지어는 아이가 둘인 돌싱이 되기도 했다. 자신의 신분을 양껏 포장할 수 있는 사이버 공간은 아이 없는 전업주부에겐 더할 나위 없는 놀이터였다. 변신할 때마다 한 가지 공통점을 내세웠는데 그건 바로 부유하다는 것이었다. 상대방과 대화할 때마다 항상 재벌 상속녀임을 숨기는 듯한 분위기를 풍겼더니 늑대들이 몰려들었다. 예상대로 돈 많은 여우를 싫어하는 늑대는 한 마리도 없었고 최근에 카사노바가 걸려들었다. 카사노바는 부자행세를 하는 내가 놀려먹기에 딱 좋았다. 온라인의 인기는 오프라인의 우울과 정확히 비례했다.

그녀는 핸드폰을 손에 꼭 쥔 채 계속 밖을 내다보고 있었다. 그런 그녀를 보자 가슴이 답답해졌다.

"어디 불편하세요? 왜 대답은 안 하세요?"

그녀가 대답 대신 헛기침을 했다. 아마도 대답을 할 모양이었다.

"이제 괜찮아요. 그리고 내 말에도 대답 안 했잖아요."

그래서 잠시 그녀가 삐쳤다는 말인지. 한편으론 귀여운 구석도 있었다.

"요즘 난 사는 재미가 없어요. 재미는 둘째 치고 내 속의 진액이 빠져나간 것 같아요. 그것이 정확하게 무엇인지는 나도 모르겠어요. 하지만 자꾸 그런 느낌이 들어요. 확실한 건 내 몸의 진수가 빠져나갔을 거라는 생각이 끊임없이 떠오른다는 겁니다."

나는 그녀만 힘든 게 아니라는 걸 말하려다 실랑이를 벌이기 싫어서 속내를 단도직입적으로 털어놓았다.

"그래서 누군가를 만나기로 했나요?"

그녀는 내가 통화하는 것을 모두 들었을 것이다.

"핑계 없는 무덤은 없겠죠?"

"중대한 결정은 묘지에서 내리라 하더군요."

묘하게도 그녀는 같은 질문에 같은 대답을 했다. 마치 그 질문에 따른 정답지가 있는 것처럼.

"내가 만나려는 카사노바는 불쌍한 사람이에요."

나는 더는 에두르지 않았다.

"누구를 만나든 칭찬과 격려를 아끼지 말아야겠죠."

그녀가 이미 다 알고 있다는 듯 즉시 말을 받았다.

"그는 아내에게 버림받았어요. 아이도 없구요."

"카사노바의 베네치아가 되기로 했나요? 그러다 세상 사람들을 다 구원하겠군요."

"난 내가 세상에 존재해야 하는 이유를 느끼며 재미있게 살고 싶어요."

"그래서 재미있었어요?"

"그럴수록 더 시시해지니 문제죠."

나와 그녀는 한동안 탁구공이 네트를 넘나들 듯 서로의 말을 맞받아쳤다. 그녀는 내가 대화에 깊이 빠져들라치면 한 번씩 뜸을 들이곤 했다. 내 말이 지겨운 걸까. 파울도 아닌데 그녀가 잠시 라켓을 내렸다. 그녀의 신원을 모르기에 내가 부담스러워하지 않고 조잘거린다는 걸 그녀도 눈치챈 모양이었다. 바닥에 튀긴 공을 허공에서 한 차례 가지고 논 듯, 노련한 그녀의 공격은 다시 시작되었다. 나도 재빨리 수비 자세를 취했다.

"남편이 알면 곤란하지 않을까요?"

"신문에 나지만 않는다면요."

"남편이 꼼꼼한 사람일 것 같은데요."

"신문을 빠짐없이 보고 여성 취향의 커피를 좋아할 뿐이죠."

"부디 신중하게 행동하세요."

"감상적인 면이 있긴 해요. 내가 좋아했던 카라멜마끼아또를 남편도 같이 마시곤 했죠."

"콜드브루는 나도 한때 즐겨 마셨어요."

"내가 만약 다른 사람과 결혼했더라면."

"누구나 자신의 현실을 바꿔 보고 싶어 하죠. 왕자와 거지처럼."

"그래요. 다 고백하죠. 실은 어떤 왕자를 만나려고 U시에 가는 중입니다."

"역시 그렇군요."

"네, 그래요. 그의 맹목적인 사랑이 나를 불러냈어요."

"그런가요? 하지만 집착일지도 모를 그 맹목적인 사랑을 받아줄 자신 있어요?"

"새로 나온 놀이기구를 타러 가는 기분 정도예요. 그러면 내가 나쁜가요?"

"무모한 사랑을 하게 해놓고 너무 이기적이군요. 단순한 호기심이라고도 말하고 싶으시죠?"

"꼭 한 번이에요. 일생에 한 번쯤은 눈감고 넘어갈 수 있지 않나요?"

"흔히 말하죠. 처음이 중요하다고. 그다음은 숫자일 뿐."

"그럴까요?"

"한 번이든 두 번이든 서로 두 눈 꼭 감고 싶겠죠."

"외모는 보지 않겠다고 최면을 걸었어요. 혹 대머리일지도 모르잖아요."

"상대는 틀림없이 잔머리를 많이 굴리거나 공짜를 좋아하는 부류일 거예요."

"그래도 난 사랑스럽게 보이고 싶어요."

"그건 상대도 마찬가지죠. 친구라고 생각하면 최면이 잘 걸리는 것처럼."

"그가 진실할까요?"

"진실한 사람은 대부분 온전한 삶을 살고 있죠."

"아마 그는 진실할 것 같아요."

"상대의 마음을 알아볼 수는 있겠지만 그 마음을 내 것으로 만드는 건 내가 아니죠. 서로가 진실하지 않으면 상대의 마음을 가질 수 없는 거죠"

나는 고개를 끄덕이다 같은 최면연구회의 회원인 달팽이를 떠올렸다. 달팽이는 내가 자주 방문하는 흑백사진 동호회의 회원이기도 했다. 달팽이와 나는 카사노바가 올린 사진들을 구경하는 단골이었다.

"작년 여름, 좀 특별한 사람을 만났어요. 그런 사람은 어떨까 궁금했거든요."

"그래서 그가 진실하던가요?"

"진실하다기보다는 절박했어요. 그는 장애인이었거든요."

"진실 그 자체였겠군요. 진실은 사람을 용기 있게 해주죠."

"그런데 내가 문제였더군요. 장난은 아니었어도 호기심으로 그를 대했으니까요. 언젠가 복부초음파를 할 때 의사가 웃으면서, 간이 참 작으시네요, 그러더군요. 하지만 간의 크기가 호기심이나 용기와는 아무 상관이 없다면서요."

그녀가 피식 웃었다. 이번 세트는 제법 호흡이 길었다. 옆자리에 앉은 여자도 논쟁을 위한 논쟁을 즐기는 모양이었다. 무뚝뚝함과 굵은 음색은 여전했지만, 재빨리 대꾸하느라 그녀의 목소리는 처음보다는 한결 생기가 있었다. 짧은 휴지기가 야윈 그녀에게 에너지라도 공급하는 것일까. 사람은 말을 할 때 에너지가 많이 소모되고 기도 빠져나간다니까 다음 세트를 위해 그녀나 나나 휴식이 필요했는지도 몰랐다.

"지금은 달팽이를 만났을 때보다 간이 엄청 커진 것 같아요."

나는 달팽이에 대한 그녀의 반응이 궁금했다.

"그동안 재미있게 사셨네요."

그녀의 음성은 마지못해 대꾸하는 사람처럼 시큰둥했다.

"그래 봤자 겨우 두 번인걸요."

"항상 처음이 중요하죠. 그다음부터는 숫자일 뿐이죠."

그녀의 대답은 일정한 매뉴얼이 있는 듯했다.

"숫자만큼 정확한 게 어디 있나요?"

"그렇다고도 아니라고도 할 수 있죠. 수학자들의 머릿속에 존재하는 숫자는 믿을 만하죠. 그것은 한 치의 오차도 허락하지 않는 데다 언제나 동일한 룰이 적용되니까요. 하지만 현실 속의 숫자는 그렇지 않죠."

"그래도 달팽이는 특별해요. 시를 쓰는 뇌성마비 장애인이었어요."

"그래서 횟수에 포함하지 말라구요?"

"좀 다르지 않나요?"

"무관심한 듯한 관심은 더 세심한 관심이죠. 한 사람이지만 어쩌면 더 많은 숫자로 대변될 수 있는."

"무관심 속의 관심을 알고 있군요."

"그럼요. 장애인을 대하는 바람직한 태도죠. 그들은 아주 예민하죠. 몸이 말을 안 듣긴 하지만 그 누구보다도 욕망이 강해요. 그에게 자극을 주었다면 책임을 지셔야죠."

"그래서 집으로 찾아갔어요."

"그가 만족했나요?"

"그의 어머니가 감격하더군요."

"어떻게 했는데요?"

"케이크 하나 사 들고. 친구 집에 들르듯이."

"우월감과 동정심을 가지고 갔겠죠?"

"전혀 아니라고는 할 수 없지만, 최대한 자연스럽게 대하려 했어요."

"그렇게 대한다고 의식하는 것 자체가 자연스럽지 못했을 텐데요. 그래서요?"

"그도 대화와는 달리 나를 포옹하지 못했어요."

"먼저 행동해보시지 그랬어요?"

"솔직히 무서웠어요. 뒤틀린 그의 몸과 일그러진 얼굴이 혐오스러우리만치."

"그런 스킨십, 아무나 할 수 있는 거 아니죠."

"또 하나 섬뜩했었던 건, 그에게서 아주 강한 수컷 냄새가 났다는 것이에요."

"처음부터 그를 남자로 인정하지 않았군요."

"실은 사람과 동물의 중간쯤으로 여겼던 것 같아요."

"어쩌면 그도 이미 알고 있었을 겁니다. 그만이 지닌 동물적인 감각으로."

"달팽이는 컴퓨터로 대화할 때 자신의 상태를 솔직하게 밝혔어요. 성적인 얘기도 당당하게 했어요. 어떨 땐 성희롱 비슷한 분위기도 연출했구요. 모든 대화가 그런 식이었지요. 그는 컴퓨터를 통해서나마 평범한 남자가 되고 싶었던 거죠. 아니 성추행범으로 잡혀가는 것이 소원이라고도 했어요."

"그를 남자로 여긴 적이 있나요?"

"그의 절제된 말투는 너무나 남성적이었죠. 더구나 시적이구요."

"그의 시를 본 적이 있나요?"

"달팽이도 자신의 홈페이지를 가지고 있었죠."

"시는 어땠어요?"

"그냥 평범했어요. 장애를 가졌는지 모를 만큼. 하지만 애잔한 정서가 흐르고 있었어요."

"홈페이지가 그를 대변했겠군요."

"그는 사진을 보면서 시를 쓴다고 했어요. 카사노바에게 마음을 열기 전에 그와 많은 대화를 나누었죠. 모르긴 해도 달팽인 내 덕분에 타자 실력이 좀 늘었을 거예요. 간단한 단어로 그의 상황을 상상하면서 이해하다 보니 나도 행간을 읽었던 것 같아요. 난 그런 달팽이에게서 인내와 절제를 배웠다고나 할까요."

"그 사람, 컴퓨터 덕을 톡톡히 보는군요."

"세상과 사람에게 관심이 많은 것 같았어요. 늘 시 쓸 궁리를 하고 있었을 테니 더 그랬을 거예요. 비장애인보다 더 적극적이었고 남성적인 에너지도 충만해 보였어요."

"컴퓨터 자판으로 자신의 모든 것을 표현했겠군요."

"아니요, 입이었어요. 그는 자신의 입으로 더 세밀하게 표현하고 행동했어요."

"말을 하던가요?"

"아니요. 입으로 종이학을 만들어내더군요. 온몸이 같이 흔들거리며 춤을 추었죠."

"감동했나 보군요."

"그냥 그가 너무 늙었다는 생각이 들었어요. 마흔밖에 되지 않았다는데 곧 죽을 사람 같았어요. 달팽이의 어머니가 그의 입속에 반으로 접은 은박 종이를 집어넣어 주었어요. 그러자 그가 오르가슴에 이른 표정으로 입을 오물거렸어요. 그의 모든 감각 기관이 주름진 입 주위로 모여들었죠. 그가 고개를 주억거리며 으스대는 몸짓은 블랙코미디의 한 장면이었어요.

허공에 터져 나오는 신음 조각들이 그의 몸 어딘가에 숨겨진 말을 찾아 도려낼 듯 예리했어요. 난 시간이 흐를수록 연민도 아니고 회피도 아닌 심정을 어떻게 표현해 보여야 할지 점점 초조해졌어요. 방안의 터질 듯한 침묵과는 달리 바깥에서는 매미들이 요란하게 울어댔죠."

"손이라도 좀 잡아주지 그랬어요? 상대가 그렇게도 원했던 것인데."

"그러지 못했어요. 그는 처음부터 내가 붙잡아 주고 싶은 사람이 아니었으니까요. 뒤틀린 그의 입속에서 은빛 학 한 마리가 튀어나왔어요. 방금 태어난 새끼처럼 축축한 온기를 머금은 듯했죠. 무겁고도 짧은 침묵의 그 순간, 그의 사지에 평온함이 흘렀어요. 찰나였죠. 그리곤 다시 그의 몸과 얼굴이 춤을 추기 시작했어요. 바깥에서는 ……."

"매미 소리가 들렸군요."

"말매미였어요. 아주 시끄러웠죠. 그런데 그 녀석은 달팽이를 응원하는 것 같았어요. 매미 소리와 함께 달팽이는 몇 번이고 그걸 반복했죠. 내 나이만큼 접어준다고 선언했으니까요. 그땐 정말 곤혹스러웠죠. 요즘도 가끔 달팽이 꿈을 꾸곤 해요. 그가 왜 내 꿈에 나타나는지 모르겠어요."

"달팽이가 당신 생각을 많이 하나 보네요."

"그 이후로는 본 적이 없어요."

"그도 세상에 한 사람 정도는 가까이하고 싶지 않았을까요?"

"가장 가까운 사람이 가장 아프게 한다면서요?"

"누구나 아프고 풀리지 않는 숙제를 하나쯤 지니고 있죠."

"살면서 문제가 없는 사람은 없겠지요."

"계속 새로운 문제가 생기잖아요. 살아있다는 증거니까요."

"사는 동안 죽고 싶을 만큼 특별한 일은 안 생겼으면 좋겠어요."

"혹, 살인한 경험 있으세요? 그것도 아주 어린 핏덩이를."

갑자기 그녀가 정색하고 나를 쳐다보았다. 그녀의 뜬금없는 질문에 순간 말문이 막혔다. 여태 잔잔했던 그녀의 목소리가 쇳소리처럼 날카로워졌다. 허를 찌르는 듯한 그녀의 날 선 음성은 내 과오를 순간적으로 떠오르게 했다. 나는 전율하면서도 고개를 끄덕이고 말았다. 임신한 사실을 모르고 복용한 피부약이 원망스러웠지만, 순전히 내 부주의였고 살의는 분명 내 의사였다. 살인하고도 처벌받지 않을 수 있다니. 아니 냉혹한 살인자는 오히려 주위로부터 따뜻한 위로를 받았다.

"많은 어머니들이 갖가지 이유로 자기 자식을 죽이면서도 지독한 모성애를 동시에 가지고 있죠. 나도 그랬어요. 하지만 다수가 그랬기에 괜찮다는 것은 말도 안 되죠."

그녀가 혼잣말하는 것처럼 다시 낮게 중얼거렸다. 그런데 그녀의 자조 어린 말에 마음이 푸근해지는 걸 느꼈다. 동병상련이랄까. 그녀의 말처럼 그녀도 그랬으니까 나도 마음이 놓이는 걸까. 난 그녀의 깡마른 손이라도 잡고 싶어졌다.

"당신도 집을 나왔나요?"

"난 오래전에 길을 떠났어요. 언제부턴가 사람들이 내 곁을 떠나기 시작했죠. 난 나에게 가까이 다가오는 사람이 싫었어요. 그래서 떠나가는 사람도 붙잡지 않았죠. 그들이 내 곁을 떠난 게 아니라 내가 떠나보냈다는 것을 알았을 때, 그들은 너무 멀리 가 있더군요. 외로워서 더 버틸 수 없었죠. 무작정 길을 나섰어요."

"갈 곳이 없는 사람은 떠날 수 없다던데요?"

"자기 최면이 유효했죠. 하지만 오늘도 어디로 가야할지 모르겠어요."

그녀의 말은 낙엽처럼 바스락거렸고 이내 허공에 흩어져버렸다. 그러고 보니 그녀의 꽃무늬 원피스는 후줄근했고 땀내가 나는 것도 같았다. 나는 손을 뻗어 커튼을 조금 열고 그녀에게만 햇볕이 들어오게 했다. 그녀와 그녀의 원피스에 생기를 주고 싶었다.

"정말 갈 곳이 없는 거예요? 친구나 뭐 친정 식구라도?"

내 질문에 그녀는 한동안 대답하지 않았다. 석고상처럼 미동도 없었다. 어쩌면 숨도 쉬지 않는 것 같았다. 그녀는 그 자세를 계속 유지했다. 나는 돌부처처럼 꼿꼿한 그녀의 태도에 더는 말을 붙일 수 없었다. 앞 좌석의 누군가가 힐끔, 돌아보더니 다시 고개를 돌렸다. 나는 그녀와의 대화를 포기하고 버스 안의 승객들처럼 몸을 이완시켜 눈을 감았다. 까무룩 잠이 들었는가 싶은데 꿈결인 듯 그녀가 내 귓가에다 나지막이 속삭였다.

"어제 오후에 노을을 보았어요. 섬뜩했어요. 핏빛으로 얼룩진 내 삶의 성적표를 엿본 것 같았어요. 진심으로 나를 위로하고 싶었어요. 핸드폰 폴더를 열었어요. '사랑한다. 사랑한다. 사랑한다.' 이렇게 쓰고 어떤 번호를 눌러 메시지를 보냈어요. 거의 무의식에 가까웠어요. 그 숫자를 떠올린 것은."

나는 그녀가 말을 마칠 때까지 숨을 죽였다. 그녀는 시를 읊듯 천천히 말해주었지만, 그녀의 숨소리가 같이 흠흠거려 그녀의 말을 분명하게 알아들을 수는 없었다. 하지만 외롭고

힘들어 보이는 그녀에게 어떠한 형태로든 보고 싶은 사람이
있다는 내용으로 이해했다.

"나랑 같이 가실래요?"

아까부터 하고 싶은 말이었다. 내 말에 그녀가 나를 빤히
쳐다보았다. 나도 그녀의 얼굴을 처음으로 자세히 들여다보
았다. 언젠가, 어디선가, 마주쳤다는 느낌. 이 세상에 나와 닮
은 사람이 한 사람 있다면 바로 이 여자가 아닐까. 그녀가 핸
드백 속에서 인공누액을 꺼냈다. 그리고는 두 눈 속에 번갈아
가며 떨어뜨려 넣었다. 내 것과 같은 것이었다. 그녀의 눈동자
속에 투명한 액체가 너울거렸다. 그녀의 눈이 반짝거렸다. 그
것을 본 내 눈도 습기를 머금은 듯 촉촉해졌다.

그녀가 두 팔을 모아 팔짱을 끼고 의자에 깊숙이 기대앉았
다. 차창 안으로 쏟아지는 정오의 햇살이 눈부셨다. 그것은 그
녀의 창백한 얼굴과 작은 몸피를 단번에 낚아챘다. 창밖에 U
시로 들어가는 톨게이트가 보였다. 잠시 후면 그녀는 나와 함
께 내 사랑 카사노바를 만나게 될 것이다.

나
미
가

오
지

않
는

저
녁

나미가 오지 않는 저녁

까무룩 잠들었던 당신이 눈을 떴다. 형광등 불빛이 파편처럼 두 눈을 찔러댔다. 눈물인지 눈곱인지 끈적거리는 액체가 눈언저리에 고여 있었다. 당신은 눈을 다 비비고 나서야 의사가 눈을 비비지 말라고 한 말이 생각났다. 육이오 참전용사협회 기증이라 쓰인 둥근 벽시계가 여섯 시를 가리키고 있었다. 백내장 수술을 했는데도 눈앞이 뿌옇고 몽롱한 증상은 여전해서 아침인지 저녁인지 또 헷갈렸다.

요의를 느낀 당신이 주섬주섬 홑이불을 걷어내며 자리에서 일어났다. 소변이 마려울 때마다 대문 옆 화장실까지 가는 게 여간 성가시지 않았는데, 가사도우미가 방안에 갖다 놓은 플라스틱 우유 통은 변기통으로 요긴하게 쓰였다. 마음과는 달리 손은 느리고 뻣뻣하기만 했다. 딴엔 주둥이를 바짝 들이댄 채 볼일을 본다고 보았지만, 동글납작한 마개가 거치적대는 바람에 그만 아랫도리가 젖어버렸다. 어쩔 도리 없이 또 속옷을 갈아입어야 했다.

"할아버지!"

초름하니 하얀 핫팬츠를 입은 이웃집 소녀, 나미가 벌컥, 대문을 열고 마당으로 들어섰다. 내년에 중학생이 되는 나미는 골목 초입 원룸에 사는 조선족 가사도우미의 딸이었다. 당신은 소녀가 젖은 팬티를 못 보게 슬그머니 뒷짐을 지고 등 뒤로 감추었다. 호기심 많은 소녀의 커다란 눈이 그걸 놓칠 리 없었다. 소녀가 앙증맞은 부채로 코를 막으며 그 자리에 오뚝 멈춰 섰다.

"저 바쁘단 말이에요. 빨리 방에 들어가서 누우세용!"

특유의 억양이 묻어나는 소녀의 재촉에 당신은 수돗가에 놓인 세숫대야에다 팬티를 던져 넣고는 천천히 서두르며 집 안으로 들어갔다. 소녀는 손으로 연신 코를 감싸면서도 제집인 양 익숙한 걸음으로 당신을 앞질렀다.

"에어컨 좀 켜도 되죠?"

부채를 홑이불 위에 날리듯 던져놓은 소녀는 당신의 대답을 듣기도 전에 리모컨의 전원을 눌렀다. 거실 창 위쪽에 달린 벽걸이 에어컨이 경쾌한 신호음과 동시에 냉기를 뿜어냈다. 소녀의 단발머리가 볼 옆으로 살짝 흩날렸다. 앞머리로 이마를 가린 앳된 얼굴과는 달리 소녀의 뒷모습과 전체적인 실루엣은 다 큰 처녀 같았다.

가쁜 숨을 몰아쉬며 소녀를 뒤따르던 당신이 숨을 고르며 보료 위에 누웠다. 후텁지근하던 실내가 환기라도 되는 듯 한결 정신이 맑아졌다. 곧 소녀의 손가락이 당신의 아래 눈꺼풀에 와 닿았다. 당신은 조건반사처럼 눈을 위로 치켜떴다. 소녀가 안약을 두어 방울 떨어뜨렸다. 안약은 당신의 두 눈 속에 정확하게 스며들었다. 소녀의 손놀림은 한 달 전 처음으로 아르바이트를 시작할 때보다 훨씬 부드럽고 능숙해졌다.

딱, 딱, 소리 내어 껌을 씹어대는 소녀는 두 번째 점안을 위해 잠시 기다리는 동안, 당신과 말을 섞지 않으려는 듯 곧바로 텔레비전을 켰다. 죽은 다이애나비의 둘째 아들 해리 왕자와 할리우드 여배우 메건 마클의 결혼식이 거행되었다는 여자 아나운서의 목소리가 흘러나왔다. 소녀가 채널을 고정했다. 할리우드 혼혈 여배우 메건 마클은 해리 왕자보다 3살 연상에 이혼 경력이 있어, 둘의 만남은 처음부터 세간의 화제를 모았다. 눈을 감고 누워있는 당신의 눈앞에, 친정아버지 대신 시아버지인 찰스 왕세자의 손을 잡고 입장하는 신부의 모습이 떠올랐다. 당신은 눈을 뜨고 있는 동안에는 거의 텔레비전을 켜두었으므로 웬만한 뉴스와 프로그램은 꿰고 있었다. 연변에서 온 가난한 소녀에게 그 특집프로는 다른 어떤 화면보다 화려하고 흥미로울 것이었다.

소녀는 당신이 헛기침을 몇 번이나 하고서야 다음 단계의 안약을 넣어주었다. 당신은 이국에서 온 여자아이가 날마다, 그것도 하루 세 차례나 붙어 앉아 그 앙증맞고 보드라운 엄지와 검지를 꼼지락거려 눈꺼풀을 열고 안약을 넣어주고 간다는 사실이 꿈만 같았다. 어쩌면 꿈을 꾸는 중인지도 몰랐다. 당신은 그 달콤한 꿈이 깨지 않기를 바라며, 소녀가 5분 후에 또 점안해줄 때까지 눈을 지그시 감았다.

"참, 할아버지, 이제 저 안 와요. 오늘이 마지막 날이거든요."

소녀가 세 번째 안약을 넣어주며 당신의 귓가에다 속삭였다. 당신이 한 번에 잘 떠지지 않는 눈을 몇 차례 껌뻑거렸다. 당신의 두 눈이 온전히 다 떠지기도 전에 소녀가 현관문을 밀고 나가는 소리가 들렸다. 텔레비전과 에어컨은 이미 꺼졌다. 방안은 삽시에 다시 적막에 들었다. 후텁지근한 기운도 되살아났다. 왜 당신의 아들은 다 늙어빠진 당신의 눈을 수술해주었을까. 하긴, 당장 죽는 것도 아닌데 눈앞은 침침하니 흐려서 살아있는 건지 꿈을 꾸는 건지 몽롱한 날이 이어져 죽겠다고 하소연한 것은 당신이었다. 삶의 질을 높이기 위해 당신의 아들이 내린 처사는 당연하고도 고마운 것이었다. 한동안 소녀의 방문에 익숙해져 있던 당신은 새삼 허전하고 서글퍼져 눈물마저 핑 돌았다.

갈증을 느낀 당신이 자개 문갑 위에 놓인 보리차를 한 모금 마셨다. 입에 머금은 물에서 시큼털털하니 떫은맛이 났다. 당신이 토악질하며 삼킨 물을 뱉어냈다. 도우미가 언제 끓여 둔 물인지 기억을 더듬어보았지만, 그녀가 언제 왔다 갔는지조차 아리송했다. 빨래하고 식사를 챙겨주는 조선족 가사도우미는 주말과 한 달에 한두 번 임의로 쉬는 날도 있어 방문하는 날이 일정치 않았다. 어린 딸 대신 가끔 안약을 넣어주러 오기도 했기 때문에 더 헷갈렸다. 그러잖아도 오늘이 어제 같고 어제가 오늘 같은 날들이 이어졌다. 소녀에게 엄마가 언제 오느냐고 물어볼 걸 싶었다.

당신이 컵 속의 물을 버리고 냉장고의 물을 따라 조금씩 들이켰다. 차가운 물이 식도를 타고 내리면서 내장이 꿈틀거렸다. 허기를 느낀 당신이 냉장고에서 죽이 든 냄비를 꺼냈다. 당신은 매일 끼니를 챙겨 먹는 일이 무슨 의무처럼 느껴졌다.

어금니가 없는 당신은 매 식사때마다 밥 대신 죽을 먹었다. 틀니가 있었지만 거의 사용하지 않았다. 먹는 것이, 아니 씹는 일이 귀찮았다. 도우미는 쌀과 쇠고기를 갈아 며칠 분량의 죽을 끓여 냄비째 냉장고에 넣어두었다. 당신은 반찬도 없이 식어 빠진 쇠고기 죽을 매번 죽지 않을 만큼 조금씩 덜어 먹었다. 죽을 먹을 때면 당신의 귀에는 어김없이 고양이 울음소리가 들려왔다. 한쪽 눈이 없는 어미 고양이, 나비의 가느다란 목소리도 섞여 있었다.

얼마 전까지만 해도 당신은 도우미가 끓여준 쇠고기 죽을 고양이들과 나눠 먹곤 했다. 생전의 아내는 보일러실 더그매에 보금자리를 튼 길고양이 일가를 살뜰히 보살폈다. 임신한 어미에게 나비라는 이름을 지어주고 고양이 전용 참치도 사다 먹였다. 난데없이 시작된 아내의 동물 사랑을 당신은 이해할 수 없었지만, 외눈박이 나비의 처지를 떠올리며 눈감아 주었다. 갑자기 뇌졸중으로 쓰러진 아내는 잠시 정신이 돌아오자 나비의 안위부터 물었고, 유언처럼 끼니를 당부하고는 영영 먼 길을 떠나버렸다.

편수 냄비 속에는 차갑게 엉긴 죽이 달의 분화구처럼 패여 있었다. 당신이 물기 고인 구멍을 피해 숟가락을 꽂았다. 보리차 물을 죽에 붓고 약한 불에 뭉근하니 한소끔 끓여내면 먹기가 한층 수월할 거라고 도우미가 몇 차례 일러주었지만, 당신은 부엌으로 가 가스 불을 켜는 것부터가 번거로웠다. 변을 자주 보지 않기 위해서라도 먹는 양을 줄여야 했고, 양을 줄이기 위해서는 음식 맛이 없는 편이 나았다. 식은 죽이 맛있을 리 없었다. 당신의 변은 고양이의 그것처럼 크기도 양도 줄어들었다.

수유 때문인지 나비는 한동안 야위어 갔다. 젖살이 통통하게 오른 새끼들은 노르스름한 털에 윤기가 흘렀다. 새끼들이 돌아다니기 시작하면서 당신은 녀석들의 변도 치워야 했다. 예의도 예외도 없는 철부지 녀석들은 베란다에다 김이 나는 똥을 여기저기 싸질러놓고 장난을 쳐댔다.

도우미는 온 집안에 배어든 지독한 냄새를 당신이 속옷에다 똥을 지려놓고 숨기는 줄 알고 노골적으로 의심했다. 아무리 걷기가 불편하기로서니 화장실을 코앞에 두고 자기 옷에다 똥을 싸질러 놓는 노인네가 있을까. 턱도 없는 일을 가정하고 기정사실화해버린 도우미를 당신은 속으로만 미워할 뿐이었다. 도우미는 곳곳에 방향제를 사다 놓고 락스를 뿌려 청소했다. 자주 오줌을 지리는 당신은 혹 당신에게서 나는 냄새일지도 모른다고 생각했기에, 도우미를 대하는 자신의 태도가 비굴해지는 걸 느꼈다. 늙은 것도 혼자 사는 것도 서러운데, 그런 기막힌 누명까지 쓰다니.

집안에서 나는 냄새의 진원지가 녀석들임을 뒤늦게 알아차린 당신은, 억울하고 서운한 감정을 나비 일가를 내쫓아버리는 것으로 풀었다. 도우미를 도와 보일러실 천장을 나무토막과 헝겊으로 막아버렸고, 은혜도 모르는 배은망덕한 녀석들에게 두 번 다시 당하지 않기 위해 음식물을 일절 바깥에 내놓지 않았다. 아내가 떠나고 난 뒤 집안엔 먹거리가 굴러다닐 여지도 없었지만, 그나마 머리맡에 두던 빵조각이나 두유도 냉장고에 다 집어넣었다.

졸지에 집을 잃어버린 나비는 힘없이 울며 아내를 부르는 듯 화단 앞에 어슬렁거렸다. 당신은 자신을 누명 씌운 나비 새끼들을 노려보며 다른 데로 가라고 훠어이, 손을 내저었다. 죽도 내어주지 않았다. 시위하듯 녀석들의 울음소리가 단체로 들려왔다. 당신은 귀를 막고 모른 척했다. 아내의 관심과 사랑을 흔전만전 받았던 나비 일가가 번번이 허탕을 치면서 어느 때부턴가 보이지 않았다. 베란다가 더럽혀지는 일도 없었다. 녀석들은 몸집이 실하고 모지락스러운 도우미는 물론, 더는 기댈 곳도 기대할 것도 없는 당신을 피해 멀리 가버린 것이 분명했다. 하루에도 몇 번씩 마주쳐 가족 같았던 나비 일가를 당신이 내쫓은 거나 마찬가지였다. 아니 나비 일가가 당신을 버리고 떠나버렸는지도 몰랐다. 차갑게 굳어버린 죽을 몇 숟갈 더 떠먹고 나니 한여름인데도 온몸에 냉기가 돌았다. 귀에는 이명처럼 고양이 울음소리가 들려왔다.

당신은 다시 안방으로 건너와서 보료 위에 올라앉았다. 한쪽으로 몰려있던 이불자락 사이에 소녀가 흘리고 간 부채가 눈에 띄었다. 반달 모양으로 활짝 펼쳐진 푸른 부채 속엔 크기가 다른 하얀 나비 두 마리가 하얀 꽃밭 위를 날았다. 마치 소녀 모녀의 모습을 보는 것 같았다. 새로운 세상을 찾아 국경을 건너고 바다를 건너, 어쩌면 죽음까지도 각오했을 이방인들. 풍요롭고 기름진 삶을 갈구하는 그들의 바람처럼 부채의 선면은 반지르르 윤기가 흘렀다. 보랏빛 선추가 달린 앙증맞은 비단부채는 손때가 묻었지만 단아하고 격조가 있어 무언가 사연을 지닌 물건 같았다. 당신은 한 뼘 길이의 그 합죽선을 하릴없이 접었다 펼쳤다 반복해보았다. 소녀가 금방이라도 부채를 찾으러 올 것 같았다. 당신은 부채를 가지런히 접어 보료 밑에 숨겨두었다.

자리에 누운 당신에게 졸음이 몰려왔다. 식곤증은 식사만 큼이나 규칙적인 습관이었다. 까무룩 잠이 든 당신이 꿈을 꾸었다. 당신은 같은 꿈을 자주 꾸었다. 당신의 바람처럼 당신이 죽는 꿈이었다. 죽은 당신은 택배 상자에 구깃구깃 담겨 쓰레기인 양 대문 앞에 버려졌다. 핏물이 배어난 셀로판 상자 밑으로 추깃물이 흘러나와 대문 아래 계단과 골목길을 흥건하게 적셨다. 당신은 당신의 주검을 물끄러미 내려다보다 잠에서 깨어났다.

태어나는 것과 죽는 것을 선택할 권리가 없는 인간에게 신은 잠을 주고 꿈이라도 실컷 꾸게 하는지 몰랐다. 잠을 자다 죽는 것이 소원인 당신은 아무리 잠을 자도 죽지 않았다. 꿈에서 깨어난 당신은 언제나처럼 또 살아났다. 꿈에 죽으면 오래 산다는 속설을 굳게 믿고 있었기에, 당신은 쉽사리 죽을 것 같지 않아 불안했다. 그러나 언젠간 죽을 것이므로 신의 가호로 자다가 죽고 싶었다. 이왕이면 다가오는 아내의 기일과 맞추어 주셨으면 싶었다.

당신이 팬티를 빨기 위해 다시 마당으로 나갔다. 도우미는 속옷도 세탁기를 돌리면 된다고 빨래바구니에 그냥 담아두라고 했지만, 러닝셔츠는 몰라도 팬티를, 더구나 오줌이 묻은 팬티를 어떻게 그냥 내버려 둘 수 있단 말인가. 수돗물을 틀어놓고 지린내 나는 팬티를 주무르느라 쪼그리고 앉아있자니 서글픈 생각이 온몸에 스멀스멀 돋아났다. 당신은 비누 거품이 가득한 대야의 물을 쏟아냈다. 수챗구멍으로 흘러가던 구정물이 당신의 슬리퍼 앞부분을 적셨다. 당신의 발가락이 다 젖었다. 속수무책 흐르는 세월에 젖어버린 생은 돌이킬 수 없는 것이었다. 돌아본들 돌아갈 수 없는 생이 여기까지 흘러왔다. 당신은 물기와 함께 처연한 느낌도 꼭 비틀어 짜서 빨랫줄에 펴 널었다. 한나절 햇살에 잘 마른빨래들은 빳빳하니 풀을 먹인 듯 힘이 들어있었다. 흐늘흐늘 늘어진 늙고 추한 육신은 한여름 땡볕에 아무리 잘 말린다 해도, 다시는 팽팽해지고 젊어질 수가 없었다. 인제 그만 아내처럼 이승의 옷을 벗어버리고 싶었다.

아내는 해마다 여름이면 풀을 빳빳하게 먹인 모시 저고리를 다림질해 입혀주곤 했다. 겉옷뿐 아니라 속옷에도 풀을 먹여서 무더운 여름날을 시원하게 지낼 수 있게 해주었다. 부드러우면서도 각이 선 옷감이 살갗에 닿을 때마다 저절로 등이

퍼졌다. 육이오 때 오른쪽 엄지발가락을 다쳐 걸음걸이가 시원찮았지만, 그런대로 자세가 반듯한 것은 그런 아내 덕분이었다. 당신이 빨래집게를 당겨와 팬티 중앙을 꼭 집었다. 푸른 하늘을 가로지르던 햇살 한 자락이 당신의 눈을 찔렀다. 눈앞에 지렁이들이 꿈틀거렸다. 눈을 껌뻑일 때마다 지렁이 개수가 늘어났다. 눈 아지랑이도 아른거리며 난무했다. 오래된 비문증 또한 당신의 시선을 어지럽히며 비현실적인 느낌을 부추기는 요소 중 하나였다.

장독대 그늘을 찾은 당신이 담장에 세워 둔 하얀 스티로폼 방석을 가져다 앉았다. 언젠가 횟감을 담아 왔던 부직포 뚜껑에 당신의 아내가 천을 씌워 재활용한 것이다. 임신한 나비를 위한 침대였는데 슬그머니 당신의 의자가 되었다. 매일 앉다시피 한 그것은 적당히 딱딱해져서 당신 몸의 일부인 듯 딱 맞았다. 아내가 살아있을 때는 지하철을 타고 한 달에 한 번 참전용사 모임에 나가기도 했는데, 지금은 작은 너럭바위 같은 그 방석에 앉아 나비가 돌아다니던 화단을 바라보거나, 열릴 듯 닫힌 대문을 쳐다보며 도우미를 기다리는 것이 당신의 유일한 바깥 활동이었다.

"실례합니다!"

대문 밖에서 중년 여인의 목소리가 들려왔다. 가물가물 졸음이 오던 당신은 혹 신 여사가 왔는가 싶어 눈을 번쩍 떴다. 당신이 쪽문 손잡이를 힘껏 밀어젖혔다. 대문 층계참에 양산을 접은 낯선 여인 둘이 미소를 머금고 서 있었다. 당신과 눈이 마주친 그들이 공손하게 고개를 숙였다. 두 여인은 곧장 층계를 올라와 대문 안으로 들어섰다. 얌전한 투피스 차림의 두 여인은 천박하게 화려한 신 여사와는 분위기가 사뭇 달랐다. 서그러워 보이는 여인들은 스스럼없이 당신에게 다가와 당신의 야윈 손을 붙잡았다. 당신의 팔이 맥없이 흔들렸다.

"어르신, 저희들 물 한 잔만 주시겠어요?"

당신은 경계하는 눈빛으로 여인들을 노려보았다. 이마의 땀을 손수건으로 훔치던 여인들이 가방 속에서 광고지를 꺼내 당신에게 내밀었다.

"저희는 굶주리는 북한과 아프리카의 어린이들을 돕는 일을 하고 있어요. 죽어가는 생명을 살리는 귀한 일이지요. 어르신, 편안한 마음으로 저희 얘기 한번 들어보실래요?"

당신이 엉겁결에 받아 든 홍보물에는 수줍게 미소 짓는 다이애나비와 낯익은 중견 탤런트 부부의 흔흔한 미소가 컬러로 인쇄되어 있었다. 후원한다는 단체도 텔레비전에서 자주 들어본 이름이었다. 당신의 시큰둥하니 느린 반응에 여인들은 더욱 상냥하게 적극적으로 다가왔다. 후원자 명단 작성을 위해 주민등록 번호를 좀 알려 주십사 하는가 싶더니, 저어하시다면 폰 번호나 집 전화번호라도 알려달라며 재촉했다. 아무리 적은 금액이라도 후원하기만 하면 곧장 천국에 이름이라도 올릴 듯 볼펜을 들고 서둘렀다. 당신은 아내가 전도지를 내밀던 사람들을 대하던 것이 생각났다. 불청객을 내치려면 아무 대답도 하지 말아야 했다. 잘 훈련된 사람들과 말로 맞서는 것이 계란으로 바위 치기임을 잘 알고 있었다. 당신은 말 없이 광고지를 돌려주고 물도 주지 않고 대꾸도 하지 않음으로써, 그들이 제풀에 꺾여 스스로 걸어 나가게 했다. 여인들은 생각보다 막무가내가 아니었다. 그들은 순순히 자발적으로 대문을 나섰다.

막다른 골목을 돌아나가는 여인들의 뒷모습을 지켜보던 당신은, 문득 그들이 당신을 버려두고 떠나버리는 듯한 기분에 휩싸였다. 당신이 그들을 거부한 게 아니라 그들이 당신을 거부한 것 같았다. 그들도 나비 일가처럼 당신을 버려두고 떠나는 것 같았다. 무더위에 얼마나 걸었던지 이마의 땀을 연신 닦아내던 그들에게 물 한 잔이라도 대접할 수 있지 않았나, 뒤늦게 자책하는 마음이 일었다. 이러나저러나 심심하던 참이었는데 아무 얘기나마 들어볼걸, 새삼 후회가 되었다. 공연히 울적해진 당신이 전화기 앞으로 다가갔다.

"아, 아버지, 웨, 웬일이세요?"

반가운 건지 귀찮은 건지, 더듬거리기까지 하는 아들 선재의 목소리가 스피커폰으로 흘러나왔다.

"몸은 괜찮으시죠? 시간 나면 한번 들를게요. 수업이 있어 이만 끊습니다."

원래 말이 빠른 선재가 제 할 말만 내뱉고는 전화를 끊었다. 당신은 진즉에 선재에게 알아보고 싶은 것이 하나 있었다. 워낙 짧은 통화라 그 말은 꺼내지도 못했지만, 선재의 말투로 보아 당신이 염려하는 일은 일어나지 않은 듯했다.

지난 명절에 큰아들 선재는 슬그머니 요양병원 얘기를 꺼냈다. 도우미는 상냥하고 재바른 편이었지만 당신의 행동거지를 아들에게 일일이 일러바치는 눈치였다. 요양병원으로 가지 않으려면 도우미에게 더는 허점을 보이지 않는 게 좋았다. 한 달에 한두 번 전화할까 말까 하는 선재에게 안부 겸 전화를 넣어 도우미의 상태를 간접적으로나마 알아보고 싶었다. 직접 물어보진 못했어도 선재의 무심한 태도로 보아 도우미는 신 여사 건을 선재에게 고자질하지는 않은 모양이었다.

몇 달 전 안과병원 대기실에서 알게 된 자칭 신데렐라, 신 여사는 당신보다 열두 살이 어린 띠동갑이었다. 처음 볼 때부터 화려한 의상과 짙은 화장이 눈에 띄더니, 싹싹하고 언변까지 좋아서 당신뿐 아니라 주변에 앉은 사람들의 관심을 끌었다. 신 여사는 초면인 당신에게도 살갑게 말을 걸어왔다. 당신이 애써 무덤덤한 표정으로 대답을 하는 중에 농담 삼아 집 주소를 알려주었는데, 하루는 신 여사가 정말 소주를 사들고 찾아왔다. 신 여사는 혼자 사는 당신을 위로한답시고 우스갯소리를 해댔고, 내 나이가 어때서, 라는 유행가를 즉석에서 개사해 부르며 흥을 돋웠다. 신 여사는 준비해온 포도와 땅콩을 안주로 소주 두 병을 거뜬히 비워냈다. 기분 좋게 취한 신 여사는 자정이 되기 전에 집으로 돌아갔다. 그 후로도 신 여사는 가끔 당신의 집을 방문했다. 그때마다 당신은 택시비라며 지폐 몇 장을 쥐여주곤 했다.

어느 날, 주량을 초과한 신 여사는 술주정하느라 자정을 훌쩍 넘겼고, 집으로 돌아가지 못했다. 다음 날 해가 중천에 뜨도록 내쳐 자다가 속옷 차림으로 도우미와 맞닥뜨렸을 때 세 사람은 제각각 얼마나 놀랐던지. 신 여사는 당신의 파자마를 입고 있었다. 도우미가 오지 않는 날이라고 착각한 당신은, 도우미는 물론 신 여사 보기가 민망하기 이를 데 없었다. 도우미가 자리를 피해 부엌으로 가 일하는 동안, 신 여사는 부리나케 옷을 챙겨 입고 인사도 없이 가버렸다. 도우미는 신 여사의 존재를 무시하는 건지 별다른 말을 하지 않았다. 당신은 그런 도우미가 더욱 신경이 쓰였다. 평생을 교직에 몸담았다 정년퇴직한 점잖은 어른이라는 이미지에 손상이 간 건 분명할 터였다. 당신은 창피함을 무릅쓰고 금일봉이 든 봉투를 도우미에게 내밀며 아들 선재에게는 비밀로 해 달라고 당부했다.

신 여사는 그날 이후 당신의 집을 방문하지 않았다. 마침 당신이 눈 수술을 했고, 도우미의 어린 딸이 매일 안약을 넣어주러 오는 바람에 지금은 신 여사와의 통화도 뜸해진 상태였다. 당신은 내친김에 신 여사에게도 전화를 넣어보았다. 신 여사는 오매불망, 당신의 호출을 기다리고 있을지도 몰랐다. 전화를 받은 신 여사는 언제나처럼 소주병을 안고 득달같이 달려올 것이었다. 장독대에는 아직 버리지 못한 빈 소주병들이 항아리 하나에 가득 담겨 있었다. 당신은 검은 비닐봉지 속에 숨겨놓은 그것을 아들과 도우미 몰래 갖다 버려야 하는 숙제를 안고 있었다.

신 여사는 끝내 전화를 받지 않았다. 신 여사에게 무슨 변고라도 생긴 걸까. 비록 술고래에 천박한 구석도 없지 않았지만, 혼자 사는 당신으로서는 쾌활한 신 여사의 방문이 싫지 않았다. 팔순이 넘은 동료 교사들은 대부분 죽어버린 데다 이웃이나 친척은 물론, 유일한 의지처인 큰아들 선재도 조선족 가사도우미를 구해주고는 거의 연락을 끊다시피 살고 있었다.

형편이 딱하긴 선재도 마찬가지였다. 오십 중반에 들어선 선재는 아내도 딸도 없이 하나뿐인 아들을 군대에 보내놓고 뜬금없이 영어 학원을 운영하며 저 혼자 밥을 해 먹는 눈치였다. 손자가 입대하고 난 뒤 유난히 탈영과 총기 난사 사건이 잦았다. 군대에서의 사건 사고가 보도될 때마다 당신은 손자의 안위가 궁금해 손가락이 근질거렸다. 참다못한 당신이 전화했을 때, 의대 출신 군의관 손자가 뭐가 걱정이냐며 선재는 당신의 염려와 조바심을 일축해버렸다. 다 늦게 홀아비 신세가 된 부자지간은 서로 연락하지 않는 것이 덜 껄끄럽고 더 속 편할지도 몰랐다.

반반한 외모에 결혼 전부터 속을 끓이던 큰며느리는 아내가 세상을 떠나자 기다렸다는 듯 이혼을 해버렸다. 선재 부부가 별거 중이었다는 것을 아내에게 들어 이미 알고 있었던 터라 예상은 하고 있었지만, 그래도 적잖이 서운하고 충격을 받은 것이 사실이었다. 며느리는 자신의 마음을 돌이키거나 설득하는 일이 아무 의미가 없다는 것을 장례식 내내 보여줌으로써 어쭙잖은 미련이나마 남지 않게 도와주었다. 선재가 잘 다니던 대기업을 조기퇴직하고 나온 것도 원만하지 못한 부부관계에서 비롯되었을 거라는 추측을 어렵잖게 해볼 수 있었다.

아내는 며느리를 들이면 딸처럼 대할 거라고 입버릇처럼 말해왔지만, 큰며느리는 처음부터 거리를 두며 데면데면 서먹하게 굴었고, 성악을 전공한 둘째 며느리는 결혼하자마자 선호와 영국으로 유학을 떠나버렸다. 아내는 며느리들의 얼굴을 보기는커녕 전화조차 제대로 해볼 수 없었다. 선호부부는 여태 공부를 하는지 어쩌는지 아직 귀국하지 않고 있었다. 버킹엄궁 앞 파릇한 잔디밭에서 아들 부부가 찍어 보낸 신혼사진 하나로 버티기엔 너무 많은 시간이 흘러갔다. 금의환향은커녕, 아이도 낳지 않고 그곳에서 어떻게 살고 있는지 무소식이 희소식이겠거니 체념한 지 오래였다. 아내 장례식 때에도 며느리는 공연 일정을 취소할 수 없다며 참석하지 않았다. 뒤늦게 혼자 나타난 선호는 제 와이프가 거기서 또 이탈리아로 유학을 갔다고 했다. 아들이 혹 며느리와 헤어졌다 해도 전혀 이상할 것 없는 모양새였다. 선호는 워낙에 밝고 활달한 성격이어서 차라리 다시 결혼한다는 소식을 기다리는 게 빠를 것 같았다.

실은 선호 아래로 아들이 하나 더 있었다. 막내 선우였다. 선우는 고등학교 3학년 때 가출하다시피 집을 나가 광주에 있는 한 신학대학에 입학했다. 그러나 그해 오월, 전시도 아닌데 총탄에 맞아 죽었다. 아직도 선우 일은 꿈을 꾸는 것만 같았다. 당신은 그 꿈같은 현실을 도무지 인정할 수 없었다. 아버지, 하며 현관문을 들어설 것 같은 가망 없는 희망은 오랫동안 당신의 가슴 깊은 곳에서 너덜거렸다. 당신의 꿈속에는 여전히 까까머리 고등학생 선우가 까만 교복을 입은 채 살고 있었다.

어쩌면 꿈이 현실이고 현실이 꿈일는지 몰랐다. 꿈과 현실이 되풀이되는 나날 속에서 현실은 당신이 꾸는 꿈이고, 꿈은 당신의 현실일는지 알 수 없는 일이었다. 꿈이든 현실이든 지금 꿈을 꾸고 있다고 생각하면 사는 일이 조금 수월해졌다. 현실은 꿈이므로 고민하거나 절망할 필요가 없기 때문이었다. 어떠한 악몽이라도 꿈만 깨면 되니까. 그러나 그렇게 마음을 먹는다는 것은 쉬운 일이 아니었다. 간신히 마음먹었다 해도 오래가지 않았다. 그 상태를 유지하려면 계속 그런 마음을 먹어야 했다. 마음은 밥처럼 자꾸, 또 새롭게 먹어주어야 했다. 아니, 밥보다 더 자주 매 순간 먹어주어야 했다. 이 땅에 살아 있는 한 하늘나라로 옮겨가지 않는 한, 되풀이될 것이었다.

당신은 착하고 공부 잘하는 두 아들을 소위, 엘리트로 키워 내며 그 세월을 용케 버텨왔다. 그리 살가운 부부는 아니었지 만, 아내와의 사별은 조금이나마 남아있던 삶의 이유를 소멸 시켰다. 혼자 사는 일은 편한 듯 불편했다. 안통에 침침하고 눈물 고이는 눈 때문에 글 한 줄 마음대로 읽을 수도 없으니, 하고 싶은 일도 해야 할 일도 없었다. 당신은 그저 숨을 쉬고 살아있을 뿐이었다. 죽지 못해 살고 있다는 말이 딱 맞았다. 살아있는 한 삶이 죽음이고 죽음이 삶인 것 같은 혼돈의 시간이 계속될 것 같았다. 사람의 몸에 살면서 죽음을 재촉한다는 삼시 충이 당신의 몸에만 없는 게 아닐까. 아직 이 땅에서 해야 할 일이 남아있는 걸까. 여태 하지 못한 당신의 숙제는 무엇일까.

그 알 수 없는 숙제를 하지 못했으니, 당신은 아주 오래 살 것 같았다. 인제 그만 이승의 사슬을 끊고 싶었다. 당신을 둘러싼 운명인지 숙명인지에서 벗어나 훨훨 자유롭게 떠나가고 싶었다. 하지만 평생을 학생들에게 윤리 도덕을 가르쳤던 선생이 스스로 죽을 수는 없는 노릇이었다. 그저 막막한 세월에, 흘러가는 시간의 물살에 몸을 맡긴 채 나날이 조금씩 죽어가는 수밖에 없었다. 당신은 모든 것을 내려놓고 전장 같은 이 세계를 단번에 탈출한 아내가 진심으로 부러웠다.

"이상구 씨, 등기 왔습니다! 도장 좀 주세요."

가방을 멘 집배원이 목청껏 당신의 이름을 부르며 현관으로 들어섰다. 가끔 우편물을 전해주는 그는 여느 때처럼 꾸벅 인사하고는 마루에 걸터앉았다. 그가 도장 대신 당신의 지장을 찍고 두툼한 봉투를 건네주었다. 보내는 사람은 서울특별시 종로구 세종로 1번지 청와대, 대한민국 대통령이었다. 당신이 눈을 부릅뜨고 수신인란에 또박또박 적힌 당신의 이름을 재차 확인해보았다. 이, 상, 구, 당신의 이름이 틀림없었다. 순간, 꿈인지 생시인지 당신은 벅차오르는 감동을 삭이느라 몇 차례 헛기침을 뱉어냈다.

흥분한 당신이 가위를 찾아 떨리는 손으로 봉투의 입구를 잘랐다. 봉투 안에 봉황이 그려진 하얀 봉투가 들어있었다. 봉투 속엔 검은 벨벳 주머니가, 주머니 속엔 노랗고 큼직한 금빛도 찬란한 메달이 하나 들어있었다. 당신의 손으로 뽑은 대통령이 당신에게 보낸 것이었다. 당신이 돋보기를 끼고 메달에 새겨진 글자를 한자씩 소리 내어 읽어보았다. 육이오 참전용사들의 노고를 치하하고, 노구를 위로한다는 문구가 테두리를 따라 동그랗게 원을 이루고 있었다. 당신이 두 손으로 메달을 높이 치켜들었다. 메달의 크기로 보나 무게로 보나 진짜 금은 아니어도, 나라의 최고 통치자로부터 제법 피부에 와닿는 예우를 받는 느낌이었다. 불끈, 자부심에 어깨가 으쓱해진 당신이 목에 메달을 걸고 거울 앞에 다가섰다. 당신은 벽에 걸린 아내의 칠순기념 사진을 올려다보며 보고하듯 경례도 올렸다. 누런 안색의 마르고 낯선 노인이 거울 속에서 당신을 빤히 쳐다보았다. 당신은 그만 메달을 벗어 아내의 사진 액자 위에 포개 걸어놓았다.

당신은 화면으로나마 대통령에게 인사를 할까 하여 리모컨을 찾았다. 텔레비전을 켜자마자 칠십 대 노파가 숨진 지 오년 만에 백골로 발견되었다는 뉴스가 흘러나왔다. 결혼도 하지 않았고 친구도 없었던 노파는 추위와 굶주림으로 사망한 것으로 보이는데, 유일한 혈육인 이복동생은 시신 수습을 거부했다는 내용이었다. 목장갑을 끼고 겨울옷을 아홉 겹이나 껴입은 채, 홀로 좁은 방에서 죽어가는 동안 아무도 노파를 찾지 않았던 모양이었다.

뉴스 전용 채널에서는 듣고 싶지 않은 소식이 이어졌다. 생때같은 고등학생들의 영정사진과 합동분향소 장면이 지나갔다. 애끓는 부모들의 절규가 화면에 가득했다. 며칠 전, 사설 해병대 캠프에 갔던 고등학교 아이들이 어른들의 부주의로 9명이나 사망한 사고가 발생했다. 사고 원인과 구조 상황들이 속보 형태로 연일 보도되었고, 당신은 그 뉴스를 볼 때마다 가슴이 먹먹하고 갑갑해져 요 며칠 텔레비전을 잘 켜지 않았다. 몇 해 전에도 온 나라를 충격과 슬픔에 빠트렸던 큰 사고가 일어나지 않았던가. 역사는 되풀이된다더니 비슷한 사고도 해마다 되풀이되는가 싶었다. 다 늙은 목숨이나 데려가시지, 당신은 혼잣말을 중얼거리다 텔레비전을 꺼버리고 마당으로 나왔다.

아내가 가꾸어놓은 꽃밭에 고춧잎이 무성하게 자랐다. 빈 화단의 기름진 흙을 본 도우미가 고추 모종을 사다 심었고, 소일삼아 당신이 물을 준 결과였다. 크고 싱싱한 풋고추들이 이파리 사이로 주렁주렁 달려있었다. 내년에도 고추밭을 볼 수 있을까. 그다음 해에도 또 그다음 해에도 그럴 수 있을까. 햇볕이 내리쬐는 화단 주위로 파리 한 마리가 날아다녔다. 통통한 똥파리는 당신 앞으로 더욱 다가와 보란 듯 어지러이 날았다. 당신은 장독대에 놓인 파리채를 찾아 파리를 내리쳤다. 똥파리는 당신을 놀리듯 요리조리 날아올랐다. 무성한 고춧잎 사이로 파리가 몸을 숨겼다. 당신을 따돌리며 힘이 넘치는 똥파리는 영악하기까지 했다. 파리 한 마리를 잡으려다 고춧잎을 다 상하게 할지 몰랐다.

당신은 파리채를 힘없이 내려놓았다. 어느새 파리 한 마리조차 잡지 못하는 몸이 되어버렸다. 아내처럼 단박에 갈 수 있다면, 그래도 된다면 그리하고 싶었다. 하지만 타고난 명줄은 어찌할 수가 없는가 보았다. 당신은 총알이 빗발치던 전쟁터에서도 살아 돌아온 몸이었다. 누구보다 질기고 징한, 귀하디귀한 생명의 소유자였다.

그해 여름, 당신은 농민 고등학교에서 수업을 받던 중 단체로 징집되었다. 교복을 입은 채였다. 책가방과 교복을 전달받은 홀어머니는 놀란 가슴을 진정할 틈도 없이 소를 팔고 논을 팔았을 것이다. 장부 같았던 어머니는 전 재산이나 다름없는 급전을 만들어 당신을 수소문해 찾아냈고 꿈처럼 면회를 왔다. 솟값은 당신의 목숨값이 되었고, 우여곡절 끝에 당신은 결국 살아 돌아왔다. 전방으로 배치된 친구들은 학도병으로 총알받이가 되어 대부분 전사하고 말았다.

당신의 코앞에서 배추흰나비 두 마리가 보란 듯이 춤을 추며 팔랑거렸다. 원무를 그리던 나비들은 천천히 화단을 넘어 앞서거니 뒤서거니 날아갔다. 당신의 시선이 허공의 나비를 따라가다 어느 순간 놓쳐버렸다. 무료해진 당신이 고추를 하나둘 따기 시작했다. 도우미를 위한 싱싱한 고추 한 바가지를 옆에 두고 당신이 스티로폼 방석에 풀썩, 주저앉았다. 숨이 찬 당신이 한숨을 내쉬었다.

"할아버지! 부채 찾으러 왔어요."

소녀가 여느 때처럼 껌을 씹으며 대문을 박차고 들어왔다. 소녀는 주저하는 기색 없이 현관문을 활짝 열어젖혔다. 거침없이 집 안으로 들어간 소녀가 금세 바깥으로 튀어나왔다. 소녀의 손에 푸른 부채가 들려있었다. 따로 일러주지 않았는데도 소녀는 당신이 보료 밑에 감춰둔 부채를 순식간에 찾아 나왔다. 나미는 한 마리 나비처럼 나풀거리며 나타났다 어느새 사라져버렸다. 당신의 눈앞에는 희미하니 소녀의 잔상만이 남아 어른거렸다. 그제야 당신은 어어, 쉰 소리를 내며 대꾸했다.

무슨 신호처럼 말매미들이 울기 시작했다. 무더위를 심화시키는 말매미 소리가 방충망 곳곳을 찔러댔다. 좀처럼 더위를 느끼지 못하던 당신의 이마에도 땀이 맺혔다. 갈증이 난 당신이 냉장고의 물을 꺼내 마셨다. 물을 마시고 난 당신이 쇠고기 죽을 덜어 먹었다. 조건반사처럼 당신의 귀에 또 나비의 가느다란 목소리가 들려왔다. 환청인 듯 실제인 듯 당신의 귀에는 일정하게 자꾸 들려오는데, 아무리 살펴봐도 나비 일가는 보이지 않았다. 당신은 또 잠이 들었다. 잠든 당신이 꿈을 꾸었다. 여지없이 당신이 죽는 꿈이었다.

요의를 느낀 당신이 자리에서 일어나 볼일을 보았다. 당신의 머리맡에 고여 있는 강, 이 고요한 강을 버리고 그 머나먼 요단강에 가 닿으려면 얼마나 더 기다려야 할까. 언제나처럼 아랫도리가 젖었다. 당신은 속옷을 갈아입는 대신 리모컨을 찾아 텔레비전을 켰다. 뉴스가 흘러나왔다. 사건 사고는 해결되는 것이 아니라 쌓이는 것이었다. 새로운 사건 사고가 이전의 사건 사고를 덮는 식이었다. 어제가 흘러갔고 오늘이 흘러가고 또 하루가 흘러갈 것이었다. 당신이 무심코 눈을 비볐다. 눈을 자꾸 비비면 재수술을 해야 할지도 모른다고 주의를 당부하던 선재의 신경질적인 목소리가 들려왔다. 당신이 멈칫, 손을 멈추고 두 손을 무릎 위에 내려놓았다.

마른장마를 볼모로 더위가 더욱 기승을 부렸다. 세상에 남아있는 계절은 여름밖에 없다는 듯 무더운 날이 계속되었다.

환장할 더위였다. 생에 이렇게 더운 여름이 있었던가. 낮은 하늘이 아슴푸레하니 흐린 기운을 띠고 있어 초저녁인지 아침인지 분간이 되지 않았다. 둥근 벽시계가 또 여섯 시를 가리키고 있었다. 집안의 불을 모두 끄고 자면 꿈속에서 길을 잃는다는 어릴 적 어머니의 말을 믿어서라기보다는, 아내가 죽은 뒤홀로 맞는 어둠이 싫어 밤낮없이 불을 켜두는 당신에게, 숫자 6은 아침인지 저녁인지 가장 헷갈리고 애매한 시간이었다. 굳이 밤낮을 구분해야 할 이유도 없었다. 눈을 뜨면 낮이요, 감으면 밤인 셈이었다. 인적 없는 집은 적막강산이었다. 고요와 적요, 침묵이 싫은 당신이 또 텔레비전을 켰다. 녹화 테이프를 켜둔 것처럼 엇비슷한 사건과 사고가 보도되었다.

낮 최고 기온이 40도를 넘었다고 했다. 북태평양 고기압이 예년보다 오래 정체하면서 밤 기온도 27도를 넘나드는 날이 계속되고 있었다. 열대야로 밤잠을 이루지 못한 사람들이 죽겠다며 아우성을 쳐댔지만, 소나기가 내리듯 당신에게는 잠이 쏟아졌다. 시도 때도 없이 찾아오는 괭이잠과 토막잠, 밤낮없이 꾸는 꿈 때문에 시간의 경계가 허물어져 현실이 꿈같고 꿈이 현실 같았다. 죽은 듯 살아있는 시간은 하릴없이 되풀이되었다. 이미 죽은 게 아닐까, 오래전에 죽었지만 살아있다고 착각하는 건 아닐까.

갈증을 느낀 당신이 자리에서 일어나 물을 마셨다. 허기를 느낀 당신이 냉장고 속의 죽을 꺼내먹었다. 죽을 먹으면 먹을수록 허기가 더해졌다. 냄비의 죽을 다 먹었는데도 허기는 사라지지 않았다. 지독한 허기는 당신이 살아있는 한 사라지지 않을 것이었다. 당신의 귀에 이명처럼 또 나비 일가의 날카로운 울음소리가 들려왔다.

은빛 우산 ──

은빛 우산

((

잠을 깨운 건 빗소리만이 아니었다. 나는 형광등을 켜고 전기장판의 눈금을 한 단계 올렸다. 모로 누워 곤히 자는 미르의 목 언저리까지 이불을 끌어당겨 주었다. 다시 잠이 올 것 같지는 않았다. 허공에 가득한 냉기를 피해 엎드린 자세로 머리맡에 놓여있던 모의고사 문제집을 다시 펼쳤다. 엊저녁에 막혔던 확률과 통계 부분 설명을 다시 들여다보았다. 여전히 잘 이해되지 않았다. 어젯밤 한 포털 사이트에 올린 개념질문에 누군가 답변을 달아 놓았을지도 몰랐다.

네이버 메인 화면에는 밤새 도심 철거민 상가 화재 속보가 올라와 있었다. 강경 진압 논란이라는 제목 아래 특히 네티즌들의 댓글이 무성했다. 열혈회원들이 각종 사이트에서 퍼다

놓은 기사들이 붉은 꼬리표를 달고 깜빡거렸다. 적어도 이곳에서는 여섯 명의 인명을 앗아간 화재 원인이 철거민들의 불법 농성인지 경찰의 과잉대응인지가 명확했다. 이미 드러난 용역과 건설업체의 이권 개입과 인명 피해에 대한 은폐 조작 같은 것에 대한 무수한 의견이 저마다 그럴듯한 논리를 내세우고 열변을 토해냈다. 기사 속보에는 사망자와 부상자 명단도 포함되어 있었다.

다행히 2층에 사는 최 씨 아저씨의 이름은 보이지 않았다. 아저씨는 문제의 그 상가 건물에서 철물 가게를 하고 있었다. 혼자 사는 최 씨 아저씨는 몇 달 전부터 그곳 상인들의 생존권을 위해 시위해야 한다며 자주 집을 비웠다. 평소 아저씨는 우리 가족에게 살갑게 대해주었다. 엄마도 아저씨를 상냥하게 대했다. 언젠가 미르는 최 씨 아저씨가 우리 아빠인 꿈을 꾼 적이 있다고 고백했다가 내게 혼이 난 적이 있었다. 며칠 전, 최 씨 아저씨가 마당에서 골프공 두 박스를 들고 나가는 걸 본 이후로 한 번도 아저씨 얼굴을 보지 못했다. 나는 분리수거장에서 주워온 컴퓨터용 책상 앞에 앉은 채 허리를 쭉 펴고 기지개를 켰다. 미르가 내 기척에 눈을 비비며 일어났다.

"누나, 배고파!"

입에 붙은 미르의 아침 인사였다.

"나도 그래. 빨리 손만 씻고 와."

미르의 얼굴을 보자 원래 목적이 생각났다. 재빨리 스크롤을 내려 내 질문을 검색해보았다. 그런데 내 질문에만 아무 답글이 없었다. 문장이 너무 딱딱했거나 학구적이었나. 미련 없이 화면을 닫고 컴퓨터를 껐다. 그리고는 식탁 위에 놓여있던 갈비찜을 냄비에 쏟아부어 데웠다. 미르가 좋아하는 잡채도 프라이팬에 살짝 볶았다. 삶은 문어는 비닐 채로 펼쳐놓았다.

"왜 이렇게 맛있는 게 많아?"

미르의 눈이 휘둥그레졌다.

"어제가 그 집 할아버지 생신이었대."

"엄마 왔다 갔구나?"

"그래. 새벽에 바로 가셨어."

"왜 날 안 깨웠어?"

미르가 뾰로통해져서 나를 노려보았다.

"세상모르고 자던데? 그리고 엄만 지난 설에 봤잖아."

몇 점 안 되는 갈비찜의 도톰한 살집을 발라 미르의 밥그릇에 담아주었다. 미르는 두 볼이 터지도록 음식을 입에 넣었다. 나는 찜 속의 감자와 양파만 골라 먹었다. 갈비찜과 잡채가 대번에 동이 났다. 미르의 젓가락이 잠시 허공에 떠 있었다.

"엄만 언제 또 와?"

"이주 후에."

"이 주일씩이나?"

엄마는 말이 간병인이지 24시간 파출부나 다름없어서 이 주일에 한 번씩 집에 왔다.

"그래, 그 집 할머니가 한방병원에 입원하시고 나면 며칠 휴가받아 오신대. 그래도 쌀도 있고 김치도 있으니까 걱정할 거 없어. 라면도 몇 개 남아있고."

"라면? 누나야, 우리, 라면 한 개만 끓여 먹자. 계란 풀어서."

미르가 계집애처럼 방긋 웃으며 애교를 부렸다.

"지금은 배부르잖아. 이거 내가 괜히 라면 얘기 꺼냈다."

"누나야, 라면 한 개만. 딱 하나만."

미르가 집요하게 졸라댔다. 나는 입을 다물어버렸다. 미르는 식사 후 라면을 입가심으로 먹는 버릇이 있었다. 그런데 이번 겨울방학 때부터 그걸 끊고, 대신 컴퓨터게임 시간을 늘리기로 나와 약속했었다. 미르는 초등학교 3학년인데 몸무게가 60킬로그램이 넘었다. 키는 보통이지만 목이나 팔목이 두툼하니 몇 겹으로 접혀서 누가 봐도 고도비만 상태였다. 미르는 어릴 때부터 피자나 통닭을 좋아했고 못지않게 라면도 좋아했다. 라면이 직접적인 원인은 아니겠지만 비만인 미르에게 좋을 리가 없었다. 잘 먹고 잠도 잘 자는 미르는 덩치가 있다 보니 가리는 음식도 없이 먹는 양이 내 두세 배는 족히 됐다. 객관적으로 나는 마른 축에 속했다. 엄마는 그런 우리 둘을 섞어서 나누면 딱 보기 좋을 거라고 한숨을 쉬곤 했다.

내가 아무 반응을 보이지 않자 미르는 삐져서 몸을 바닥에 굴리다 오래된 버릇인 문틈의 먼지를 파기 시작했다. 나는 아랑곳하지 않고 설거지를 하고 난 뒤 음식물 쓰레기를 버리러 바깥으로 나갔다. 하루에 한 번 음식물 쓰레기를 내다 버렸지만, 축대 옆이 현관인 우리집은 늘 퀴퀴한 냄새가 났다. 엄마가 집에 없는 표를 내지 않으려니 늘 바쁘고 짜증이 났다. 간호조무사였던 엄마는 지난 학기부터 재가간병일을 하러 나갔다. 엄마가 집에 없으니 내가 음식을 만들고 집안일을 할 수밖에 없었다.

내가 이부자리를 정리하고 바닥을 치우는 동안에도 미르는 냉장고에서 무언가를 찾아내 먹으며 보란 듯이 뒹굴뒹굴 바닥에 뒹굴었다. 미르는 내게 반항하는 듯 노골적으로 빈둥거리며 컴퓨터 할 시간만 기다렸다. 미르가 게임을 시작하면 여간해서는 그만두지 않기 때문에 나는 미르가 컴퓨터를 할 수 있는 시간을 강제로 정해놓았다. 아직 십여 분이 남았는데 미르가 컴퓨터를 켰다. 나도 모르게 화가 치밀어서 옆에 있던 파리채로 미르의 등을 후려쳤다. 미르가 악, 하고 비명을 질렀다. 아차 싶었다. 새해부터 다시는 미르를 때리지 않기로 약속했던 터였다.

"이 거짓말쟁이!"

미르가 서럽게 울기 시작했다. 진짜 아팠던지 미르는 어깨까지 들썩이며 훌쩍거렸다. 할 수 없이 미르가 보는 앞에서 냉동실의 검은 봉지에 숨겨둔 라면 한 개를 꺼냈다.

"이게 마지막이다."

미르는 벌겋게 충혈된 눈으로 라면을 국물까지 남김없이 다 마셨다. 미르는 내가 책상에서 수학 문제집을 붙들고 있는 동안, 라면 냄비를 씻는 눈치였다.

"게임 한 시간만 하고 문제지 다 풀어놓을게."

미르는 다시 아주 행복하고 당당한 표정으로 컴퓨터 앞에 다가가 앉았다. 이전 같았으면 머리통을 쥐어박았겠지만, 꾹 참았다. 새삼 한기가 들었다. 의자를 고쳐 앉는데 아랫도리가 촉촉한 느낌이 들었다. 몇 달 전부터 시작된 한 달에 한 번은 꼭 찾아오고야 마는 반갑지 않은 손님이었다. 하얀 팬티에 선명하게 묻은 선홍빛은 아무리 삶아 빨아도 얼룩이 남곤 했다. 지난해 겨울방학이 시작되던 날, 하얀 요 위에서 역사적인 흔적을 발견한 사람은 내가 아니라 엄마였다. 엄마는 곤혹스러운 눈빛으로 나를 쳐다보더니 서랍 속의 생리대를 한 통 꺼내주었다. 꽃무늬가 그려진 그것은 크고 두툼해서 이물스러웠다. 엄마는 마냥 성가시고 피곤한 손짓으로 요의 박음질을 툭툭 뜯어냈다. 아빠가 집을 나간 지 며칠 되지 않았을 무렵이었다.

☾

바깥엔 제법 굵은 비가 내리고 있었다. 나는 신발장에서 가장 온전해 보이는 우산을 하나 받쳐 쓰고 집 밖으로 나왔다. 우산대가 하나 부러진 우산살 안쪽에 벌겋게 녹이 슬어있었다. 미르도 화장실이 급하다며 나를 따라 마당으로 올라왔다. 내가 슈퍼에서 생리대를 사 오는 동안 미르는 우산도 쓰지 않고 마당에 고인 빗물을 튕기며 놀고 있었다. 지면이 고르지 못한 마당의 시멘트 바닥은 곳곳에 물기가 흥건했다. 미르는 고인 물을 골라 마음껏 해찰을 부렸다. 1층 주인 할머니는 큰아들네 집으로 명절을 쇠러 가 아직 돌아오지 않았고, 2층 최씨 아저씨는 오랫동안 집을 비우고 있어서 우리가 세든 다가구 주택에는 며칠째 우리 둘만 남아있었다.

"감기 들라. 어서 들어가."

미르는 내 말에 아랑곳하지 않았다. 주인집 할머니가 집에 없다는 걸 미르도 잘 알고 있었다. 내가 막 화장실에 들어갔을 때 미르가 비명처럼 나를 부르는 소리가 들려왔다. 나는 황급히 옷을 여미고 밖으로 나왔다.

"도, 도둑이 방금 저쪽으로 도망갔어!"

미르는 겁에 질린 듯 그 자리에서 꼼짝하지 못했다.

"뭐? 도둑?"

나는 접어 올렸던 바짓단을 내리며 대문 쪽을 쳐다보았다. 대낮에 도둑이라니. 그것도 이렇게 허름한 산동네 주택에.

"확실해? 얼굴은 봤어?"

"아니, 뒷모습만. 검은 옷에 검은 모자를 썼던 것 같아."

나는 낡은 대문이 있는 출입구를 바라보았다. 딱히 대문이랄 것도 없는 오래된 양철 문짝 하나가 연 적도 닫은 적도 없는 듯, 담 곁에 바짝 붙어있었다. 군데군데 녹이 슬었고 그나마 우편함이 달린 한쪽 문밖에 없었다.

"그런데 도둑이 우리 집에서 뛰어나왔어."

미르는 뭔가 이상하다는 듯이 눈을 동그랗게 뜨고 나를 쳐다보았다. 미르의 말대로 도둑이 집 안쪽에서 뛰어나왔다면 도둑은 대문이 아닌 뒷집을 통해 우리 집 안으로 들어왔다는 말이었다. 그렇다면 도둑은 우리 집과 이웃집의 구조를 잘 알고 있는 사람일 터였다.

"누군지 잘 생각해 봐."

나는 뒷집 오빠를 떠올렸다. 좀 모자라는 그는 이따금 골목을 어슬렁거리며 담배꽁초를 주워 피우다가 슬그머니 자기 집으로 들어가곤 했다. 하지만 최근에 그 오빠는 보이지 않았고, 정신병원에 들어갔다는 소문이 돌았다.

"검은 옷차림이었다는 것밖에. 하여튼 졸라 빠르게 뛰었어."

빠르다는 것은 그 오빠와는 거리가 먼 얘기였다. 나는 사방을 둘러보며 골목으로 나가보았다. 아무도 다니지 않는 좁은 골목길에 비만 추적추적 내리고 있었다. 도둑은커녕 가끔 보이던 도둑고양이도 보이지 않았다. 언덕배기 산동네는 비슷한 모양의 다가구주택 이십여 채가 비탈을 따라 다닥다닥 붙어있었다. 다가구주택들은 담장이랄 게 따로 없어 옆집과도 쉽게 통했다. 그래도 이웃에 도둑이 들었다는 말은 한 번도 들은 적이 없었다. 추워서 떨리던 내 입술이 비를 맞아 더욱 떨렸다. 나는 미르의 팔을 잡아끌었다.

집 안으로 들어온 우리는 안방 문갑 위의 도자기 세트 중 하나가 쓰러져 있는 것을 발견했다. 그것은 엄마가 몹시 아끼는 물건이었다. 아빠가 운영하던 도자기공장의 부도로 세간에 몇 번의 차압이 들어왔지만, 끝까지 우리 집에 남은 몇 안 되는 물건 중 하나였다. 무엇보다 작은 도자기 속에는 우리들의 돌반지와 엄마의 패물이 든 복주머니가 숨겨져 있었다. 엄마는 거기에다 예쁜 조화를 꽂아 위장해 놓았다. 그런데 꽃송이들은 흐트러졌고 작은 도자기의 목 부분이 아기 주먹만큼 깨져 그 파편이 문갑 위에 떨어져 있었다. 자세히 들여다보니 도자기 밑바닥에 파란색 복주머니가 그대로 들어있었다. 도둑은 도자기의 목 부분이 좁아서 그것을 끄집어내려다 실패하고 도자기만 깨트린 모양이었다.

"어쩌지? 이거 엄마가 엄청 소중하게 여기는 건데."

내가 떨어져 나간 사금파리를 도자기의 목부분에다 이리저리 갖다 대 보았다.

"누나, 이거 본드로 붙이면 안 될까?"

미르가 사뭇 진지한 표정으로 제안했다.

"하여튼 잔머리 하나는 끝내준다니까."

미르가 신이 나서 책상 서랍에서 오공 본드를 찾아왔다. 나는 도자기의 옆 부분을 따라 본드를 엷게 펴 바르고 입으로 불어 말린 후 그 조각을 도자기의 목 부분에 조심스럽게 맞추어갔다. 뜨는 부분도 있었지만 이가 맞는 부분은 생각보다 서로 잘 붙었다. 전체적으로 둥그스름한 청잣빛 도자기는 무언가 비밀을 지닌 고예술품처럼 기품이 있어 보였다.

"이 도자기, 결혼 전에 아빠가 직접 만들어 엄마한테 선물한 거래."

"그래? 그럼 아주 비싼 건 아니잖아. 난 고려청자라도 되는 줄 알았네."

"야, 이건 돈으로 환산할 수 없는 가치를 지닌 거야. 엄마에겐 아빠를 대변할 수 있는 뭐 그런 거. 그러니 엄청 소중한 거지."

"그럼 엄마한텐 얘기하지 않는 게 좋겠네?"

"당근이지."

나는 도자기 안쪽에다 유리 테이프를 두어 번 더 붙여 단단하게 했다. 그리고는 도자기를 살짝 돌려놓았다. 도자기의 목 부분은 아무 일도 없었다는 듯 제 모양을 꼿꼿이 유지했다. 미르가 하나씩 집어주는 조화를 이전과 비슷한 모양으로 꽂아 두었다.

"굿 잡!"

미르가 오른손 엄지를 치켜세워 보였다. 나도 미소를 지어 보였다.

"이것 좀 봐!"

걸레를 가지러 간 미르가 나를 불렀다. 부엌 바닥에 크고 낯선 우산이 하나 널브러져 있었다. 유명메이커의 로고가 새겨진 새것이었다. 방금 도둑이 두고 간 것이 분명했다. 마침 쓸 만한 우산이 없었기에 미르와 나는 서로 손바닥을 맞부딪치며 브라보를 외쳤다. 도둑은 남의 물건을 훔치러 와 도리어 자신의 물건을 놓고 간 셈이었다. 은빛 광택이 은은한 그것은 우리 집에서 가장 크고 좋은 우산이 되었다.

☽

"싫어. 안 갈 거야."

미르가 또 꾀를 부렸다. 방학이 되면서 나는 미르를 두어
번 도서관에 데려가기도 했는데 아무래도 조용히 의자에 앉
아 책을 읽어야 하니까 갑갑하고 힘들었던 모양이었다. 나는
억지로 미르를 끌고 갈 생각은 없었다. 그렇지만 시립도서관
은 밤 10시까지 개방했다. 방학 내내 따뜻하고 쾌적한 그곳에
서 보낸다면 난방비와 전기세도 꽤 절약될 것 같았다.

"안 무섭겠어?"

"뭐가?"

"그놈이 우산 찾으러 오면 어쩔래?"

"맞나?"

"그래. 그 우산 좋은 거잖아."

농담이었는데 미르는 정말 도둑이 찾아올까 봐 무서웠는지
나를 따라나섰다. 하늘은 잔뜩 찌푸렸고 비가 조금씩 흩뿌렸
다. 미르는 도둑놈 우산을 챙겨 들었고, 나는 책가방을 멨다.
우리는 버스를 타려고 언덕길을 내려갔다. 도둑이 두고 간 은

빛 우산은 크고 튼튼해서 우리 둘이 써도 그다지 불편하지 않았다. 그렇지만 비가 내리는 바깥은 바람이 불어 생각보다 추웠다. 나는 미르 쪽으로 우산을 기울여 바람을 막아주었다.

한참 후에야 버스가 도착했다. 미르와 내가 경로석을 앞뒤로 한 자리씩 꿰차고 앉고 보니 버스 안은 서 있는 이도 빈자리도 없는 공평한 세상이 되었다. 그러나 버스 안의 평화는 이내 불안함으로 변했다. 타는 이도 없고 내리는 이도 없이 버스가 두어 정거장을 내리 통과하는가 싶더니 중앙로에서 그만 꼼짝하지 않는 것이었다. 저만큼 앞 갓길에 경찰버스 대여섯 대가 일렬종대로 정차해 있었다. 도로 곳곳에서 중앙선을 넘어 차를 돌리려는 차와 주행하려는 차량들이 얽히고설켜 실랑이가 벌어졌다.

운전기사는 창문을 내려 누군가를 향해 욕설을 퍼부었다. 버스 안의 승객들도 수군대기 시작했다. 기사는 버스의 시동을 아예 꺼버렸다. 사람들이 하나둘 버스에서 내렸다. 미르와 나는 마지막까지 버스에 앉아 있었지만, 운전기사가 줄담배를 피워대는 바람에 더는 버틸 수가 없었다. 비는 내리지 않지만, 바깥은 몹시 추웠다. 우리는 거리에 몰려나온 인파 속에 휩쓸려 앞으로 걸어갔다.

"살려고 올라갔다 죽어서 내려왔다!"

저 앞 어딘가에서 일정하게 구호를 외치는 소리가 들려왔다. 걸음을 옮길 때마다 과격한 문구가 인쇄된 전단지가 채이고 밟혔다. 몇몇 사람은 그것을 주워서 읽어보았다. 침을 뱉는 사람들도 있었고 큰소리로 욕을 하며 삿대질을 하는 사람들도 보였다. 오십 미터 정도 앞에는 만장처럼 길고 하얀 깃발을 든 사람들이 모여 있었다. 앞서 걸어가던 사람들이 되돌아 나왔다. 그들은 앞으로 나아가지 못한다는 사실에 거칠게 항의했다. 단상에 선 누군가 시국선언을 했고 정부를 규탄하는 말을 쏟아냈다. 그곳에 있는 사람들 대부분은 마치 대통령 취임식에라도 참석하는 듯 당당했고 들떠있었다. 미르와 나는 애국심이 충만한 특수부대의 한복판에 갇힌 것 같았다. 엉겁결에 그 무리 속으로 휩쓸리게 된 우리는 서로 떨어지지 않으려고 손을 꼭 잡았다. 인파에 떠밀려 교차로에 있는 지하철 계단 입구에 다다르자 사람들의 숫자는 더욱 불어났다. 마음 맞는 사람들이 미리 약속하고 모인 듯, 그들은 큰소리로 대화하며 어깨동무하고 걸었다. 미르와 나도 옆에 있는 사람들과 어깨동무할 수밖에 없었다. 흥분한 사람들의 달뜬 목소리를 반복해서 들으니 점점 가슴이 벅차올랐다. 무언가 뭉클한 느낌도 들었다.

정차한 차량 사이로 방독면을 쓴 경찰이 사람들을 향해 소방호스를 들이댔다. 그런데 분사되는 것은 물이 아니라 파란색 색소였다. 사람들이 놀라 어깨동무를 풀고 제각각 몸을 피했다. 나는 재빨리 우산을 펼쳤다. 미르와 나는 뿜어져 나오는 파란색 색소를 우산으로 막으며 갓길 쪽으로 몸을 피했다. 색소는 더 많은 군중들을 향해 분사되었다. 미르와 나는 대로변을 벗어나 골목길로 접어들었다. 몇 사람이 우리를 따라왔다. 골목을 지나면서도 우리의 관심은 줄곧 대로변을 향했다. 곳곳에 소방차가 보이고 경찰차의 사이렌이 울렸다. 도심이 온통 블록버스터영화를 찍는 것처럼 소란스러웠다. 사거리에서 길을 건너야 했기에 우리는 다시 대로로 나갔다.

사거리에 방패와 방독면을 착용한 경찰들이 줄지어 서 있었다. 그들은 조금씩 앞으로 나가더니 갑자기 앞자리의 군중을 에워쌌다. 도로변에 서 있던 경찰들도 가세하여 사람들을 경찰버스 쪽으로 몰아갔다. 사람들이 일제히 고함을 질렀다. 더러 이탈하여 달아나는 사람도 있었는데, 그 뒤를 사복을 입은 사람이 쫓아가는 것이 보였다. 우리가 서 있는 곳에도 경찰 두 명이 빠른 걸음으로 뛰어왔다. 사람들이 달아나라고 소리쳤다. 나는 한 손엔 우산을 움켜쥐고 한 손엔 미르의 손을 꼭 잡고 맞은편 도로를 향해 뛰었다. 경찰 한 명이 호루라기를 불며 우리 뒤를 따라오는 것이 보였다. 우리는 부러 코너를 돌아 반대 방향의 도로로 내달렸다. 우리는 또 다른 빌딩 숲으로 들어섰다.

빌딩 사이로 높다란 신문사 건물이 보였다. 나는 뒤를 살피며 미르의 손을 잡아끌고 지하주차장으로 숨어들었다. 경찰은 보이지 않았다. 미르는 숨이 찬지 자꾸 걸음을 멈추었다. 우리는 비상구가 있는 계단식 철제난간 쪽으로 걸어갔다. 미르는 내가 건네준 우산을 지팡이 삼아 천천히 따라왔다. 벽 쪽엔 신문이 쌓여있었다. 인쇄 냄새가 코를 찔렀다. 우리는 신문더미를 따라 비상계단을 걸어 올라갔다. 우리는 옥외 계단을 다 올라 비상문 앞에 섰다.

"어, 내 우산!"

난간 아래로 우산을 떨어트린 미르가 소리쳤다.

"됐어, 그냥 가."

미르는 잠시 주춤하며 우산을 내려다보았다. 내가 벽 쪽에 있던 비상구의 문을 열어젖히고 미르를 앞세웠다. 좁고 긴 복도를 지나자 밝은 조명으로 환한 건물의 로비가 나왔다. 미르가 두 손으로 이마의 땀을 훔쳤다. 도움형의 굵은 대리석 기둥이 모서리마다 버티고 선 로비는 바닥까지 대리석으로 깔려 있었다. 우리는 호흡을 가다듬으며 주위를 살펴보았다. 자동문이 있는 출입구는 반대편에 있었다. 출입구 쪽에 서 있던 경찰이 경례를 붙이며 우리 앞으로 다가왔다. 나는 가슴이 콩닥거렸지만 미르가 화장실이 급하다는 시늉을 했다. 우리를 미심쩍게 훑어보던 그가 굳은 표정을 풀고 화장실을 가리켰다. 우리는 화장실 쪽으로 급히 걸어갔다.

화장실은 남녀가 확연히 구분되어 복도를 사이에 두고 나누어졌다. 화장실에 들어서자마자 거울을 보았다. 내 얼굴과 옷에는 푸른 색소가 한 방울도 묻어있지 않았다. 그제야 나는 안도의 숨을 내쉬었다. 비대가 놓인 넓고 안락한 그곳에서 찬찬히 생리대를 교체하고 여유 있게 손을 씻은 후 화장실을 나왔다. 미르는 큰 볼일이라도 보는지 아직 보이지 않았다.

로비 전면에 전시실이 있었다. 도우미 복장을 한 늘씬한 아가씨가 삼단 화환이 세워진 입구 안쪽에 서서 허리를 굽혀 인사했다. 한복을 입은 엄마 또래의 부인들 몇 명이 전시실로 들어가는 틈을 따라 나도 그 안으로 들어가 보았다. 회랑에 걸린 그림은 전통적인 풍경을 배경으로 한 여체였다. 나는 남자 화장실 쪽을 계속 흘끔거리면서 그림을 구경했다. 그림 속 여자들은 한결같이 몽롱한 눈빛으로 나를 쳐다보았다. 내 눈의 초점도 덩달아 희미해지는 것 같았다. 관람객들은 여유롭게 그림을 감상하며 간간이 대화를 나누었다. 예약이라는 붉은색 포스트잇이 붙어있는 그림도 더러 있었다. 잘 차려입은 사람들은 조용하게 담소를 나누거나 미소 지으며 인사했다.

전시실 안은 무엇보다 따뜻해서 좋았다. 홀 가득 어디선가 들어보았던, 그러나 곡명은 생각나지 않는 감미로운 선율이 흘렀다. 그곳은 평화롭고 우아한 공간이었다. 방금 내가 경험했던 곳과는 전혀 다른 세상이었다. 시간이 흐를수록 사람들의 시선이 내게로 와 꽂히는 것을 느꼈다. 나는 한 마리 미꾸라지라도 된 기분이었다. 그곳은 내가 있을 자리가 아니었다. 나는 전시실을 나와 로비의 커다란 화분 옆 의자에 앉아 미르를 기다렸다.

미르는 오래도록 화장실에서 나오지 않았다. 나는 창피함을 무릅쓰고 남자 화장실 앞에 서서 미르를 몇 차례 불렀다. 화장실을 나오던 중년 신사가 짜증 섞인 표정으로 안에 아무도 없다고 말해주었다. 당황스러웠고 황당했다. 로비와 전시실은 물론 상가와 식당이 입점해 있는 가장자리까지 몇 번이나 둘러보았지만, 미르는 어디에도 없었다. 넉 대의 엘리베이터가 운행되는 로비는 드나드는 사람들로 끊임없이 붐볐다. 사람들은 무심했고 저마다 바빠 보였다. 정신없이 미르를 찾아다니는 나를 눈여겨보고 관심을 가지는 사람은 아무도 없었다. 높은 천장의 크리스털 샹들리에가 고운 불빛을 내뿜기 시작했는데도 미르는 끝내 나타나지 않았다.

☾

산복도로에 경찰 오토바이가 세워져 있는 것을 보는 순간, 나는 다리에 힘이 쫙, 풀려버렸다. 미르에게 무슨 일이 생긴 것일까. 희붐한 가로등 불빛 아래 경찰 아저씨가 수첩에 뭔가를 적으며 주인집 할머니와 얘기를 나누고 있었다. 우리가 외출한 사이에 할머니가 아들 집에서 돌아온 모양이었다.

"학생, 이 집에 살아요? 이름이 뭐죠?"

인기척에 경찰이 내 쪽으로 시선을 돌리며 말을 건넸다.

"이 층에 사는 최기복 씨 알죠?"

경찰의 목소리는 크고 날카로웠다.

"최기복 씨를 마지막으로 본 게 언젠가요?"

"네, 이 주일 전쯤이요. 목요일인가 ……."

"학생, 이쪽으로 와서 자세히 설명 좀 해줄래요?"

경찰이 성큼 다가와 나를 할머니 쪽으로 데리고 갔다.

"동생이랑 도서관에 다녀오는데 마당에서 아저씨랑 마주 쳤어요. 아저씨는 막 바깥으로 나가는 중이었고 우리는 들어 오다가 ……."

"그때 아저씨가 빈손으로 나가던가요? 아니면 뭘 들고 나 가던가요?"

나는 잠시 머뭇거렸다. 옆에서 듣고 있던 주인 할머니는 얘 가 뭘 아는 게 있겠냐고 혼잣말처럼 중얼거렸다.

"본 대로 말하면 됩니다. 시너나 화염병이나 뭐 이런 거."

"골프공인 것 같았습니다."

"음, 양은 얼마나 되던가요?"

"한 박스요."

나는 두 박스 대신 한 박스라고 거짓말을 했다. 갑자기 가 슴이 두근거렸다.

"그것 말고 다른 것은 없었나요?"

"네. 그런데 그건 왜요? 최 씨 아저씨에게 무슨 일이 생겼어요?"

이번에는 내가 경찰에게 물었다. 경찰은 대답 대신 나를 한 번 쓰윽 노려보더니 수첩에 뭔가 메모를 했다.

"지금 동생은 어디 있나요?"

그때 미르가 어기적어기적 담장 안으로 걸어 들어오는 것이 보였다. 큰 덩치가 피로에 지쳐서 금세 쓰러질 것만 같았다. 미르의 손에는 도둑놈 우산이 꼭 쥐어져 있었다.

"쟈가 와 저카노?"

할머니의 말에 미르가 마당에 주저앉았다. 내가 미르를 부축해 일으켰다. 경찰이 미르의 얼굴을 힐끔 쳐다보더니 수첩을 호주머니에 집어넣었다. 그는 할머니에게 경례를 올려붙이고는 산복도로 쪽으로 사라졌다. 미르는 집까지 걸어왔다고 했다. 주인 할머니는 우리 둘을 자기 집으로 데리고 들어갔다. 주인 할머니의 말과 경찰의 태도로 보아 최씨 아저씨는 현장에 있었는데 화를 면했고, 수배 중인 모양이었다. 우리는 할머니가 끓여준 김치 국밥을 얻어먹고 우리 방으로 건너왔다.

"누나, 그래도 배고파."

미르는 기어이 라면을 하나 더 끓여 먹고 잠에 곯아떨어졌다. 잠시 자리에 눕는다는 것이 나도 깜빡 잠이 들었다. 전화벨 소리에 놀라 잠이 깬 시각은 자정이 가까워서였다. 엄마였다. 엄마는 최 씨 아저씨에 대해서 누가 뭘 물어보면 아무것도 모른다고 말하라고 했다. 아마 주인 할머니가 경찰에게 엄마의 전화번호를 가르쳐 준 것 같았다. 엄마는 나에게 다시 한번 다짐을 해두었다. 경찰이 또 찾아오더라도 아무것도 모른다고 말하라고. 사실 내가 아는 것은 아무것도 없었다.

"집에 다른 일은 없니?"

엄마가 전화를 끊으려 하다가 조심스럽게 물었다. 나는 아침에 도둑이 든 것을 떠올렸다. 비록 도자기가 깨졌지만, 패물을 도난당하지 않고 도리어 좋은 우산을 갖게 된 것을 자랑하고 싶었다. 엄마에게 어리광을 부리며 위로를 받고도 싶었다.

"실은 집에 도둑이 들었어. 근데 멍청한 놈이 패물은 그대로 두고 자기가 가지고 온 우산을 두고 갔어."

엄마는 잠시 말이 없었다.

"혹시 집에 아빠가 왔다 갔는지도 모르겠구나."

엄마가 그 패물 주머니를 꺼내서 한번 살펴보라고 했다. 아빠는 그동안 아무 연락이 없었고 우리는 무소식이 희소식이라고 생각하고 있었다.

"오늘 아침에 아빠에게서 미안하다는 메시지가 달랑 왔어."

엄마의 목소리에 원망과 걱정이 묻어있었다. 엄마는 더 말을 잇지 않고 잘 자라며 그만 전화를 끊었다. 나는 안방의 흐릿한 전구 아래 조화를 한 송이씩 덜어내고 젓가락으로 도자기 안을 조심스레 휘저어보았다. 엄마의 예감대로 젓가락 끝에 닿는 주머니의 느낌은 얇고 가벼웠다. 그러나 나는 안도했다. 요즘은 금값이 많이 올랐다니 아빠가 어디에 계시든 당분간은 여유 있게 보낼 수 있으리라. 아빠는 엄마뿐 아니라 미르와 나에게 더 미안했을 것이고 그래서 우리를 차마 마주칠 수 없었을 것이다. 나는 자꾸만 입술을 깨물었다. 어디에 있는지 모르는 아빠의 얼굴과 어디에 있는지 아는 엄마의 얼굴이 눈앞에 번갈아 떠올랐다. 포털 사이트 교육갤러리엔 내가 올린 질문에만 답글이 달리지 않았다. 하나마나한 소리나 욕지거리 같은 댓글도 없었다. 내 글은 저만큼 아래로 내려가 있었다. 글을 삭제해버리고 나니 차라리 홀가분했다.

미르가 찾아온 은빛 우산을 펼쳐보았다. 아빠가 좋아하는 색상이었고 아빠의 체격에 맞는 사이즈였다. 나무 손잡이 어딘가에는 아빠의 체취가 묻어있을 것이었다. 은빛 우산 꼭대기에 파란색 색소가 한 움큼 생뚱맞게 뿌려져 있었다. 선명하게 묻어있는 그것은 비누나 세제 따위로는 잘 지워지지 않았다. 나는 우산을 한 바퀴 빙그르르 돌려보았다. 튼튼한 우산살이 탱탱하게 원을 그리며 머리 위에서 뱅글 맴돌았다.

　마당 저쪽에서 그 우산을 받쳐 쓰고 우리 쪽으로 걸어오는 아빠의 모습이 보였다. 아빠가 웃으며 커다란 우산을 접었다. 아빠가 우산의 빗물을 마당에 흩뿌리며 현관으로 들어섰다. 미르와 내가 소리를 지르며 아빠를 반갑게 맞이했다.

　"이놈의 갱이 새끼들이!"

　주인 할머니의 새된 목소리가 비질 소리와 함께 들려왔다. 반지하 방 유리에 손바닥만 한 햇볕이 비쳐 들고 있었다. 잠에서 깬 나는 화장실부터 가려고 나무계단을 올랐다. 삐걱대는 계단을 다 오르기도 전에 문득 창으로 스며든 햇살에 눈이 부셨다. 나는 현관문 옆에 쓰러져있던 은빛 우산을 집어 들었다. 할머니가 깨끗하게 쓸어놓은 마당에 그 우산을 펴 널었다. 아빠의 손때가 묻은 우산이 커다란 꽃처럼 활짝 피어났다. 무수히 박힌 은빛 펄이 아침 햇살을 받아 반짝거렸다.

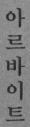

아르바이트

아르바이트

택시에서 내리자마자 팔짱을 낀 골프웨어 차림의 부인과 맞닥뜨렸다. 깡마른 부인은 목소리만큼이나 깐깐해 보였다. 그녀가 오래된 주택단지 맨 왼쪽에 자리 잡은 하얀 대문으로 안내했다. 마당에 들어서니 정갈한 정원이 한눈에 들어왔다. 담 곁엔 청청한 소나무 몇 그루가 큰 키를 뽐냈고, 그 아래로 화강암들이 사열하듯 놓여있었다. 동그란 판석이 깔린 인도를 제외한 마당은 전체가 잘 손질된 잔디밭이었다. 겨울 날씨답지 않게 포근한 오후, 신발을 벗고 거실 마루에 올라서니 서쪽 창과 마주 보는 싱크대 하단의 오븐 거울이 반짝, 빛을 되쏘았다. 나도 모르게 인상이 찡그려졌다.

바퀴가 달린 강 노인의 침대는 거실 창가에 있었다. 부인이 나를 강 노인에게 소개했다. 나는 노인과 눈높이를 맞추느라 무릎을 꺾고 고개를 숙였다. 반색하는 강 노인의 얼굴이 한껏 이지러졌다. 강 선배에게 이미 몇 가지 정보를 들었기에 감색 생활한복을 입은 강 노인이 그리 낯설지 않았다. 얼굴만 보면 노인이라기보다는 주름 많은 하회탈 같았다. 올해 여든이라 는 강 노인은 두상이 컸고 머리카락도 좀 있는 편이었다.

"학생은 몇 살이오?"

강 노인이 입을 열어 어눌한 목소리로 물었다. 중풍이 세 번이나 온 노인치고는 발음이 괜찮은 편이었다. 내가 이번에 대학 졸업반이 된다고 말하자 강 노인이 왼손을 내밀었다. 나 는 크고 쭈글쭈글한 강 노인의 손을 스치듯 살짝 잡아주었다. 내 손에 옮아온 온기가 끈적거렸다. 부인은 강 노인이 십여 년 전쯤 처음 풍을 맞았고, 모두 세 번을 쓰러졌다고 했다. 지금 은 많이 회복되어 비록 대소변은 받아내야 하지만 왼손은 사 용할 수 있어서 아기처럼 밥을 떠먹이는 일은 하지 않아도 된 다고 했다. 강 노인은 거실 벽에 붙은 대형 텔레비전 화면에서 눈을 떼지 않았다.

방학 때마다 한두 건 과외를 해왔고, 학기 중에는 편의점에 서 일한 적도 있지만 간병 아르바이트는 처음이었다. 장학금을 놓친 나에게 같은 과 조교인 강 선배가 얘기해 준 자리였다. 부인이 없는 집에 노인과 이 주일을 함께 지내야 한다는게 좀 껄끄러웠지만, 숙식이 해결되고 보수도 후해 나로서는일거양득이었다. 따지고 보면 완전히 나 혼자도 아니었다. 이삼일에 한 번씩 정원사 겸 집사가 들르고, 매일 가사도우미가출근해서 음식과 빨래를 해놓고 갈 거라고 했다. 나는 간단한청소와 함께 노인의 수발을 들고, 해놓은 음식을 차려드리기만 하면 되었다.

사실, 석션을 필요로 하지 않고 침대에 누워만 지내는 노인에게 하루 세 번 약을 챙겨주고 돌봐주는 것은 간병일이라고할 수도 없었다. 지난 학기 말, 시립병원에 실습 나갔을 때 보았던 전문 간병인들은 일 인당 대여섯 명의 노인들을 돌보며정신없이 근무하고 있었다. 그에 비하면 더할 나위 없이 좋은조건이었다. 게다가 오랫동안 아이를 갖지 못한 언니가 요즘들어 부쩍 히스테리가 늘어 눈치가 보이던 참이었다. 반찬가게를 꾸려가느라 종일 붙어 지내는 언니와 형부는 내가 없으면 덜 싸울지도 몰랐다.

아까부터 핸드폰만 들여다보고 있던 부인이 통화를 끝내자마자 두툼한 봉투를 내게 건넸다. 크로스백과 큼직한 캐리어를 챙긴 부인이 황급히 현관을 빠져나갔다. 강 선배로부터 부인이 이 주일 예정으로 유럽 여행을 떠난다는 말은 이미 전해 들은 터였다. 강 노인이 서둘러 나가는 부인을 거실 유리창을 통해 멀뚱히 바라보았다. 부인에게 몇 가지 주의 사항을 적은 쪽지까지 건네받았기에 뭘 더 물어볼 필요는 없었다. 검은 세단에 올라 급히 대문을 나서는 그녀를 배웅하고 다시 현관으로 들어섰다. 적막한 집안에 텔레비전 소리가 가득 찼다. 강 노인의 시선이 텔레비전 쪽으로 향했다.

나는 거실 한쪽 벽에 걸려있는 가족사진을 자세히 들여다보았다. 아들과 딸, 손자와 손녀들로 보이는 자녀들의 표정은 마냥 화사하고 행복해 보였다. 모든 사진은 젊고 건장한 시절의 강 노인이 임명장을 받으며 전임 대통령과 악수하는 사진 아래 놓여있었다. 부부가 교황과 함께 웃으며 찍은 흑백사진과 외국인들과 술잔을 부딪치는 장면을 찍은 스냅사진도 눈에 띄었다. 강 선배는 자신의 작은 할아버지인 강 노인이 외무고시 출신의 잘나가던 외교관이었다고 귀띔해주었었다.

"내가 정말 저렇게 살았나 싶어요. 지나고 나니 꿈 몇 번 꾼 것 같아."

강 노인이 읊조리듯 중얼거렸다. 어눌한 목소리엔 한 가닥

심줄 같은 것이 들어있었다.

"학생, 참 건강해 보여요."

실팍한 내 몸매를 본 사람들은 그렇게 에둘러 말해주곤 했다. 풍성한 티셔츠에 청바지를 입은 내 뒷모습을 보고는 남자로 착각하는 사람도 있었다. 나는 강 노인의 시선을 의식하기도 피하기도 마땅찮아 주변을 두리번거렸다. 안방 좌탁에 약봉지와 녹차 티백 상자가 보였다. 상자 주위엔 뽀얗게 먼지가 앉아 있었다. 바닥 또한 마찬가지였다. 최소한 일주일은 닦지 않은 것 같았다. 나는 내가 해야 할 일을 찾은 듯 청소를 시작했다. 구형 텔레비전과 비디오 플레이어가 벽 한쪽에 유물처럼 놓여있는 안방은 서늘하고 퀴퀴한 냄새까지 났다. 노인은 거실 창가에서 주로 지내는 모양이었다. 나는 안방의 구석 바닥까지 꼼꼼하게 훔쳐냈다.

텔레비전에 눈을 맞추고 있던 강 노인은 어느새 잠이 든 것 같았다. 거실의 대형 티브이는 다음 프로로 '삼시 세끼'를 예고하며 광고 방송 중이었다. 나는 텔레비전을 끄고 리모컨을 텔레비전 위에 올려두었다. 텔레비전을 비롯한 장식장 주변의 먼지를 닦아내는 데 간간이 강 노인의 숨소리가 푸푸 거칠게 들려왔다. 나는 안방 닦기를 마무리하고는 정수기에서 생수를 내려 들이켰다.

개수대에 생대구가 봉투째 들어있었다. 가사도우미가 장을 보고 미처 냉장고에 넣지 않은 모양이었다. 부인은 그 말조차 전달하지 못하고 갈 정도로 시간에 쫓겼던 것 같았다. 내일 아침에 도우미가 와서 요리할 때까지 냉장고에 그대로 넣어둘까 하다 봉지를 펼쳤다. 대구의 뱃구레는 두두룩했다. 칼로 조심스레 대구의 배를 갈랐다. 하얀 곤이 넉넉하게 들어있는 수놈이었다. 생대구의 살과 곤을 분리해 깨끗하게 씻었다. 냉장고 속에는 무를 비롯해 미나리와 콩나물, 피망 같은 채소가 잔뜩 들어있었다. 노인의 저녁 메뉴는 미역국이었지만, 나는 언니가 동태탕을 끓이는 방식으로 대구탕을 끓이기로 했다.

전기밥통에는 쥐눈이콩을 넣은 잡곡밥이 조금 남아있었다. 이인분 정도여서 강 노인과 둘이서 저녁으로 챙겨 먹어도 될 분량이었다. 하지만 강 노인과 첫날 첫 대면인데 새로 밥을 하는 것이 좋을 것 같았다. 밥통의 밥을 공기에 퍼 두고 새로 밥을 안쳤다. 한잠을 자고 난 강 노인의 헛기침 소리가 들려왔다. 벨을 누르지는 않았지만 몇 차례 목소리를 높이는 것으로 봐서 나를 부르는 신호인 것 같았다. 내가 다가가자 강 노인이 침대 왼쪽에 부착되어있는 두 개의 버튼으로 침대를 조절하기 시작했다. 강 노인의 침대는 특수제작된 것으로 휠체어처럼 움직이거나 높낮이를 조절할 수 있었다.

강 노인이 침대를 주방 쪽으로 몰고 왔다. 침대를 멈춘 강 노인은 내가 음식을 만드는 것을 지켜보았다. 부산하게 식사 준비를 하는 나를 누워서 지켜보는 강 노인이 부담스러웠지만, 그가 옆에 있어서 좋은 점도 있었다. 음식을 만들면서 간이나 양을 자연스럽게 물어볼 수 있었고, 노인의 식습관과 집안의 구조 등에 대해서도 짧게 대화를 나누었다. 나는 냉장고에 있는 재료로 간단하게 만들 수 있는 반찬 몇 가지를 뚝딱 만들어냈다. 그중에서도 각종 과일과 채소를 모양 있게 썰어 그 위에 즉석에서 만든 마늘 소스를 끼얹어 샐러드를 차려내자 강 노인이 연신 맛있겠다, 아 맛있겠다, 하며 침을 흘렸다.

곧 강 노인의 침대 식탁에다 저녁상을 차리기 시작했다. 침대 등받이를 세우고 강 노인에게 앞치마를 둘러주었다. 강 노인은 왼손으로 뜨거운 대구탕의 국물을 떠먹으며 맛있다를 연발했다. 강 노인은 게걸스럽게, 빠르게 먹어댔다. 숟가락질하는 강 노인의 왼손이 조금씩 떨리고 있어서 앞치마에 국물이 줄줄 흘렀다. 그래도 강 노인은 아랑곳하지 않았다. 나는 강 노인의 수저 위로 강 노인이 가리키는 김치나 장조림, 마늘 장아찌 등을 얹어주면서 천천히 드시라고 말했다. 강 노인은 내 말을 못 알아들었는지 계속 허겁지겁 숟가락을 입으로 가져갔다. 강 노인이 대구탕을 한 그릇 더 달라고 했다. 그동안 잘 먹지 못했을까, 아니면 매 끼니를 이렇게 맛있게 먹는 걸까. 강 노인의 식욕이 좋아서 다행스럽기도, 걱정되기도 했다. 식탐은 있지만, 강 노인의 식사량이 적기 때문에 음식 스트레스는 별로 없을 거라고 했던 강 선배의 말은 사실과 너무 달랐다. 적게 먹어야 적게 배출할 거 아니냐고 강 선배는 요령껏 하라고 덧붙이긴 했다. 오늘 최고로 많이 먹었다고 말하며 강 노인이 수저를 놓았다. 흡족해하는 강 노인을 보니 뿌듯했다.

나는 남은 음식들을 죄다 먹어치우는 것으로 설거지를 시작했다. 설거지는 간단했다. 음식 찌꺼기를 키친 타월로 닦아내고 빈 그릇들을 식기세척기에다 넣기만 하면 끝이었다. 뒷정리하는 동안에도 강 노인은 나를 눈여겨보고 있었다. 내 일거수일투족을 강 노인이 세심히 살피고 있다는 사실이 불쾌했지만 개의치 않았다. 주방을 마무리한 나는 노인의 알약을 갈아서 시럽처럼 숟갈로 떠먹였다. 그리고는 냉장고에서 오렌지를 꺼내와 침대 곁 의자에 앉았다. 과일을 먹으며 텔레비전을 시청하는 동안 휴대폰 판매 홍보 문자와 강 선배의 전화가 한 통 왔을 뿐, 부인에게선 일절 연락이 없었다.

"학생, 부탁이 있어요."

강 노인이 애원하듯 조심스럽게 말을 건넸다. 나는 하나 남은 오렌지를 집어 들었다가 그대로 접시 위에 내려놓았다. 강 노인은 잠시 머뭇거리더니 다시 더듬더듬 말을 꺼냈다.

"학생, 나, 목욕 좀, 시켜줄 수 있겠어요?"

눈살이 저절로 찌푸려졌다. 강 노인의 시선은 천장을 향하고 있었다. 머리 정도야 매일 감겨줄 수도 있겠는데, 이 주일 간병에 목욕은 솔직히 피하고 싶었다.

"힘들면 그냥 놔두든지."

내가 망설이는 것이 느껴졌던지 강 노인의 말투가 대번에 시무룩해졌다.

"지금 많이 찝찝해서 그래요. 학생, 미안해요."

다시 점잖아진 강 노인의 말투는 처절하기까지 했다. 까짓, 못 할 것도 없었다. 나는 대답하지 않고 욕실로 가서 강 노인을 목욕시킬 준비를 했다. 혹시나 싶어 챙겨 온 커다란 비닐을 파우치에서 꺼냈다. 머리 감길 때 쓰는 거라 아무래도 사이즈가 작겠지만 그래도 없는 것보단 나을 터였다. 우선 노인의 침대를 안방으로 이동시켰다. 노인이 감기에 걸리지 않도록 조심해야 하니까 안방 문을 닫은 채 실내 온도를 최대한 올렸다. 뜨거운 물과 샴푸, 바디클렌저 등을 안방에 갖다 나르고 강 노인이 갈아입을 옷과 타월 몇 장도 침대 곁에 준비해두었다. 강 노인의 목뒤로 신문지를 속에 넣은 비닐을 깔아 물길을 만든 뒤 강 노인의 머리부터 감겼다. 거품을 낸 강 노인의 머리를 마사지하듯 문질러 주었다. 강 노인의 듬성듬성한 머리칼 밑으로 새끼손톱 크기의 물컹한 사마귀 몇 개가 만져졌다. 움찔, 소름이 돋았다. 타월로 강 노인의 머리를 닦아 말린 뒤 다시 마른 타월로 머리를 감싸두었다. 숨을 한 번 고른 후에 노인의 생활한복 바지를 벗겼다. 노인의 두 다리 사이로 커다란 기저귀가 채워져 있었다. 메마른 빨랫비누 결 같은 강 노인의 살갗 곳곳에 검버섯이 피어있었다. 허벅지는 군데군데 살비듬이 고여 있었고 고약한 냄새마저 풍겼다.

　문득 한동안 시립요양원에 모셨던 엄마가 생각났다. 이 년 전에 돌아가신 엄마의 병명 또한 뇌경색이었다. 가끔 간병인들이 목욕을 시켜준다고는 했지만, 나는 침상에 누운 채 전혀 거동을 못하던 엄마의 몸을 한 번도 목욕시켜준 적이 없었다. 가게를 하는 언니는 자주 가지 못했기에 나 혼자 병원에 가면 가끔 수건으로 엄마의 몸을 닦아줄 뿐이었다. 목욕을 맘껏 하지 못한 엄마에게서는 노인 특유의 냄새가 났다. 강 노인도 오랫동안 목욕을 하지 못한 것이 분명했다. 마비가 온 강 노인의 오른쪽 몸 밑에 다시 신문지와 함께 말아 만든 비닐을 깔고 물길을 만들었다. 물이 떨어질 지점에 물통을 놓고 따끈따끈한 물을 서너 차례 끼얹었다. 그리고는 거품을 낸 타월로 강 노인의 몸을 문질렀다. 따뜻한 물을 연신 부어가며 강 노인의 몸을 구석구석 밀었다. 물통에 물 떨어지는 소리가 요란했다. 살집이 밀리는 강 노인의 몸은 탄력이 없어 한 손으로 잡아가며 씻어내야 했다. 강 노인의 어깨와 가슴 위쪽에 커다란 흉터가 있었다. 그 부분을 문지를 때 강 노인은 육이오 때 입은 총상이라고 한마디 내뱉었다. 그리고 강 노인은 내내 눈을 감고 있었다. 어느새 내 얼굴과 몸은 땀으로 흠뻑 젖었다.

기저귀를 갈고는 강 노인의 사타구니를 씻어야 하나 말아야 하나 망설였다. 실은 몸을 씻어 낼 때부터 갈등했지만 결론은 씻지 않는 것이었다. 목욕을 마친 강 노인의 몸을 마른 타월로 닦고 있는데 강 노인의 아랫도리에서 구린내가 나기 시작했다. 강 노인이 막 변을 지린 것이었다. 그나마 기저귀를 차고 있어서 다행이었다. 강 노인의 배변량은 많지 않았지만 묽은 변이라 저절로 미간이 찌푸려졌다. 다시 숨을 참으며 일을 처리할 동안 강 노인은 눈뿐 아니라 입까지 앙다물고 있었다. 꿈쩍 않고 그대로 두 눈을 내리감고 있는 모습이 죽은 것은 아닐까 싶을 정도로 굳어있었다. 아마 너무 미안해서 비뚤어진 입마저 꾹 다물고 있는 것이리라. 강 노인의 그것은 유난히 검고 컸다. 사타구니 안쪽에 시퍼런 멍이 몇 군데 보였다. 살갗이 얼룩덜룩하니 어루러기 피부병도 있는 것 같았다. 꺼림칙해서 고무장갑을 끼고도 타월로 점점이 찍어내듯 닦아냈다. 겨울인데도 엉덩이 아랫부분은 욕창으로 짓물러있었다. 아무래도 소독을 해줘야 할 것 같았다. 욕창이 있다는 말은 듣지 못했지만 오래 누워있는 환자라면 예상했어야 했다. 침대 밑 구급함에서 연고를 꺼내 펴 바르고 상처 주변에는 파우더를 뿌렸다. 피부를 말리기 위해 강 노인의 아랫도리를 그대로 열어놓았다. 질끈 눈을 감은 강 노인은 아기처럼 나에게 몸을 맡겨두고 있었다. 머리를 감고 몸을 씻은 강 노인은 몰라보게 말쑥해졌다. 침대를 한쪽으로 밀어 넣고 바닥을 정리하고 있는데 강 노인이 입을 열었다.

"학생, 미안한데, 저 리모컨 좀 집어줄래요?"

노인이 안방의 비디오 겸용 텔레비전을 가리켰다. 리모트

컨트롤은 텔레비전 위에 놓여있었다. 말개진 강 노인이 리모컨을 받아들자마자 채널을 눌러댔다.

"이 리모컨이 하느님이야. 화면을 좌지우지하지. 하느님이 내 손안에 있소이다."

기분이 좋아진 강 노인이 리모컨을 들어 보였다. 내가 아무 말이 없자 강 노인이 얼른 말을 돌렸다.

"학생, 고마워요. 정말 수고 많이 했어요. 학생도 씻고 이제 좀 쉬어요."

강 노인은 내가 방을 나가는 동안 리모컨을 누르지 않고 나를 지켜보았다. 내가 안방을 나오자마자 등 뒤로 여배우의 신음이 들려왔다. 순간 흠칫 놀랐지만, 강 노인이 예전에 한량이었다는 강 선배의 말을 떠올리며 그러려니 했다. 강 선배는 강 노인이 혹, 이상한 언행을 보이더라도 전혀 신경 쓰지 말라고 당부했었다. 침대에 누워 꼼짝도 못 하는 노인네가 입만 살아 있는 것이므로 그냥 넘어가면 된다는 말을 비로소 이해할 수 있었다. 때마침 강 노인이 볼륨을 높였다. 나는 못 들은 척하고 욕실에 들어가서 뒷정리한 뒤 땀으로 젖은 몸을 씻었다.

"학생, 학생!"

내가 욕실 문을 열고 거실로 나왔을 때 강 노인이 기다리고 있었던 듯 다급하게 나를 불러댔다. 나는 젖은 머리카락을 타월로 감싸며 황급히 안방 문을 열었다.

"저 서랍 속에 비디오 테이프가 많이 들어있거든. 아무거나 하나 집어 넣어줘요."

겨우 이 일로 나를 급히 불렀나 싶어 울컥, 짜증이 났다. 오래된 듯 잘 열리지 않는 장식장 서랍을 열었다. 열 개 남짓한 테이프는 삼류 애로 비디오물이었다. 낯 뜨거운 포즈는 물론 제목도 유치하기 짝이 없었다. 비디오 플레이어 속에는 이미 테이프가 들어있었다. 강 노인의 볼은 무척 상기되어 있었다. 흐리면서도 끈적끈적한 눈빛은 비릿하고 니글거렸다. 테이프를 넣자마자 강 노인이 리모컨을 눌렀다. 곧바로 여배우의 교성이 뒤따랐다. 휴, 내 입에서 한숨이 저절로 흘러나왔다.

그래도 강 노인이 밤에는 곱게 잠을 잘 잔다고 했으니 잊고 책을 읽거나 잠을 자도 될 것이다. 나는 내가 쉴 방에 들어가서 이부자리를 폈다. 청소기와 옷걸이가 전부인 문간방은 황량했지만 나 혼자만의 공간이어서 아늑했다. 나는 백 팩을 열고, 『좋은 생각』 1월호, 김홍신의 『인생사용설명서』, 그리고 프로이트의 『예술, 문학, 정신분석』을 꺼냈다. 『좋은 생각』은 환자와 생활하다 보면 속상해질 수도 있는 마음을 다스리기 위해,『인생사용설명서』는 환자와의 신경전에서 승리하기 위해, 그리고『예술, 문학, 정신분석』은 졸업논문과 관련해 무언가 자료를 얻을까 해서 넣어온 책이었다. 순간 웃음이 나왔다. 아무래도 지금은『좋은 생각』을 읽어야 할 것 같았다. 어쩌면 이곳에 있는 동안 내내『좋은 생각』만 읽어야 할는지도 몰랐다.

깜빡 잠이 들었다가 책에 엎드린 채 눈을 떴다. 강 노인의 목소리가 분명했다. 강 노인이 나를 부르고 있었다. 내가 기척을 않자 강 노인이 벨을 눌렀다. 더는 못 들은 척할 수가 없었다. 어쩌면 강 노인은 잠을 자는 것이 아니라 밤새 비디오를 보는 것이 아닐까. 그렇다면 영화가 끝날 때마다 불려 나가 테이프를 바꿔줘야 하나. 예상대로 강 노인은 비디오를 교체해 달라고 했다. 낡은 비디오테이프는 각국의 것들을 다 모아둔 것 같았다. 내 손에 집힌 것은 일본 편이었다. 노인이 고개를 끄덕였다.

"학생, 같이 봐요. 나랑 같이 비디오를 보면 내가 돈을 주지. 한 편에 만 원, 어때요?"

내가 비디오를 들여다보며 되감기를 하고 있는데 강 노인이 느닷없는 제안을 했다. 나는 뭐라 할 말을 찾지 못하고 재생 버튼을 눌렀다. 강 노인이 황당한 말을 하더라도 담아두지 말라던 강 선배의 의중을 확실히 알아차리게 되었다.

"학생, 미안해요. 내가 우습죠? 혼자 보니까 심심해서 그래요. 아까 목욕도 시켜주고 그래서 너무 고마워서 한 말이니까 이상하게 생각하지 말아요."

강 노인의 나직한 음성에 문득 진지함이 묻어났다. 그동안 테이프의 앞부분이 돌아가고 있었다.

"그냥 저 의자에 앉아서 편안하게 같이 봐요. 학생이 너무 착하고 고마워서 그래."

나는 잠시 기분이 묘했지만 강권하는 강 노인의 부탁을 뿌리치기도 이상해서 침대 옆 안락의자에 앉았다. 침대 상반신을 조금 올린 강 노인은 화면을 뚫어지게 쳐다보았다. 별스럽지 않은 장면에서 강 노인은 웃음을 터뜨렸고 불쑥, 욕을 하기도 했다. 우스꽝스러운 남녀의 행위 중간에 효과음을 넣어 나를 민망하게 만들기도 했는데 그럭저럭 참을만했다. 별 내용도 없는 영화에 몰입해서 보는 강 노인은 어린아이같이 즐거워했다. 내가 영화를 보는지 확인하려는 듯 나에게 동조를 구하는 질문을 던질 때도 있었다. 엔딩 크레디트가 올라가며 영화 한 편이 끝났다.

"수고했어요. 다음 비디오를 함께 보면 이만 원, 그다음은 사만 원, 볼 때마다 복리로 쳐주지. 어때요?"

강 노인이 자리에서 일어나려는 나에게 새로운 조건을 제시했다. 사실, 함께 영화를 보는 것이 그리 어려운 일은 아니었다. 잠이 오는 것도 아니었다. 나는 다시 자리에 주저앉아 손에 집히는 테이프를 하나 집어넣었다.

"잘했어요! 흐흠, 학생, 실은 내게 골드 바가 두 개 있어. 당연히 마누라가 모르는 것이지. 그동안 그걸 쓸 궁리를 했지만 이렇게 누워있는 내가 무슨 수로 그걸 쓸 수 있겠어? 마누라는 쫙쫙 빼입고 해외여행이다, 골프다, 돈을 쓰고 다니는데, 너무 속상해. 이 골드 바까지 마누라나 자식들에게 가는 건 싫어. 마누라나 아이들한테는 할 만큼 했어. 어디 장학금으로 기부할까 생각도 했는데, 오늘 난 결정해버렸어. 학생에게 줄 거야."

강 노인의 말투는 결연했다. 손녀에게 하듯 말끝은 완전히 놓아버렸다. 할아버지 연배니 그건 아무래도 상관없었다. 객기 부리듯 골드 바를 주겠다고 떼를 쓰는 강 노인의 말을 그대로 믿기는 어려웠지만, 사실이라면 나쁠 것도 없었다. 테이프와 강 노인의 넋두리가 같이 진행되었다.

"요즘 마누라가 이상해졌어. 자기는 홍삼이다, 가시오가피다, 몸에 좋은 것 다 챙겨 먹으면서 난 물도 잘 안 줘. 지 몸뚱어린 반짝반짝 윤을 내면서 나는 목욕도 시켜주지 않아. 내 방은 청소도 제대로 안 해. 요즘은 물리치료사도 안 불러. 아이들도 다 외국에 살고 있으니 내가 갑갑해 죽겠어. 이젠 그만 이 삶을 벗어나고 싶어. 학생, 내 심정 이해할 수 있겠어, 요?"

천천히, 또박또박 부인의 실상을 폭로하던 강 노인이 흥분한 듯 말끝을 맺지 못했다. 순간 강 노인의 숨이 넘어가는 줄 알았다. 강 노인이 천천히 숨을 고르고 있었다. 강 노인이 손을 들어 올리며 다가서려는 나를 막았다. 강 노인은 스스로 대처하는 법을 터득한 것 같았다. 나는 뭘 해야 할지 몰랐다.

"이런, 미안해요, 학생. 난 비디오나 한 편 더 보고 잘 테니 학생은 마음대로 해요. 참, 나 양념치킨 하나만 시켜줄래요? 며칠 전부터 그게 너무 먹고 싶었거든. 내 좌우명이 카르페 디엠이었는데, 지금 내가 정말 하고 싶은 일이 뭔지 알아요? 학생과 재미있는 비디오를 보면서 치킨 먹는 거야, 우습지? 으흐흐."

강 노인이 횡설수설하며 쓸쓸하게 웃었다. 그러고는 쩝쩝 소리 내어 입맛을 다셨다. 엉뚱하게도 내 목구멍에서 침이 넘어갔다. 까짓 죽은 사람 소원도 들어주는데 싫었고 무엇보다 내가 먹고 싶었다. 나는 배달 가능한 식당을 검색해 후기가 괜찮은 곳에 치킨을 주문했다. 조금 씁쓸하고 한편으로 황당하고, 또 아주 약간은 재미있다는 생각도 들었다.

오븐에 구웠다는 닭은 비싼 만큼 맛이 좋았다. 강 노인은 맥주와 함께 양념치킨을 무척 좋아하는데 최근에는 부인이 한 번도 시켜준 적이 없다고 미친년, 이라며 욕을 했다. 나는 기름진 음식이라 그랬을 거라고 강 노인을 달랬다. 강 노인은 끝까지 그 말에 수긍하지 않았다.

강 노인과 나는 배달된 닭과 콜라를 나눠 먹으면서 이탈리아 영화「길」을 패러디한 삼류 섹스 코메디「탈」을 보았다. 강 노인과 나는 등장인물들의 과장되고 우스꽝스러운 몸짓을 보면서 함께 낄낄거렸다. 등장인물들은 모두 탈을 쓰고 다녔다. 그들은 양반, 각시, 할미, 부네, 중, 이매, 초랭이, 선비, 총각 탈 따위를 쓰고 다녔는데, 그 탈은 혼자 있거나 잠잘 때만 벗을 수 있었다. 여주인공 부네의 늙고 병든 아버지가 신세 한탄하는 장면이 나오자 강 노인이 내 아버지에 관해 물었다.

너무 일찍 세상을 떠나버려 기억에도 없는 아버지는 정말 어떤 사람이었을까 나도 새삼 궁금했다. 생전의 엄마는 아버지에 대해 말해주지 않았다. 별로 얘기할 게 없는 지극히 평범

한 사람이었거나 말하지 않는 편이 더 나은 사람이었을까. 엄마는 아버지, 라는 말을 금기시함으로써 힘들었던 시간을 견뎌냈는지도 모른다. 아버지에 대한 기억이 없으니 아버지에 대해 별로 할 말이 없었다. 내가 웃기만 하자 강 노인도 인사치레였는지 더 묻지 않았다.

한입에 먹기 좋게 발라놓은 닭을 쉴 새 없이 받아먹으며 한동안 비디오 화면만 응시하던 강 노인이 이번에는 내 장래에 관해 물었다. 나는 달리 할 말이 없었다. 그동안 누가 내 가족에 관해 묻거나 내 미래에 관해서 물어온 적이 없었다. 그러면서 내가 다른 사람에게 내 미래에 대해 말해본 적도, 구체적으로 생각해 본 적도 없다는 사실을 깨달았다. 여태껏 미래에 대한 희망도, 그렇다고 절망도 품지 않은 채 그냥 그렇고 그런 날들을 살아왔다.

나는 강 노인의 질문을 받는 것이 점점 부담스러웠다. 내세울 것 없는 나 자신을 자꾸 드러내 보이는 것도 싫었다. 나는 강 노인의 자녀들에 관해서 물어보았다. 강 노인 또한 그 부분은 별로 얘기하고 싶지 않은 듯 짧게 대답했다. 아들과 딸이 외국에 나간 지 오래되었고 왕래가 별로 없다는 것은 강 선배에게 이미 들어서 알고 있는 사실이었다. 그들이 그곳에서 성공했더라도 지금 이곳에 쉽사리 올 수 없다면 남이나 마찬가지일 터였다.

마지막까지 남은 퍽퍽한 가슴살까지 말끔히 먹고 난 뒤 강 노인은 지금 이 순간 내 곁에 있는 사람이 가장 소중하다고 힘주어 말했다. 강 노인은 자녀들에게 대접받는 것을 오래전에 체념한 것 같았다. 비디오 화면의 몸짓과 우리가 나누는 대화는 대조적이어서 서로 묘하게 어울렸다. 강 노인과 대화하면서 비디오를 연거푸 두 편이나 본 셈인데 잠은 오지 않았다. 그래도 내일을 위해 그만 눈을 붙이는 게 좋을 것 같았다. 구운 닭고기를 먹고 난 노인의 입에서 역겨운 냄새가 났다. 강 노인은 양치질하지 않으려 했다. 나는 강 노인을 구슬려 식염수에 적신 손수건으로 악취가 나는 이를 꼼꼼히 닦아주었다.

"학생!"

내가 강 노인의 잠자리를 봐주고 돌아서려는 데 강 노인이 나를 불러 세웠다.

"서재 책상 맨 아래 서랍 안쪽에 골드 바가 있어."

강 노인이 한껏 턱을 치켜들고는 서재 쪽을 가리켰다. 강 노인의 말투는 노인 특유의 고집이 응집되어 있었다.

"그거 내가 평생 아껴 모은 깨끗한 거야. 이제 학생 거야. 대신 매일 나랑 같이 비디오를 보는 거야. 일 끝나는 날 그 대가로 골드 바를 주지. 두 개니까 일억쯤 될 거야!"

나는 그 자리에 오도카니 얼어 붙어버렸다.

"됐어. 오늘은 그만 가서 자."

강 노인이 헛기침을 한 번 하고는 눈을 감았다. 안방의 불을 끄고 내 방으로 건너오는데 가슴이 쿵쾅 뛰었다. 머릿속에서 온갖 상상과 추측이 떠올랐다. 영화 같은 일이 내게도 일어나는 건가. 과연 강 노인의 말은 사실일까. 이 주일 후, 나는 일억을 손에 쥐게 될까! 비록 거짓이라 하더라도 강 노인은 정말내게 무언가를 주고 싶어 하는 것처럼 보였다. 어쩌면 강 노인이 나를 시험하는 건지도 모른다. 다음 수순으로 나에게 무리한 요구를 할는지도. 가령, 자신의 성기를 흥분시켜달라거나 혹 숨겨놓았을지도 모를 마약을 투여해 달라거나. 아니 그보다 더한 일을 요구할 수도 있을 것이다. 그렇다면 강 노인은나에게 미끼를 던진 건가.

나는 고개를 흔들었다. 노인이 헛소리한 것 같지는 않았다. 건강도 소망도 없는 강 노인은 지금 자신에게 별 소용없는 돈을, 돈이 절실히 필요한 나에게 주려는 것이다. 강 노인이 필요로 하는 것은 내가 가지고 있고 내가 필요로 하는 것은 강 노인이 가지고 있으므로, 우리는 가진 것을 서로 나누는 것뿐이다. 나의 건강과 강 노인의 돈이 서로 윈윈하는 것이다. 어쩌랴. 설령 강 노인이 그 어떤 극한의 제안을 해온다 하더라도 이만한 보상이라면 무심히 수용하면 될 터. 그래, 이런 기회는 놓치는 것이 아니다! 직장생활 하듯, 업무라 생각하고 그 일을 성실히 수행하면 될 것이다. 혹 아니더라도 상관없다. 아무튼 간병이 끝나는 날 아침 노인의 진의를 다시 한번 확인해보는 거다. 그때도 노인의 마음이 변함없다면 당당하게 골드 바를 받으리라. 나는 핵분열하듯 피어나는 상념들을 최대한 긍정적이고 유리한 쪽으로 이끌어갔다.

잠 따위는 올 리 없는 나는 방바닥에 엎드린 채『인생사용설명서』뒤표지 날개를 폈다. 하얀 여백에다 1에서 14까지를 세로로 써 내려갔다. 그 옆에다 1, 2, 4, 8, 16, 32, 64, 128, 등의 숫자를 차례로 적어보았다. 14 옆에 이르자 8192라는 숫자가 나왔다. 몇 번을 되풀이해보았지만 같은 숫자가 나왔다. 만원을 이 주간 복리로 계산하면 팔천백구십이 만원. 일억이라는 금액이 결코 황당한 숫자가 아니었다. 그러자 강 노인의 제안이 제법 신빙성이 있다고 느껴졌다. 그 돈이면 형부의 카드빚을 다 갚고 목 좋은 곳에 언니의 가게까지 얻을 수 있을 것이다.

어렴풋이 가느다란 신음 같은 게 들려왔다. 강 노인의 목소리가 분명했다. 나는 이불을 뒤집어썼다. 망할 놈의 노인네 같으니라고. 잘 거라고 하더니 다시 비디오를 켜서 보는 모양이었다. 낮잠을 잤으니 잠이 올 리도 없을 것이다. 내일부터는 절대 낮잠을 재우지 말아야지, 다짐하며 뒤척이다가 갑갑해서 얼굴을 이불 밖으로 내놓았다. 강 노인의 목소리는 점점 애절하게 변해갔다. 저런 식이라면 오늘 밤에 잠들기는 틀린 것 같았다. 문득 강 노인의 목소리가 한 차례 날카롭게 날아들었다. 불현듯 불길한 생각이 들었다. 나는 벌떡 일어나 안방으로 달려갔다. 미닫이 유리문엔 텔레비전 불빛은커녕 달빛 한 자락도 드리워져 있지 않았다. 다시 찢어지는 듯한 외마디 비명이 흘러나왔다. 나는 안방 문을 왈칵 열어젖히고 전등을 켰다. 사색이 된 강 노인은 온몸에 식은땀까지 삐질삐질 흘리고 있었다.

"배가, 배가 아파, 쿡쿡 찔러……."

강 노인은 내가 달려오기만을 기다린 것 같았다. 짐작으로 알아들어야 할 만큼 목소리는 흩어졌다. 아무래도 치킨이 문제가 된 모양이었다. 저녁도 과식했을 텐데. 강 노인의 배를 손으로 쓰다듬으려 하자 강 노인이 고개를 저었다. 강 노인은 호흡마저 꺽꺽거렸다. 단단히 탈이 난 모양이었다. 곧 숨이 넘어갈 듯 괴로워하는 강 노인의 얼굴을 닦아주며 상태를 지켜보는 수밖에 없었다. 다행히 119 구급대가 생각났다. 새벽 5시였다.

구급차는 금세 도착했다. 탈진한 듯 강 노인은 신음마저 잠잠해졌다. 두 사람이 들 것을 가지고 안방으로 들어왔다. 나는 그들의 질문에 이것저것 대답하면서 간병인이라는 내색은 하지 않으려 애썼다. 그들은 나를 강 노인의 손녀딸쯤으로 여기는 것 같았다.

"숨소리가 들리지 않아."

그들이 불안한 눈빛을 주고받으며 소곤거렸다. 젊은 그들은 노인을 다루는 것이 서툴러 보였다. 그들이 강 노인을 들것에 옮겨 방을 나갈 때 나는 서재를 찾았다. 그것은 아주 자연스러운 행동이었다. 크고 오래된 원목 책상 서랍은 굳게 잠겨 있었다. 책상 위에 필기구를 담은 상자가, 상자 속엔 열쇠 꾸러미가 들어있었다. 나는 그중 크기가 비슷한 것으로 열쇠를 갖다 댔다. 침착하게, 그러나 빠른 속도로 하나씩 맞춰나갔다. 찰카닥, 걸쇠 풀리는 소리가 났다. 그러나 서랍은 열리지 않았다. 서둘러야 했다. 보호자로 동승하려면 더는 지체할 수 없었다. 나는 호주머니에 열쇠 꾸러미를 챙겼다. 꼭 필요한 것을 챙긴 듯, 그러나 무언가를 빠트린 것 같아 뒤를 돌아보았다. 열릴 듯 열리지 않은 서랍이 나를 비웃듯 쳐다보고 있었다.

구급차 안엔 산소호흡기가 없었다. 구급대원이 인공호흡을 하기 시작했다. 두어 번 계속된 그의 행동은 형식적으로 보였다. 나는 그를 밀쳐내고 수업에서 배운 대로 강 노인의 가슴을 연속으로 압박했다. 거칠게 숨을 들이마시고 강 노인의 입에다 깊은숨을 불어넣었다. 연거푸 가슴을 누르고 숨을 불어넣었다. 강 노인의 입에서 하수구 냄새가 났지만, 힘껏, 최선을 다해 인공호흡을 했다. 지금 숨을 쉬어야지 나중에 쉬면 무슨 소용이냐고 마구 울부짖었다. 놀란 구급대원이 다시 달라붙어 강 노인의 팔다리를 주물렀다. 나는 강 노인의 코에다 귀를 갖다 대고 숨소리를 들어보았다. 강 노인에게서 약하게 숨소리가 들리는 것도 같았다. 구급대원도 제 귀를 강 노인의 코에 들이댔다. 그는 고개를 갸웃했다. 그리고는 운전 중이던 대원에게 까딱, 손짓했다. 구급차가 사이렌을 울리며 더욱 속도를 내기 시작했다.

찌푸렸던 강 노인의 표정이 스르르 풀렸다. 강 노인의 얼굴은 평온해 보였다. 구급대원이 내게 다른 가족들은 없냐고 물었다. 나는 열쇠 꾸러미가 집히는 바지 주머니 속을 헤집어 핸드폰을 꺼냈다. 강 선배의 전화번호를 찾아 통화버튼을 눌렀다. 손가락이 연신 떨렸다. 팔다리도 후들거렸다. 신호음은 끝도 없이 날아갔다. 저 멀리 동쪽 하늘에 희붐하니 동이 트고 있었다.

이론

이논

☾

    똑같군, 당신이 입술을 열어 중얼거렸다. 그랬다. 나는 당신
의 아내를 닮았다. 아니, 당신의 아내가 나를 닮은 건지도 모
른다. 하긴 당신의 아내가 나를 닮은 건지 내가 당신의 아내
를 닮은 건지 그건 중요하지 않다. 중요한 건, 당신이 나에게
서 당신의 아내 이미지를 떠올린다는 것이다. 상자 속의 나는
당신의 짐작보다 가벼웠다. 두툼한 당신의 손아귀에 창백한
내 얼굴이 놓였다. 당신은 검은 단발머리와 멍하니 한 곳을 응
시하는 내 눈을 뚫어지게 쳐다보았다. 당신이 불현듯 내 뺨을
한 대 후려쳤다. 상자 속 내 얼굴이 돌아가고 머리카락이 한쪽
으로 쏠렸다. 당신은 이내 내 얼굴을 되돌리고 머리카락을 쓰
다듬어주었다. 당신이 나를 다시 찬찬히 살펴보다 눈에 힘을

주었다. 나도 눈을 부릅뜨고 허공을 쳐다보았다. 당신이 피식, 웃음을 흘렸다.

'쏘리, 넌 미주가 아니지.'

당신이 내 입술을 검지로 톡톡, 두드렸다. 나는 당신의 아내 이미지에서 당신이 좋아하는 호주 여배우의 모습으로 업그레이드되었다. 당신이 내 이마에다 키스했다. 당신은 내가 당신의 아내를 닮기 원했고, 한편으론 다르기를 원했다. 당신은 까다롭고 신경질적인 주문자였지만 나를 반품하거나 교환할 이유를 찾지 못했다.

다시 반듯하게 눕혀진 나는 아직 알몸이었다. 당신은 분리 포장된 내 머리와 몸통, 다리를 꺼내놓고 하나씩 조립했다. 당신이 나를 만질 때마다 나는 딱딱하고 긴 속눈썹을 당신의 아이들이 어릴 적 가지고 놀던 바비 인형처럼 깜빡거렸다. 내 몸에서 상큼한 레몬 향이 뿜어져 나왔다. 145센티미터, 18킬로그램, 피부 나이 16세. 당신은 사용설명서에 적힌 내 스펙을 건성으로 살펴보고는 란제리를 입혀 주었다. 당신이 주문한 색보다 연한 보랏빛 브라와 팬티 세트는 우윳빛 피부의 나를 더욱 고급스럽게 만들었다.

당신이 나를 안아다 침대에 눕혔다. 그림자처럼 당신 곁에 바싹 붙어있던 '코코'와 '삐삐'가 내 가슴과 허벅지에 각각 올라앉았다. 녀석들은 내 살 냄새를 맡느라 연신 코를 킁킁거렸다. 녀석들이 나를 싫어하지 않는 것 같아 다행이었다. 나를 맞이함으로써 아틀란티스 오피스텔 708호의 남녀 비율이 같아졌다. 그동안 말티즈 암컷 삐삐는 두 수컷에게 맘껏 히스테리를 부렸겠지만, 앞으로는 그 기세가 조금 누그러질 것이다. 당신이 포장 상자를 접어 현관 밖으로 내놓는 동안 녀석들은 달콤한 내 살 냄새를 뿌리치고 당신 곁에 머물렀다. 녀석들은 주인에게 사랑받는 법을 잘 알고 있었다. 녀석들은 뛰놀다가도 욕실로 들어가 당신이 깔아놓은 기저귀 위에서 볼일을 보았다. 수컷 코코는 당신의 발목에서 맴돌다 다시 내 가슴 위에 올라와 드러누웠다. 삐삐는 당신의 오른쪽 허벅지에 몸을 눕혔다. 코코의 후덥지근한 체온이 내 허벅지를 타고 사타구니까지 전해졌다. 당신이 삐삐를 안은 채 책상에 가 앉았다. 당신은 컴퓨터 전원을 켜 '뷰티 와이프' 홈페이지에 접속했다.

인공지능 로봇 뷰티 와이프의 최신 모델인 나, '이논'은 전 세계 20여 개국에서 인기리에 판매되고 있는 뷰티 와이프 시리즈 중 가장 최신 버전이었다. 일본에 본사를 둔 다국적 기업 뷰티 와이프는 한국에도 지점을 내고 판매를 시작했다. 당신이 처음 나를 알게 된 것은 일본의 일간지를 통해서였다. 당신은 출장차 일본에 왔다가 뷰티 와이프 시리즈가 선풍적인 인기를 얻을 것이라는 기사를 보고 바로 행동으로 옮겼다. 일본은 물론 남미나 유럽, 아프리카 등에서도 뷰티 와이프의 인기는 대단해서 그 구매권을 구하기 위해서는 추첨을 해야 할 정도였다. 똑같은 사양으로 7개가 동시 출시된 이논은 6개가 세계 각국으로 팔려나갔고, 나, A-07080969337은 그중 맨 마지막 로트 넘버를 달고 있었다. 운 좋게도 당신이 한국에서 일곱 번째 구매자로 당첨되었다. 우리들의 인기는 구매 대기자들의 숫자로도 충분히 짐작할 수 있었다. 당신이 대금을 지불하기 직전까지 나에게는 대기 누적 인원 14명 외에 미국에서 4명, 이집트에서 1명, 프랑스에서 2명의 구매 대기자가 동시 등록되었다. 대금을 완불하기 전 당신은 마음이 잠시 흔들렸지만, 구매자가 원할 경우 언제든 본사에 되팔 수 있다는 사실에 혹했다. 보증서 말미에는 사용 기간과 보존상태에 따라 본사에서 가격을 책정, 보상해준다고 명시되어 있었다.

당신이 로트 넘버로 로그인을 하고 드레스숍에 들어갔다. 당신은 점멸 중인 분홍빛 실크 원피스를 클릭했다. 등허리에 큼직한 리본이 달려있고 플리츠형 치마가 폭이 넓어서 내 맘에 꼭 들었다. 당신은 신상인 하단의 민소매 시폰 원피스도 한 벌 추가했다. 당신이 나를 구입하는 데 든 비용은 하와이에 있는 상가 한 채를 처분한 금액과 맞먹었다. 지금 당신이 사는 25평 오피스텔 십 년 치 임대료이기도 하다.

코코의 코 고는 소리가 거실을 채웠다. 당신이 늘어진 코코를 안아다 소파에 내려놓았다. 삐삐는 내 가슴 위에서 눈을 말똥말똥 뜨고 당신을 쳐다보고 있었다. 당신이 삐삐를 밀쳐내고 나를 가볍게 안아주었다. 나는 당신이 이전에 구매했던 실리콘이나 플라스틱 마네킹과는 사뭇 달랐다. 새로 개발되었다는 인공 피부는 당신이 깜짝 놀랄 정도로 매끄러웠다. 두툼한 당신의 손이 내 오른쪽 발뒤꿈치를 열어 전선을 뽑아냈다. 2미터 정도 되는 실선이 한 번에 흘러내렸다. 당신은 손가락만 한 리모컨을 꺼내 나를 작동시켰다. 내 몸이 서서히 따뜻해지기 시작했다. 당신이 나를 꼭 껴안았다. 36.5도. 어쩌면 당신의 체온일지도 몰랐다. 당신이 나를 바로 누이고 위에서 내려다보았다. 당신의 눈동자는 호기심 어린 아이처럼 크고 빛났다. 마치 동화책에 나오는 잠자는 숲속의 공주라도 발견한 것 같았다.

'똑같군.'

당신은 다시 한번 혼잣말을 했다. 내가 눈을 감은 모습은 도도하게 눈을 치켜뜨고 자는 당신의 아내와 닮았을 것이다. 당신이 씨익 미소를 지었다. 당신은 내 정보가 고스란히 들어 있는 헤드 칩을 꺼내 지갑 속에 넣었다.

☾

핸드폰이 울렸다. 큰딸 예빈이였다. 예빈이는 며칠 전에도 공항에 도착하자마자 당신이 보고 싶다며 전화를 해왔다. 초등학교 4학년인 예빈이는 한 살 아래 세빈이보다 더 어리고 제 속도 잘 숨기지 못하는 편이었다. 전화를 넘겨받은 당신의 아내는 서울 친정에서 쉬는 중이며 내일쯤 별장에 들러 삼일 정도 머물렀다가 곧바로 출국할 예정이라고 했다. 일 년여 만의 통화였다. 당신의 아내 목소리는 조금 들떠있었다. 당신은 덤덤하게 듣고 있다가 전화를 끊었다.

이 년 전 당신의 아내는 아이들 교육을 핑계로 당신을 훌쩍 떠나버렸다. 당신도 쌀쌀해진 아내, 미주를 더는 감당할 수 없었고 자유롭게 지내고 싶었다. 당신의 아내는 당신 곁을 떠나면서 당신에게는 어머니나 누나 같은 여자가 맞을 거라고 한 마디 해주었다. 아내가 떠나고서야 당신은 그동안 당신의 아내가 캐나다행을 꼼꼼하게 준비해왔다는 사실을 알게 되었다. 그런데 당신의 아내는 이혼을 요구하지는 않았다. 캐나다에서의 생활에 경제적으로 불이익을 받지 않겠다는 의도일 것이다. 초등학생인 아이들은 이런저런 속사정은 모르는 듯했다. 차라리 모르는 편이 나았다. 어쩌면 아이들은 엄마 아빠의 냉랭한 태도에서 뭔가 눈치를 챘는지도 몰랐다.

폭스바겐 골프는 내가 타기엔 조금 비좁았다. 나는 조수석에 비스듬히 기대앉았다. 통통 튕기는 내 피부 때문에 내 몸이 잘 구겨지지 않았지만, 당신은 나를 분리하지는 않았다. 나를 다시 조립하기 귀찮았을 것이다. 나도 내가 다시 분리되는 건 싫었다. 나는 당신이 마음을 바꾸지 않도록 처음 안전벨트를 맨 자세를 그대로 유지했다. 보랏빛 란제리를 입고 앉아 있는 나에게 당신은 무릎담요를 두르고 모자를 씌웠다. 나는 가끔 눈을 깜빡이는 것 외에 죽은 듯 꼿꼿하게 앉아 있었다. 당신의 아내와 아이들이 별장에 도착하기 전 나를 잘 숨겨놓는 일만 잊지 않으면 나는 휴가 기간 내내 당신과 함께 지낼 수 있을 것이다.

뒷좌석으로 물러난 코코와 삐삐는 급작스러운 좌석 변화에 순응하지 못하겠다는 듯 줄곧 서 있었다. 어쩌면 녀석들이 배신감을 느꼈는지도 몰랐다. 평소 삐삐는 당신이 운전하는 동안 무릎에 얼굴을 파묻고 누웠고, 코코는 조수석을 혼자 차지하곤 했으니까. 당신이 녀석들에게 앉으라고 소리쳤지만, 이전의 포지션을 포기하지 못한 녀석들은 서운한 듯 조르는 듯 낑낑거렸다.

가는 빗줄기가 도시고속도로를 달리는 동안 점점 굵어졌다. 차창을 두드리는 빗소리도 더욱 요란해졌다. 장마철도 지났는데 열대성 소나기는 곳곳에 폭우를 동반했다. 별장이 있는 가평 쪽으로는 호우 경보까지 발령되었다는 뉴스가 흘러나왔다. 이러한 기세로 쉬지 않고 비가 내린다면 별장 진입로에 흐르는 개울물도 넘칠 것이다. 개울물이 넘치면 별장은 물론 인근 마을에도 들어가지 못한다. 개울은 평소에는 바닥이 보일 정도의 적은 수량을 가지고 있었지만, 장마철이 되면 크고 작은 골짜기에서 유입되는 물이 일시적으로 엄청나게 불어났다. 그러다 비가 그치면 또 금세 수량이 줄어들었다. 평소에는 개울물 때문에 통행에 지장을 받는 일은 거의 없었다. 반짝, 하고 비가 내리는 그 시간만 잘 넘기면 당신은 굳이 그 개울에 도로나 다리를 놓아 자연을 훼손하지 않아도 되었다.

비는 더욱 거세지고 와이퍼는 부지런히 유리를 닦아냈다. 빗방울은 꼬리에 꼬리를 문 채 생성과 소멸을 반복했다. 한 겹 유리 밖에서 그것들은 당신에게 무언가를 보여주려는 듯 무모하게 돌진하다 무참하게 소멸했다. 비는 간간이 잦아들기도 했지만 좀처럼 그치지 않았다. 당신은 미리 마트에서 장을 봐두길 잘했다는 생각이 들었다. 이렇게 쏟아지는 빗속에서 장을 보려면 여간 불편하지 않았을 것이다.

국도에 접어들자 지나가는 차량이 드물었다. 덕분에 마을 입구까지는 무난하게 진입할 수 있었다. 그러나 하루 사이에 집 앞의 개울물은 엄청나게 불어나 있었다. 개울을 건너는 길조차 가늠할 수 없었다. 개울을 따라 이어진 도로 가장자리도 벌건 흙탕물이 끊임없이 흘러내렸다. 인근의 신축 골프장에서 떠내려온 흙 때문이었다. 작년부터 얼토당토않은 자리에 골프장을 만든다고 마을 주민들이 목청을 높였지만, 골프장 공사는 강행 중이었다. 당신은 일 년 정도 별장을 가꾸느라 이 마을에서 살다시피 했기에 이곳 사정을 어느 정도 알고 있었다. 지금도 가끔 이곳에서 쉬었다 가곤 하기에 마을 사람들과도 친하게 지내는 편이었다. 그들과 친하게 지내는 것이 여러모로 유익하고 편리했다. 김 씨를 비롯한 마을 사람들은 맥주 캔 하나에도 고마워했다.

당신의 조바심과는 상관없이 나는 조수석에서 안정적으로 드라이브를 즐겼다. 김 씨네 대문 언저리에 차를 세운 당신이 나를 보고 씽긋, 웃어주었다. 코코와 삐삐는 졸린 듯 어느새 뒷좌석에 납작하니 엎드려 있었다. 골짜기로 난 길 위쪽에서 흙탕물이 바퀴를 향해 끊임없이 밀려와 가끔 차체가 흔들렸다. 당신과 내가 시디플레이어에서 흘러나오는 안드레아 보첼리의 노래를 들으며 하릴없이 앉아 있는데 우비에 장화를 신은 민박집 김 씨가 집 뒤쪽에서 걸어 나오는 모습이 보였다.

"사장님, 오늘 중으론 물 빠지기 힘들 텐데요?"

당신이 차창을 내리기도 전에 김 씨가 당신을 알아보고 소리를 질렀다.

"이거 참, 낭패네요. 그럼 오늘 하룻밤만 신세 좀 질게요."

당신은 계곡 앞 김 씨네 민박집 마당에 차를 주차하는 수밖에 없었다. 마당에는 김 씨의 낡은 승합차만 덩그렇게 주차되어 있었다. 김 씨가 진돗개라 주장하는 잡종 아름이가 당신에게 아는 체를 하는지 꼬리를 흔들어댔다. 처마 밑에 있던 또 다른 녀석은 몸을 웅크린 채 당신을 멀뚱하니 바라만 보고 있었다. 비에 흠씬 젖은 녀석들의 몰골이 점점 앙상하게 드러났다.

"저 아래 병원에 좀 다녀올게요. 집사람이 많이 체했나 봐요. 집 좀 봐 주실 수 있지요? 조금 있다 저기 소각장에 잔불이 나 좀 꺼주시고요. 참, 사장님은 뭐 필요한 거 없어요?"

"전 어제 장을 봤거든요. 식구들이 오기로 해서요."

당신이 커다란 골프 우산으로 그들을 받쳐주는 동안 김씨가 몸이 불편한 제 아내를 업어 승합차 조수석에 태웠다.

"저런, 손님이 오시기로 했군요. 하필이면 이런 날에."

"내일이면 괜찮아지겠죠. 뭐."

"그래야 할 텐데요. 그럼 저 끝 방에서 좀 쉬고 계세요. 후딱 댕겨올게요."

김 씨가 서둘러 봉고 운전석에 올라탔다. 봉고는 천천히 아랫마을 쪽으로 사라졌다. 올봄 방을 세 칸이나 증축한 김 씨 집에는 손님이 한 명도 없었다. 방 하나에 욕실이 하나씩 딸린 방들은 한눈에 봐도 부실하기 짝이 없었다. 현관문을 열자마자 암모니아 냄새가 코를 찔렀다. 방 입구에 있는 욕실에서 나는 냄새일 것이다. 변기가 새거나 하수구가 역류하는 모양이었다. 김 씨 아내가 냄새를 잘 못 맡는다는 사실이 다행인지도 몰랐다. 어수룩한 김 씨와 중풍으로 몸이 불편한 김 씨 아내를 속인 업자들은 공사 기간 내내 술판을 벌였다. 되는 것도 없고 안 되는 것도 없는 공사였다. 그렇다고 당신이 간섭하거나 나설 수는 없었다. 그래도 시간이 지나니 어떻게든 마무리가 되었다. 당신이 코를 틀어막으며 방문을 열고 방안을 살펴보았다. 벽걸이 선풍기와 싱글 침대 하나가 구석을 차지하고 있었고 그 앞으로 소형 텔레비전이 놓여있었다.

기상 속보대로 오늘 밤에도 비가 계속 내린다면 당신은 내일도 별장으로 들어가지 못할 것이다. 쾌적하고 널찍한 별장을 바로 앞에 두고 냄새나고 불편한 이곳에서 휴가를 보내게 될 것만 같은 불길한 예감이 스쳤다. 당신은 우산을 펼쳐 들고 김 씨 집을 나왔다. 비는 잦아질 듯 잦아질 듯 계속 내렸다. 개울가로 다가가는 동안 당신의 바짓가랑이가 다 젖어버렸다. 아까부터 목이 말랐던 당신은 하늘을 향해 입을 벌렸다. 얼굴 위로 빗물이 마구 쏟아져 내렸다. 개울은 이미 계곡이 되었고 계곡물은 크고 깊은 소리를 내며 맹렬한 기세로 흘러내렸다. 수량이 줄어들 기미는 전혀 보이지 않았다. 당신이 멍하니 그 자리에 서서 계곡물을 쳐다보았다. 울렁울렁 물에 떠밀려 당신이 자꾸 산 쪽으로 올라가는 것만 같았다. 당신은 다시 집 안으로 발걸음을 옮겼다.

이런 날씨에 승용차에 앉아있으면 바깥에서는 안이 전혀 보이지 않을 것이다. 그러나 별장에 들어가지 못한다면 당신의 아내와 아이들이 도착하기 전에 나는 어딘가에 숨어야 한다. 붙박이장 하나 없는 김 씨네 방안에는 마땅한 공간이 없다. 그렇다고 차 안에 그대로 앉아있는 것은 위험천만한 일이다. 오늘 소각장을 사용했으니 한 이틀 김 씨가 소각장을 쓸 일은 없을 것이다. 아무래도 소각장 안쪽에다 보이지 않게 붙어 서 있는 게 좋을 듯했다. 그래도 연기가 날아갈 때까지는 차 뒷좌석에나마 있고 싶었다. 날이 어두워지고 나면 소각장으로 옮겨갈 기회도 생길 테니까. 당신도 그렇게 판단한 듯 안전벨트를 풀고 나를 안아 내렸다. 코코와 삐삐는 이제야 뒷좌석에 편안하게 늘어져 있었다. 녀석들은 꼼짝 않고 졸음에 겨운 듯 바삐 움직이는 당신을 멀뚱멀뚱 쳐다보기만 했다. 당신이 녀석들을 한 번씩 쓰다듬어주고는 해치백을 열어 나를 그곳에 밀어 넣었다. 당신은 아무렇게나 구겨진 내 몸이 맘에 들지 않는 모양이었다. 당신이 다시 나를 꺼내 처음처럼 조수석에 눕혔다. 밀착된 당신의 몸에서 땀 냄새가 물씬 풍겼다. 당신의 셔츠는 빗물과 땀에 흠뻑 젖어 축축했다. 당신은 갑자기 피로를 느꼈다. 한 며칠 별장을 오가며 무리한 탓이었다.

《

  사업이 번창할수록 당신과 당신의 아내 사이에 틈이 생겼
다. 당신이 새로 벌여 놓은 인테리어 사업이 소문에 소문을 물
고 확장되었고 일에 미친 당신은 일과를 빨리 마칠 수 없었다.
당신이 사업에 빠져들수록 당신의 아내는 당신에게서 멀어졌
다. 당신과 당신의 아내는 암묵적인 동의 아래 섹스리스 부부
가 되어갔다. 동거 속 별거는 오래가지 않았다. 주말에도 집을
떠나 일을 하게 되면서 당신이 먼저 아내 곁을 떠난 셈이 되었
다. 그러다 당신은 IMF 이후 몇 개의 펜션을 정리했고 주말이
면 전국 곳곳을 돌아다녔다. 어느 날 당신은 지금의 별장을 발
견하고는 바로 그날 계약을 했다. 당신은 별장 본채보다는 별
장 주변의 계곡과 산 풍경이 맘에 들었다. 별장을 사들인 뒤엔
주말마다 출근해 손수 리모델링을 했다. 가끔 인부를 사기도
했지만 대부분 당신이 혼자서 내부를 개조하고 꾸몄다. 당신
은 별장에다 시간과 정성을 아낌없이 쏟아부었다. 그즈음 당
신의 아내는 당신을 떠날 준비를 하고 있었다.
  지난해 여름 방학 때에도 당신의 아내는 아이들을 데리고

한국을 다녀갔다. 그러나 그때는 친정에서만 줄곧 지냈고 별장에는 들르지 않았다. 당신의 아내는 한국에서 급한 볼일이 있었고 시간적인 여유는 없다고 했다. 출국하는 날 그들과 시내에서 한 끼 식사를 한 게 전부였다. 데면데면 외면하는 아내와 말이 없어진 아이들 사이에서 당신은 오히려 무덤덤해졌다. 서운할 것도 시원할 것도 없었다. 그런데 이번에는 당신의 아내가 먼저 별장에서 한 며칠 지낼 거라고 일방적으로 통보해왔다.

오피스텔에서 별장까지는 두어 시간 남짓 소요되었다. 당신은 일주일 전부터 거의 매일 별장에 들러 마당의 잡초를 뽑는 것을 시작으로 그곳을 정돈해나갔다. 어제는 마지막으로 냉장고를 정리하고 육류와 과일, 채소 같은 먹거리로 냉장고를 채워 아이들과 아내를 맞이할 채비를 끝냈다.

별장을 처음 인수했을 때에는 건물이 한 동이었는데 이 년 전 당신이 두 동을 더 지었다. 본채 아래쪽에 손님이나 지인들이 사용할 수 있는 아래채를, 두 건물과 조금 떨어진 곳에 음악방을 지었다. 본채와 완벽하게 분리된 아래채는 전체를 통나무로 시공했고 천창을 냈다. 원목 자재를 노출시켜 볼거리를 주고 자연채광과 난방으로 겨울에는 찜질방처럼, 여름에는 에어컨 없이도 지낼 수 있게 마감했다. 주방에 에스프레소 머신을 설치했고, 주방 뒤편으로 난 베란다는 커피를 로스팅할 수 있는 공간으로 활용했다. 현관 입구는 비가 와도 바비큐 파티를 할 수 있게 큰 처마를 내달았고, 중앙에 나무 식탁과 대형 돌구이판을 갖다 놓았다. 당신의 친구들이 몇 번 구경삼아 왔지만 여태 아래채를 쓸 일은 별로 없었다.

당신이 특히 신경 쓴 곳은 음악방이었다. 제일 작은 건물이었지만 당신의 손이 가장 많이 간 곳이었다. 나무로 안벽을 지그재그로 쌓아 올려 만든 음악방은 한여름에도 가끔 보일러를 돌려 습도를 조절해 주고 환기를 시켜주는 등, 세심한 관리가 필요한 곳이기도 했다. 당신이 별장에 도착하면 가장 먼저 살펴보는 곳도 음악방이었다. 당신은 삼천여 장이 넘는 레코드와 각종 시디, 각국을 다니며 수집한 희귀 음반과 스피커로 음악방의 벽면을 채웠고, 골드문트 오디오 세트를 설치했다.

음악방은 한낮에도 깊은 어둠을 뿜어냈다. 당신이 직접 고른 검은 벨벳 커튼이 완벽하게 빛을 차단했다. 마을에서도 외딴 이곳, 별장에서도 또 별채에 지어진 이 음악방에 들어서면 당신만의 세계에 온전히 몰입할 수가 있었다. 그저께 당신은 오랜만에 스크린을 내리고 호텔 캘리포니아 영상 비디오를 켰다. 대형 스크린 속에 움직이는 멤버 한 사람 한 사람이 마치 당신 곁에 있는 듯 친숙하게 와 닿았다. 당신은 환호하는 세계 각국의 군중과 나란히 앉아있는 느낌이 들어 잠시나마 외롭다는 생각을 지울 수 있었다. 당신은 소리에 민감해지고 외롭다는 생각이 들 때면 이곳에 와서 호텔 캘리포니아를 켰다.

당신은 당신의 아내와 함께 열린 음악회에 간 적이 있었다. 그날은 당신의 생일이었고, 당신의 아내는 마지못해 당신을 따라온 것이었다. 당신의 아내는 당신과 함께 보내는 마지막 생일임을 염두에 두었을 것이다. 내내 시큰둥하던 당신의 아내는 호텔 캘리포니아 출연진을 보자 노골적으로 지겹다는 표정을 지었다. 지나치게 깔끔한 당신의 아내는 이유도 명확하게 말하지 않고 당신을 멀리했다. A건설 회장의 외동딸인 당신의 아내는 늘 도도한 표정을 지었고 당신 위에 군림하듯 살아왔다. 닥치는 대로 사업을 늘리고 부지런히 살아온 당신은 억울했지만 내색하지 않았다. 결혼 후 경제적으로 풍족해진 것도 당신의 아내 쪽에 기반이 있었기 때문에 가능했는지 모른다.

심혈을 기울인 별장을 완성했을 때 당신의 아내와 아이들이 당신을 떠났다. 당신은 그즈음 방치했던 치질이 심해졌고 급히 수술을 받아야 했다. 퇴원 후, 당신은 별장 곳곳에 시시티브이를 설치해 오피스텔에 앉아서도 별장의 상태를 파악하는 것으로 별장 가꾸는 일을 모두 끝냈다. 별장을 매입하고 별장의 모든 것을 마무리하는 데 꼬박 이 년이 걸렸다. 그러나 당신이 일을 마친 후에는 내과, 정형외과, 신경외과 등 한동안 병원을 들락거려야 했다. 치질과 어깨, 허리통증은 당신의 고질병이 되어버렸다. 당신의 아내와 아이들은 당신의 고통을 잘 모를 것이다.

이제 당신은 모든 사업을 정리하고 나와 함께 별장에 은둔할 참이었다. 늘 꿈꾸어오던, 음악을 들으며 곡을 만드는 삶을 살 계획이었다. 당신에게 몇몇 여자가 스쳐 지나갔지만, 당신은 그 누구도 사랑하지 않았다. 당신을 진심으로 사랑하는 이도 없었다. 그녀들은 당신이 아닌, 당신이 가진 것들에 더 관심이 많았다. 어떤 여자들은 그 사실을 솔직하게 고백했다. 당신은 사람들에게 마음을 쉬 내놓지 않는 당신 자신에게 문제가 있음도 잘 알고 있었다. 나는 그러한 당신의 성향에 꼭 맞는 완벽한 파트너가 되어줄 자신이 있었다. 나의 순결하고 아름다운 몸과 영혼만을 사랑할 당신은 결코 늙지 않을 내 살결을 쓰다듬으며 작곡을 하고 세상에서 맛보지 못한 평화 속에 빠져들 것이었다.

　내가 오기 전, 당신은 삐삐와 코코 덕분에 살 수 있었는지 모른다. 삐삐와 코코는 늘 당신과 함께했으니까. 당신은 해외에 출장을 나갈 때에도 소아 항공 요금을 지불하고 코코와 삐삐를 데리고 다녔다. 녀석들은 따뜻한 체온으로 냉랭한 당신을 데워주었다. 당신은 녀석들을 뒷바라지하기 위해서라도 아침에 일어나야 했고 밥을 먹어야 했고 일을 해야 했다. 녀석들의 말끔한 모습은 당신이 살아있다는 증거였다. 별장을 청소하러 가던 날, 당신은 일의 효율성을 생각해서 처음에는 코코와 삐삐를 오피스텔에 두고 나왔다. 그렇지만 십여 분도 채 지나지 않아 오피스텔로 되돌아가 녀석들을 데리고 나왔다. 녀석들도 그 잠깐 사이에 당신을 애타게 기다리고 있었던 모양이었다. 반갑다고 폴짝폴짝 뛰어오르는 녀석들을 보고 당신은 코끝이 찡 했고 가슴이 뭉클해졌다.

　　　　　　　　　　　　　　☾

　깜빡 잠든 당신이 몸살기를 느끼며 눈을 떴다. 벽걸이 선풍기가 돌아가고 있었다. 비는 여전히 내리고 있었고 김 씨는 아직 돌아오지 않았다. 당신이 습관처럼 핸드폰을 열어보았다. 염려대로 당신의 아내에게서 메시지가 두 개나 와 있었다. 마지막 날과 일정이 바뀌어 오늘 저녁 이곳에 도착할 예정으로 지금 출발했다는 내용이었다. 만약 통화가 되었다면 당신은 아내와 아이들을 못 오게 했을까. 어지럽고 혼란스러운 듯 당신이 고개를 흔들었다. 정신을 가다듬고 시간을 헤아려보니 당신의 아내는 출발한 지 오래였다. 경유지가 없다면 거의 도착할 때가 되었다. 솔직히 당신은 아내와 아이들이 온다는 사실이 성가셨다. 그러나 곧 아내와 아이들이 당신을 보러 온다는 사실을 고맙게 여기자고 마음을 바꿔 먹었다. 비록 아이들이 아빠보다 코코와 삐삐를 보러 오는 것이라 해도 개의치 않으리라 다짐했다. 당신은 당신의 아내에게 전화를 걸어 이곳의 상황을 알려주고 김 씨네 민박집으로 들어오라고 일러주었다. 당신의 덤덤한 목소리에 당신의 아내는 한 번에 알아듣지 못하고 거듭 질문을 했다. 당신은 벌컥 짜증이 났다. 당신은 애써 목소리를 삭히며 몇 번이고 설명해야 했다. 무척이나 오랜만의 통화였는데 서로 삐걱댄다는 느낌은 여전했다.

문득 당신은 차 안에 있을 삐삐와 코코가 걱정되었다. 부리나케 밖으로 뛰쳐나가 승용차 문을 열었다. 차 안은 온통 난장판이 되어있었다. 실은 당신이 잠을 자는 사이, 나는 중상을 입고 혼수상태에 빠졌다. 나는 내 가슴과 허벅지가 파헤쳐진 채 죽어가고 있었다. 시트 위아래로 하얀 깃털 같은 것이 수북이 떨어져 내렸다. 벌려진 내장 가장자리로 몇 겹으로 된 내 살갗이 낱낱이 드러났다. 당신이 녀석들에게 눈을 부라리고 언성을 높였다. 잠깐의 방심은 돌이킬 수 없는 결과를 낳았다. 녀석들도 제 잘못을 아는 듯 시트 끝으로 물러나서 깽깽거렸다. 머리카락이 조금 헝클어졌을 뿐 그나마 내 얼굴은 멀쩡했다. 내 머릿속에 센서가 들어있을 것이었다. 내 아랫배에서 진한 향이 흘러나왔다. 향수 주머니가 찢어진 것 같았다. 내 그곳만은 무사했다. 당신의 이마에서 땀인지 진땀인지 물기가 자꾸 흘러내렸다. 당신이 시동을 켜고 에어컨을 켰다. 당신은 너덜거리는 내 속옷을 벗겨 뒷좌석 시트에 던졌다. 삐삐가 내 브라와 팬티를 잽싸게 물었다. 삐삐와 코코가 그것을 번갈아가며 핥고 빨았다. 당신은 녀석들을 노려보면서 나를 쓰다듬기 시작했다.

내 배꼽 근처는 유리처럼 매끈거렸다. 당신이 실내등을 켜고 내 아래를 살펴보았다. 그곳은 부드럽고 가는 털이 무성하게 둘러싸고 있고 그 속에 두 겹의 문이 닫혀있었다. 당신이 분홍빛 나는 그것을 손가락으로 가만히 펼쳤다. 나의 그것은 오래전 당신이 보았던 당신의 아내 것과 흡사했다. 당신이 손가락으로 입구를 쓰다듬었다. 나리꽃 모양이 조금씩 벌어지면서 피부도 점점 짙게 변했다. 곧 당신의 손가락이 들어갈 정도로 벌어졌고 당신이 중지를 조심스레 집어넣었다. 매끈한 겉 부분과는 달리 그 속은 촘촘한 엠보싱 재질이었다. 당신이 까끌까끌한 표면을 손가락으로 더듬었다. 스치는 돌기들이 하나하나 일어서며 점점 커졌다. 돌기들은 각자 위치에서 조금씩 당신의 손을 향해 융기해나갔다. 그것은 당신의 손가락이 먹잇감인 양 조이기 시작했다. 당신의 손가락이 피부에 닿자 그것들은 다시 멀어졌고, 스스로 리드미컬하게 움직였다. 점점 속도와 강도가 세졌다. 당신은 손가락을 빼고 이미 부푼 당신의 그것을 집어넣었다. 내 속은 아직 따뜻했고 예민했다. 나는 정교한 과학이었다. 당신의 가슴 한 칸에 한 줄기 서글픔 같은 것이 끼어들었지만 아랫도리의 쾌감이 먼저 당신의 뇌에 도달했다. 순간 당신은 너무 황홀하고 슬퍼서 울컥, 눈물을 쏟았다. 당신은 문득 자신이 자주 눈물을 흘린다는 사실을 깨달았다. 어느새 당신 곁에 다가온 삐삐가 당신의 뺨을 핥았다. 이미 굳어버린 내 눈동자는 멍하니 한 곳을 응시하고 있었다. 순결했던 당신의 여신은 처참한 몰골로 망가져 버렸다. 당신이 너덜거리는 나를 가만히 밀쳐냈다. 나의 그 부분이 정상적으로 작동하고 있음을 증명할 수 있다면 약간의 비용과 시간이 소요되긴 하겠지만 내 몸은 다시 공급받을 수 있었다. 당신이 나의 그 부분을 분리해서 수건으로 감싸고 의자 밑에 깊숙이 집어넣었다. 어이가 없었지만, 이전의 싸구려 마네킹들처럼 난 어차피 소각장으로 가야 할 몸이었다. 예상보다 좀 일찍 가는 것뿐이었다.

당신의 아내는 장모의 폭스바겐 골프를 타고 왔다. 비 내리는 김 씨네 마당에 쌍둥이처럼 닮은 검은 승용차 두 대가 나란히 섰다. 축사 안에 있던 아름이가 뛰쳐나와 컹컹, 짖어댔다. 차에서 내린 당신의 아이들이 아름이를 보고 깜짝 놀라며 뒤로 물러섰다. 당신의 아내와 아이들이 실내로 들어가는 동안 당신이 아름이의 목덜미 줄을 붙잡고 있었다.

일 년 만에 보는 당신의 아내는 화장이 진해져 화사해 보였으며, 무척 상냥해진 것 같았다. 당신의 두 딸, 예빈이와 세빈이는 그 사이 또 키가 자랐다. 아이들은 엊저녁 전화 통화와는 달리 낯가림을 하는 것처럼 쭈뼛거렸다. 당신은 상냥해진 아내와 훌쩍 커버린 딸들이 낯설었다. 그들은 머나먼 이국에서 이곳으로 마음을 내고 시간을 내어 달려왔을 것이다.

당신의 아내와 아이들에게서 구운 고기 냄새가 났다. 점심을 늦게 먹었다는 아내의 말에 당신의 배에서 꼬르륵 소리가 났다. 비를 맞은 탓인지 당신은 으슬으슬 한기가 들고 이따금 목도 따끔거렸다. 당신은 창 아래 벽에 몸을 기대고 그들을 바라보았다. 아이들은 코코와 삐삐를 하나씩 안고 쓰다듬으며 재잘거렸다. 텔레비전은 이번 기상이변이 이 삼 일 더 계속될 거라고 보도했다. 별장으로 건너가지 못할까 봐 전전긍긍하던 아내가 주섬주섬 옷가지와 주변을 정리했다. 당신의 아내는 방 입구에 서서 당신에게 뭐라고 말을 건넸다. 말이 많아진 당신의 아내는 눈에 띄게 다정하게 굴었다. 당신은 당신의 아내가 살갑게 대할수록 당신도 아내를 살갑게 대해야 한다는 의무감 같은 것이 자꾸 차올랐다. 피곤한 당신은 모든 것이 귀찮아져 눈을 감았다. 아이들이 깔깔거리는 소리, 코코와 삐삐가 뛰어다니는 소리, 당신의 아내가 당신과 아이들에게 뭐라고 말을 건네는 소리, 텔레비전에서 흘러나오는 소리 등이 꿈결인 양 아득하게 들려왔다. 비는 고만고만한 기세로 계속 내리고 있었다.

당신은 슬그머니 방을 빠져나왔다. 당신이 침착하게 내 속옷과 몸뚱어리를 수습해 소각장에 내려놓았다. 소각장의 잔불은 거의 꺼졌다. 가느다란 연기만 미진하게 피어올랐다. 당신은 벽 쪽에 바짝 붙어 서서 나를 구석에 내려놓았다. 재를 한쪽으로 밀어붙이고 내 배꼽에다 라이터를 갖다 댔다. 복부에 불이 붙는 동안 당신은 내 팔다리를 재빨리 분리하여 칼로 잘게 찢었다.

내 피부는 타지 않고 녹아내렸다. 화학약품 처리된 내 피부와 내장은 고약한 냄새를 풍기며 검게 녹아내렸다. 마지막으로 당신이 내 머리통을 태웠다. 머리카락부터 타오르는 나를 차마 쳐다볼 수 없었던지 당신은 비 내리는 하늘을 자주 올려다보았다. 무채색 하늘도 무거운 납빛이었다. 당신은 비를 맞으며 이번에는 차 안을 말끔히 쓸어냈다. 그 속의 내 잔해들 역시 남김없이 태워졌다. 마당은 어느새 고약한 냄새와 연기로 가득 찼다. 내가 타는 냄새는 멀리 날아가지 않고 마당을 계속 떠돌았다. 당신의 바람대로 당신의 아내와 아이들은 계속 방안에서만 머물렀다. 비가 내리는 것이 당신에겐 다행이었다. 마침내 나는 완전히, 완벽하게 타올랐다. 소복한 재 속에 내 눈동자와 고유 전자 칩만이 고스란히 형체를 지니고 남아 있었다. 당신은 그것들을 비닐봉지 속에 담았다. 가루는 빗자루로 쓸어 다른 봉지에 담았다. 당신의 몸이 한차례 부르르 떨렸다.

당신은 내 잔해가 담긴 비닐봉지를 조수석에 싣고 아랫마을 쪽으로 천천히 차를 몰았다. 비는 좀처럼 그치지 않고 계속 흩뿌렸다. 도로를 따라 개울물이 급물살을 타고 흘러내렸다. 넘실대는 누런 황톳물 위로 나뭇가지와 과자봉지, 음료수병 등이 함께 휩쓸려 떠내려가고 있었다. 찬찬히 창밖을 살피던 당신이 창을 열고 내 흔적이 든 검은 비닐을 하나씩 힘껏 내던졌다. 물 위에 안착한 비닐봉지는 잠깐 황톳물 위로 솟구쳐 오르더니 물살 아래로 곤두박질쳤다. 순식간에 매듭이 풀리고 산산이 부서진 내 몸은 뿔뿔이 흩어졌다.

저 아래 도로에서 김 씨의 봉고차가 올라오는 것이 보였다. 빗줄기가 더욱 거세졌다.

홍콩 블루스

————

홍콩 블루스

((

"지, 랄한다!"

딸꾹질을 하며 시금치를 다듬던 엄마가 냅다 소리를 질렀다. 나는 묵묵히 텔레비전을 보며 숟가락으로 얼굴을 문질러댔다. 사회자의 말처럼 55세라는 일본 여성 출연자의 피부는 35세 정도밖에 안 되어 보였다. 그녀는 숟가락을 목덜미에서 귀로, 아래턱에서 광대뼈로, 그리고 눈언저리로 반복해서 밀어 올렸다. 그렇게 하루에 십 분씩만 투자하면 피부가 맑아지고 동안이 된다고 했다. 림프샘을 자극하여 피부의 노폐물을 배출시키고 피로를 없애주는 효과를 낸다는 내분비 전문의의 말은 내 귀를 더욱 솔깃하게 했다. 나는 얼굴을 문지른 숟가락을 엄마 몰래 내 여행 가방 속에 챙겨 넣었다.

엄마가 그칠 줄 모르는 딸꾹질 때문에 어깨를 들썩이면서도 파, 배추이파리 따위로 어질러진 수돗가를 물로 씻어내고 정리하는 동안, 나는 진열장에 남은 삼색나물과 전기밥솥의 밥을 양푼에 쏟아붓고 엄마가 만든 매실 고추장 두어 숟갈을 떠 넣었다. 참기름과 깨소금을 듬뿍 뿌려 밥을 비빌 때까지 엄마는 다음날 팔 나물거리를 다듬고 데쳐 냈다. 엄마는 냉수 한 잔을 단숨에 들이켜고 나서도 계속 딸꾹질을 해댔다. 한 번씩 도지는 엄마의 딸꾹질은 멈출 듯 멈출 듯 이어졌다. 엄마는 딸꾹질 때문인지 평소보다 식사량이 적었다. 나는 언제나처럼 설거지하듯 그릇 밑바닥에 붙은 밥알 한 알까지 깨끗하게 긁어먹었다.

"지랄해도 밥 하난 자알, 처먹는다. 네 년은 꼭 복, 받을 끼다."

두어 번 트림을 하고 난 엄마가 또 실실 내 속을 긁어댔다. 엄마는 하루에도 몇 번씩 나를 들었다 놓았다 하며 내 약을 올리곤 했다. 마치 그게 엄마의 유일한 놀이라도 되는 것처럼.

"복은 무슨 얼어 죽을 놈의 복? 짝짝이에 귀걸이도 못 하는 귀를 보면 천하 없는 놈도 다 도망갈건데."

나는 긴 생머리로 가린 내 왼쪽 귀를 엄마 앞에 활짝 드러

내 보였다. 내 왼쪽 귓불은 녹아내린 눈처럼 아무렇게나 뭉쳐
져 보기에 흉할 뿐 아니라 청력도 약했다. 늘 머리카락으로 귀
를 가리고 있는 내가 무슨 무기처럼 내 귀를 드러내 놓으면 엄
마는 한 걸음 뒤로 물러나곤 했다. 싫어하면서도 닮는 게 핏줄
이라더니 내 말투는 갈수록 엄마의 험한 말투를 닮아갔다.

"그건 최, 대한 나중에 하는 기다. 의술이 시시각각 발달한
다 안 하나. 그동안 돈 벌 궁, 리나 좀 해라. 아니 돈 많은 남자
라도 만나든가."

"그래서 홍콩을 간다카이."

내가 설거지를 은근히 서두르는 것을 눈치챈 엄마가 또 눈
을 흘기며 욕을 했다.

"지랄한다, 가시나. 주제에 홍콩은 무슨 홍, 콩?"

"성형하려면 대박 터지는 카지노라도 가야지."

나도 지지 않았다.

"미, 친 년, 성형은 무슨 얼어 죽을!"

딸꾹질이 좀처럼 그치지 않는 엄마는 내가 보는 앞에서 설
탕을 거푸 두 숟갈 떠먹었다.

"물 좀 많이 마시고 숨도 좀 참아 봐."

"하이구, 엄마 혼자 일하게 처, 내삐리두고 혼자 여행 가려

184

니까 미안한가 보네? 대단한 효녀 나셨습니, 다?"

개그 프로를 흉내 내는 엄마의 빈정거림이 우스꽝스런 딸꾹질 때문에 오히려 서글프게 느껴졌다. 나는 잠시 눈과 귀를 막았다. 그리고는 이번 여행을 위해 특별히 장만한 푸른색 수트케이스를 끌며 그만 가게 문을 나섰다. 오후의 햇살이 엄마의 반찬 가게 입간판을 환하게 비추고 있었다.

"지랄한다, 가시나, 기어이 가, 는 갑네?"

엄마가 내 뒤통수에다 대고 한 번 더 서운한 기색을 드러냈다. 나는 부러 엄마를 돌아보지 않았다. 대신 택시에 올라 급히 창문을 내렸다. 반사된 노을에 잔뜩 찡그린 표정으로 엉거주춤 서 있던 엄마가 조금씩 멀어지고 있었다. 멀리서도 엄마의 어깨가 일정하게 들썩이는 것이 보였다.

'걱정 마, 무사히 잘 놀고 올 테니까. 물 좀 많이 먹어!'

엄마에게 문자를 날리자마자 즉시 진동이 왔다. 지나 선생님이었다.

☾

지나 선생님은 벌써 공항에 도착해 2층 카페 창가에 앉아 있다고 했다. 지나 선생님은 우리 일행이 출발하기 전 나를 공항에서 먼저 보길 원했다. 뭔가 내게 긴히 할 말이 있는 모양이었다. 올해 초 우리 보습학원에 새로 들어온 지나 선생님은 말수가 적었고 우리와 잘 어울리지 않았다. 이번 홍콩 여행도 지나 선생님은 처음에 갈 뜻이 없었다. 그런데 원장은 인원을 맞추기 위해 지나 선생님을 기어이 끌어들였다. 4인 이상이면 저가 항공 패키지 상품을 이용할 수 있기 때문이었다. 금요일 밤에 출발해서 일요일 밤에 도착하는 소위 올빼미 여행이라, 현지에서는 1박만 하면 되기에 숙박비도 최대한 절약할 수 있었다. 오래전부터 명품 가방과 화장품, 선글라스 등을 쇼핑할 계획을 세운 원장은 고등부의 한 선생님과 같이 시내 관광을, 나와 같은 중등부의 지나 선생님은 마카오를 옵션으로 선택했다. 원장은 상반기 인센티브라며 이번 여행 경비를 모두 부담했다. 여행 말이 나오면서 엄마가 시시콜콜 태클을 걸었지만, 내 형편에 거저나 마찬가지인 이 여행을 거절할 이유가 없었다. 엄마도 딸의 첫 해외여행에 한 푼도 보태줄 수 없는 미안한 마음을 그렇게 표출하는 것일 터였다.

"미안해요, 먼저 나오시라 해서."

식당 페어그라스 밖으로 나를 발견한 지나 선생님은 계속 의자에서 일어나 있다가 나를 반겼다. 누가 봐도 무척 예의 바르고 정갈한 모습이었다. 나보다 키가 한 뼘이나 크고, 한 번쯤 길거리 캐스팅을 받지 않았을까 싶을 만큼 눈에 띄게 아름다운 지나 선생님이 동갑인 나에게 깍듯이 대하니 기분이 좋으면서도 묘한 거리감이 느껴졌다. 내가 그녀보다 일 년 먼저 들어왔으니 엄연한 직장 선배이긴 했다. 머쓱해진 내가 카페 로비의 벽시계에 눈길을 주었다. 내가 그녀와의 약속 시간에 늦는 바람에 일행이 다 함께 만나기로 한 여행사 미팅 시각이 성큼 다가오고 있었다. 그녀가 미리 주문한 듯 아메리카노 두 잔을 받아왔다. 희고 큼직한 그녀의 귀걸이가 긴 생머리 사이로 반짝였다. 그녀는 날마다 귀걸이를 바꿔 달았다. 귀걸이를 한 그녀는 우아했고 충분히 매력적이었다.

"실은……."

지나 선생님이 커피를 몇 모금 마시며 망설였다. 궁금해진 내가 무슨 얘긴지 어서 해보라고 고개를 끄덕여주었다. 그녀가 입술을 한 번 깨물고는 말문을 열었다.

"실은 제가 빈혈이 좀 있어요. 혹, 거기서 나한테 무슨 문제가 생기면 이 약을 좀 챙겨주셨으면 해서요. 원장님 모르게요. 입사할 때 건강진단서 상에는 지워버렸거든요? 혼자만 아시는 비밀로 해주십사 부탁드리려고요."

그녀가 핸드백에서 하얗고 조그만 약병을 꺼내 보여주었다. 이것이 그녀가 처음부터 여행을 망설인 이유였을까. 그녀의 뽀얀 얼굴색에 그런 병색이 들어 있었다니.

"많이 심한 편인가요? 여자들 대부분 빈혈이 있다던데요. 약을 드신다니 아마 별일 없을 거예요."

"고마워요. 그래도 혹시나 해서요."

"염려 붙들어 매세요. 자알 챙겨 드릴테니. 그런데 쌤은 해외여행이 처음은 아니시죠?"

다소 싱거운 내 농담에 그녀가 싱긋 웃었다.

"아니에요. 처음이에요."

"의외네요. 많이 다녔을 것 같아 보이는데."

의자 옆에 있던 그녀의 보랏빛 캐리어는 내 것과 사이즈와 질감이 비슷했다.

《

　마카오의 세나도 거리는 습기가 많고 무더웠다. 광장에는
우리 일행뿐 아니라 각국에서 모여든 관광객들 때문에 발 디
딜 틈이 없었다. 눈도 제대로 못 뜬 새벽에 기내식을 하고 아
침 일찍 홍콩 공항에 도착했을 때만 해도 거리가 그토록 더울
줄 몰랐다. 바닷바람을 맞으며 첫 배를 타고 마카오로 달려가
는 동안도 마찬가지였다. 툴툴거리는 낡은 버스를 타고 좁고
가파른 세나도 언덕길에 주차하고 내렸을 땐 모두 이미 녹다
운된 상태였다. 나는 시원하고 화려한 도심의 빌딩에서 우아
하게 쇼핑을 하고 있을 원장의 선택이 탁월했음을 깨달았다.
갑갑할 정도로 성실하게 일정을 소화해내고 있는 현지 가이
드를 따라가다 성 바오로 성당의 시원한 지하실로 다시 들어
가고 싶어 뒤를 돌아보았다. 그러나 까마득한 계단과 운집한
인파를 뚫고 돌아갈 자신도 시간도 없었다. 지나 선생님과 나
는 거리에서 산 까만 부채로 연신 부채질을 해댔다. 그 뙤약볕
속에서 현란한 의상을 한 아이들이 타악기를 두드리며 길거
리 공연을 했다. 한증막 같은 공간에서 요란하게 울려 퍼지는

불협화음은 더욱 짜증스러웠다. 우리는 귀를 막고, 깃발을 높이 처든 키 작은 중년 여성 가이드 뒤에 바짝 따라붙었다.

가이드가 육포와 아몬드로 유명하다는 가게 안으로 우리를 안내했다. 다섯 평 남짓한 가게는 관광객들로 이미 붐비고 있었고 우리는 그 틈을 비집고 들어서야 했다. 점원들이 벽에 붙어서서 각종 쿠키 샘플을 나눠주었다. 그녀와 나도 관광객들 속에 파묻혀 이것저것 맛을 보고 물건을 골랐다. 카운트는 진열대를 사이에 두고 앞쪽과 뒤쪽, 두 곳에 있었다. 한 곳은 쿠키, 한 곳은 육포 코너였다. 불그죽죽한 돼지고기와 쇠고기가 마른 김처럼 쌓여있는 육포 코너에 다가서자 비릿한 냄새가 확 풍겨왔다. 가게 안은 사람들의 땀 냄새와 육포 냄새, 아몬드 쿠키가 풍겨내는 달착지근한 냄새, 그리고 각종 향료 등이 얽히고설켜 역겨운 냄새가 났다. 육포 코너 주위는 봉지에 포장된 육포를 꺼내 즉석에서 구워주는 서비스를 받으려는 사람들 때문에 아비규환이었다. 관광객들은 경쟁하듯 막 구워낸 육포를 집어 먹었다.

걸신들린 듯 맛을 음미하고 있는 사람들의 두툼한 볼을 보며 혹시 육포를 엄마 가게에 두고 팔 수 있을까 머리를 굴려보았다. 나는 돈육포의 포장을 살펴보았다. 훈제품이라 유통기

한은 문제없었다. 엄마의 안부도 물을 겸 직접 통화해 보는 것이 좋을 것 같았다. 다행히 엄마는 딸꾹질이 멈춘 것 같았다. 내 설명을 대충 듣고 난 엄마는 그냥 오라고 대답했다. 가게 안이 소란스러워서인지 전화 사정 때문인지 엄마의 목소리가 잘 들리지 않았다. 그렇지만 조금만 사갈게, 라는 말에 엄마가 지랄한다, 로 마무리해주는 바람에 안심하고 전화를 끊을 수 있었다.

나는 폴더를 닫고, 굽는 과정을 생략한 채 계산대로 갔다. 지나 선생님은 아직 가게 안쪽 아몬드 코너에 있었다. 그녀의 손에는 육포나 아몬드 쿠키가 종류별로 잔뜩 쥐어져 있었다. 그녀가 계산을 하려면 한참을 기다려야 할 것 같았다. 나는 조금이라도 빨리 이곳을 벗어나고 싶었다. 작렬하는 태양과 맹렬한 기색의 땡볕으로 바깥은 후텁지근하기 그지없었지만 지릿한 육포냄새가 진동하는 가게 안에 있는 것보다는 나을 것 같았다. 지금쯤 시원하고 깔끔한 명품관에서 우아하게 쇼핑하고 있을 원장과 한 선생님의 선택이 옳았다는 생각이 다시 한번 더 들었다.

빼곡한 사람들의 숲을 빠져나와 가게 문 앞에 서 있을 때였다. 안쪽에서 쿵, 하면서 제법 크고 둔탁한 소리가 들려왔다.

뒤이어 사람들의 날카로운 비명이 터져 나왔다. 무언가 인명사고 같은 게 난 것이 틀림없었다. 지나 선생님이 있던 곳이어서 나는 사람들을 비집고 급히 가게 안쪽으로 들어가 보았다.

불길한 예감은 적중했다. 바닥에 지나 선생님이 쓰러져 있었다. 그녀는 검은 핫팬츠 차림이었다. 그녀의 희고 쭉 뻗은 다리가 먼저 눈에 들어왔다. 짧고 검은 핫팬츠는 아슬아슬하게 그녀의 허벅지 윗부분을 가렸다. 그녀의 팔과 다리, 몸뚱어리가 바닥에 아무렇게나 널브러졌다. 그녀의 검은 눈동자가 허공을 향해 끊임없이 움직였다. 그녀의 눈은 흰자위가 고스란히 드러났다. 그녀의 비틀어진 입과 뺨엔 비웃는 듯한 미소가, 입가엔 침마저 흘러내렸다. 찰랑이며 윤기 나던 그녀의 긴 머리칼이 통로바닥을 뒤덮고 있었다. 그녀의 손과 발이 연신 뒤틀렸다. 누군가 튕겨 나간 그녀의 샌들 한 짝을 주워 발 옆에 가져다 놓았다. 그녀는 속수무책, 맨바닥에서 계속 몸을 뒤틀었다.

"우리 일행이야, 어떡해?"

"쯔쯧, 저 몸으로 어떻게 여길 왔지? 어떻게 여행할 생각을 해? 그것도 해외여행을!"

"빨리 병원에 옮겨야 하는 거 아냐?"

"아니 보호자가 누구야? 보호자는 어디에 있는 거야?"

모여든 사람들의 입에서 비난과 질책이 터져 나왔다.

"괜찮아요. 그냥 그대로 놔두세요. 조금 있으면 괜찮아지니까요. 다들 걱정마시고 일들 보세요."

한국어에 능숙한 마카오 출신 가이드는 침착했다. 생수에 적신 자신의 손수건을 그녀의 입에 물려주고는 사람들을 진정시켰다. 그러고 보니 그녀의 샌들을 가만히 제자리에 가져다 놓은 것도 그녀였다. 그녀의 침착한 대응에 점원과 관광객들의 웅성거림이 줄어들었다. 가이드가 어디론가 전화했다. 더는 모른 척할 수 없어 내가 가이드 앞에 다가섰다. 점원과 손님들은 뒤늦게 나타난 보호자를 꾸짖듯 흘끔흘끔 노려보았다. 지나 선생님은 자는 듯 죽은 듯 고요해졌다.

곧 구급대원들이 도착했다. 구급대원들이 접이식 침대로 의자를 만들었다. 구급대원들의 손이 몸에 닿자 그녀는 정신이 든 것처럼 한 차례 눈을 떴다. 그녀가 손사래를 치자 구급대원들이 그녀를 부축해 들것에 앉혔다. 그녀가 휘청거렸고, 가이드는 그녀의 핫팬츠와 허벅지를 타월로 가려주었다. 그녀는 자리에서 일어나지 못했다. 아니, 두 손으로 얼굴을 감싼 채 한동안 자리에서 일어나지 않았다. 구급대원들은 그녀가 정신을 가다듬을 때까지 기다려 주었다.

나를 보며 친구냐고 묻는 가이드에게 나는 머뭇머뭇하다 고개를 끄덕였다. 가이드는 지나 선생님의 자세를 봐주느라 계속 손을 잡고 있었다. 나는 고작 그녀가 구매한 육포 꾸러미나 들고 있을 뿐이었다. 누군가와 통화를 끝낸 가이드가 우리더러 그들을 따라가라고 말해주었다. 가이드는 웅성거리며 한쪽으로 몰려있던 일행들을 인솔하여 가게 문을 나섰다. 조금 더 안정을 취한 그녀를 구급대원들이 부축해서 바깥으로 데리고 나갔다. 다행히 그녀는 다친 곳이 없어 보였다. 들것은 접어서 뒷사람이 지고 나갔다. 사람들이 우리를 피해 길을 터주었다. 나는 그녀의 보호자로 앰뷸런스에 함께 올랐다.

앰뷸런스는 인근 병원에 우리를 내려놓았다. 여의사는 이미 정신을 차린 그녀에게 다시 침대에 누워 안정을 취하게 했다. 의사는 안정제로 보이는 주사를 한 대 놓아주고 링거를 꽂아주었다. 간호사가 침상의 커튼을 쳐주었다. 눈을 뜬 그녀가 나를 쳐다보며 조그만 목소리로 미안하다고 말했다. 그녀의 말에 힘이 하나도 없어 나는 처음에 그녀의 말을 못 알아들었고, 그녀는 한 번 더 미안하다고 말했다. 그때서야 나는 출발하기 전 공항에서 그녀가 부탁했던 말이 생각났다. 나도 그녀에게 미안하다고 말했다. 그녀는 힘없이 한 번 웃고는 아이처럼 새근거리며 잠을 잤다. 나는 그녀 옆 소파에 앉아서 한참을 뒤척이고 있었다. 아주 어릴 적 기억이 났다. 어쩌면 꿈을 꾸었는지도 몰랐다.

☾

　한여름이었다. 뙤약볕 가득한 시장통이었다. 대여섯 살가량의 나는 아버지와 함께 시장 한가운데를 걸어가고 있었다. 아버지는 뒷부분에 짐이 가득한 자전거를 손으로 천천히 몰며 나를 앞장서서 걸었다. 나는 팥앙금이 꽉 찬 찐빵을 베어 물며 아버지를 따라 종종걸음을 쳤다. 땅바닥의 돌 때문인지, 붐비는 인파 때문인지 앞서가던 아버지가 누군가를 피하려다 누군가와 부딪혔다. 아버지는 자전거와 함께 비틀거렸다. 아버지는 넘어지지 않으려고, 몸의 중심을 잡으려고 애를 썼다. 그렇지만 아버지의 자전거가 한쪽으로 기우뚱, 넘어지고 말았다. 아버지는 천천히 길을 갔기 때문에 그리 세게 부딪친 것 같지는 않았다. 아버지의 자전거 바큇살이 허공에서 헛돌며 쇳소리를 냈다. 슬그머니 넘어진 아버지는 한참을 일어나지 못했다. 자전거 뒤에 가득 실었던 배추와 무, 파 등이 땅바닥에 흩어져 뒹굴었다. 내가 놀라 울면서 아버지를 흔들었을 때 아버지의 입가에서는 거품이 구름처럼 뿜어져 나왔다. 모여든 사람들이 쯧쯧, 혀를 찼다. 그들은 도움은커녕 오물이라도 피하듯 슬슬 피해 지나갔다. 그 난감한 순간은 엄마가 달려와서야 수습이 되었다. 아버지는 엄마가 오고 난 뒤, 아무렇지도 않은 듯 그 자리에서 옷을 툴툴 털고 일어났다. 희한하게도 아버지는 아무 데도 다친 곳이 없었다. 너무 놀라 계속 자지러지게 울던 나를 토닥이며 엄마는 아무 일도 아니라고 계속 중얼거렸다. 아버지의 군용바지에 묻은 흙이 아니었다면 아무 일도 일어나지 않은 것 같았다. 정말이지, 거짓말처럼 그날 이후 그런 일은 더이상 일어나지 않았다. 하지만 그 일로 나는 한동안 아버지보다 더 많은 약을 먹어야 했다.

'하나뿐인 딸년 스물이라도 넘기려면 디립다 욕을 해줘야 해. 내 말 명심하거래이!'

먼 친척이라는 삼방 아지매의 말이었다. 엄마는 거실 한가운데 신당을 차려놓은 그녀의 집을 가끔 찾았다. 삼방 아지매는 자신의 말에 책임이라도 지는 듯 어린 나를 볼 때마다 욕을 해댔다. 어느 날 삼방 아지매가 갑자기 대나무밭에서 미끄러져 죽었다고 했다. 엄마는 삼방 아지매를 찾는 대신 나를 한의원과 병원에 데리고 다녔다. 나는 누구보다 튼실한 몸이 되었다. 이후 그 일은 까마득히 잊고 있었다. 나에게 그 일은 어릴 적 꾼 꿈보다 더 아득한 일이 되어있었다.

☾

우리 여행사 소속이라며 장국영을 닮은 남자 직원이 들어왔다. 그는 우리의 신원에 대해 몇 가지를 질문했다. 그는 의사가 내민 서류에 서명하게 하고 우리를 데리고 그곳을 나왔다. 우리는 그의 승용차에 올랐다. 우리를 인솔했던 현지 가이드를 수소문해서 통화를 하더니 내가 그토록 고대하던 베네시안 카지노로 향했다. 그 와중에 남자 직원은 지나 선생님의 외모를 보고 급 호감을 가진 듯했다. 그가 현장을 본 건 아니어서 그녀가 단순히 쓰러진 것으로 알 수도 있었다. 어쩌면 서

류를 보고 발작을 일으켰다는 것을 알 수도 있었을 것이다. 그는 아랑곳하지 않는 것 같았다. 그녀의 모습 또한 아무 일도 없었다는 듯 평온하기만 했다. 오히려 휴식을 취한 뒤라 더 해맑아 보였다.

직원도 나도 그녀에게 그 일에 대해 일절 언급하지 않았다. 그녀에겐 아무 일도 일어나지 않은 것 같았다. 우리는 다만 지체했을 뿐이었다. 마침 조수석에 앉은 그녀는 나와 대화할 기회도 자연스레 차단되었다. 남자 직원은 그녀와 이전에 알고 있던 사이라도 되는 양 편하게 대화를 주고받았다. 그는 우스갯소리도 잘했고 그녀는 곧잘 웃었다. 그와 그녀는 다정한 연인 같았다. 나는 둘 사이에 어정쩡하니 끼어든 불청객이 되어버린 느낌이었다. 아무래도 좋았다. 직원은 진심이었는지 베네시안 호텔에 도착하고서도 그녀와 함께했다. 그는 베네시안의 인공 하늘과 호수를 안내하며 사진을 찍어주었다. 그는 그녀의 남자친구처럼 그녀를 정성껏 보호하고는 카지노 라운지에서 우리를 가이드에게 인계했다.

가이드는 피붙이를 다시 만난 듯 포옹하며 우리를 맞아주었다. 일행들이 카지노의 사물함 앞에 모여 유쾌하게 떠들고 있는 것으로 보아 그들은 막 카지노 체험을 끝내고 나온 모양이었다. 나는 카지노 입구에서 카지노 객장을 들여다보는 것으로 만족해야 했다. 이곳까지 와서 카지노에 입장조차 못 해보다니. 대박은커녕 엄마에게 뭐라고 할 것인가. 엄마의 비아냥이 귓가에 앵앵거리는 것 같았다.

우리는 일정대로 저녁 식사를 위해 스페인 풍의 식당으로 이동했다. 식당으로 가는 동안 일행들이 그녀와 나를 경계하며 훔쳐보고 있다는 것을 느낄 수 있었다. 그들은 무슨 한센병 환자 보듯 우리 둘을 쳐다보는 것 같았다. 가이드와는 달리 우리와는 아무 말도, 아무것도 섞고 싶어 하지 않는 눈치였다. 가이드는 일행과 조금 떨어진 아늑한 자리에 우리를 앉혔고 아무 문제 없다는 듯 보란 듯 우리와 함께 식사했다. 사람들은 그녀가 화장실에 갈 때도 그녀가 음식을 먹을 때도 내내 그녀를 안 보는 듯 쳐다보고 있었다. 그들은 또 무슨 일이 일어나 자신들의 계획에 차질이라도 생기지나 않을까 걱정 반 호기심 반, 그러나 분명 혐오와 멸시가 가득한 눈빛을 쏘아댔다.

"김 쌤, 미안해요, 저 때문에 관광도 제대로 못 하고."

식사를 끝낸 가이드가 먼저 자리를 뜨자 지나 선생님이 입을 열었다.

"아뇨, 제가 미안해요. 잘 챙겨주지 못해서요."

나는 일행과 떨어지는 바람에 코스로 나온 요리를 충분히 먹지 못해 조금 억울했다. 그렇다고 그녀의 접시에 남겨진 음식을 당겨와 먹을 수는 없었다.

"그동안 약을 먹고 꾸준히 치료했어요. 그래선지 오랫동안 아무 일이 없었어요. 조금 미심쩍긴 했지만 다 나았다고 주문을 걸었어요. 그래서 취업도 하게 되었구요. 그렇지만 아직 아닌가 봐요. 그런데 왜 쌤은 아무것도 묻지 않는 거예요? 동정어린 배려인가요? 그냥 궁금하면 물어보고 그러면 안 돼요? 그렇지만 다행이에요. 쌤이 다른 사람들과 다르지 않아서요."

그녀가 차를 홀짝이며 횡설수설했다. 한꺼번에 너무 많은 말을 내뱉었기 때문에 나는 한참을 숨죽이며 듣고 있어야 했다. 그녀의 시선은 줄곧 허공을 향하고 있었다. 나는 식사하면서 가끔 물컵을 만지작거렸고, 그녀와 시선을 마주치지는 않았다.

"난 친구가 없었어요. 친구를 사귈 수가 없었어요. 아니 사귀지 않았어요."

그녀의 내밀한 고백이 이어졌다. 나는 계속 듣고만 있었다.

"고마워요. 친구라고 해주어서."

문득 그녀가 내게 감사를 표했다. 내가 가이드에게 그녀의 친구라고 말했던 것을 그녀가 들은 모양이었다. 왠지 그녀에게 미안한 마음이 들었다. 나는 그녀에게 한마디 대꾸도 하지 못하고 가끔 고개만 끄덕일 뿐이었다.

☾

욕실은 세면대와 변기, 샤워부스와 욕조가 한 공간에 놓인 정사각형 구조였다. 샤워부스와 욕조는 유리 칸막이로 구분되어 있었다. 내가 세면대에서 화장을 지우는 동안, 그녀는 욕조에다 뜨거운 물을 받았다. 망고 향이 나는 샤워젤을 뿌리고 재스민 티백도 몇 장 띄웠다. 어색한 분위기를 푸느라 가방 속에 넣어 온 숟가락으로 내 얼굴을 문질러 보였다. 그녀가 잠시 관심을 보이며 따라 했다. 그러나 누가 봐도 그녀는 얼굴을 문지를 필요가 없었다. 그녀의 관심은 처음부터 거품 목욕에 있는 것 같았다. 욕조 가득 충분히 거품을 일으킨 그녀가 내 앞에서 훌훌 옷을 벗었다. 망설임 없는 그녀의 손끝으로 그녀의 길고 우아한 목선과 어깨가 여지없이 드러났다. 긴 머리를 묶은 그녀가 찰랑이는 포니테일을 풀고 샤워기 아래 서서 몸을 씻기 시작했다. 그녀는 전체적으로 흉터나 반점 하나 보이지 않는 우윳빛 살결을 가지고 있었다. 좌우대칭을 이룬 반듯한 쇄골 아래 풍만한 젖가슴과 날렵한 허리, 매끈한 다리는 자꾸 내 눈길을 끌었다. 가볍게 샤워를 마친 그녀가 자연스럽게 욕조로 걸어갔다. 모델처럼 자신 있고 당당한 걸음걸이였다. 나는 그때까지도 숟가락을 쥐고 얼굴 마사지를 하고 있었다.

"쌤, 그만하고 탕 안으로 들어오세요."

나는 샤워기 앞으로 가서 주춤거리며 옷을 벗고 오랫동안 머리를 감았다. 샴푸를 하며 나는 내 왼쪽 귓불이 없다는 사실을 자꾸 확인해야 했다. 부근의 흉터 자국도 절로 만져졌다. 내게 성형은 선택이 아니라 필수였다. 틈만 나면 성형을 부르짖는 나에게 엄마는 지랄한다, 로 일갈했지만, 남편도 없이 하루하루 반찬가게로 가계를 꾸려가는 엄마의 속은 나보다 더 쓰릴 터였다.

"피로가 싹 풀려요. 어서 들어오세요."

지나 선생님이 나를 향해 다시 한번 재촉했다. 유리 칸막이를 통해 그녀의 눈길이 나를 향하고 있다는 것을 알 수 있었다. 나는 샤워부스 깊숙이 들어가서 씻고 또 씻었다. 욕실 안은 어느새 수증기로 가득 찼다. 뜨거운 물이 가득한 욕조 주변은 안개로 자욱해졌다. 나는 처음부터 그녀와 함께 욕실에 있을 생각이 없었다. 나 혼자 먼저 샤워만 하고 나갈 생각이었다. 그런데 그녀가 스스럼없이 욕실에 들어서는 바람에 나는 밖으로 나갈 타이밍을 놓쳐버린 것이었다. 나는 자연스레 욕실을 나갈 기회를 엿보기 시작했다. 따뜻한 물 때문인지 친근하게 구는 그녀 때문인지 내 결심은 자꾸 느슨해졌다. 그녀는 상대로 하여금 긴장을 풀게 하는 매력이 있었다. 내가 그녀를 너무 경계하는 건 아닌가도 싶었다.

유리 칸막이 너머 그녀의 몸이 실루엣처럼 어렴풋이 보였다. 다시 한번 거울 속에다 내 귀와 어깨를 확인하듯 비춰 본 나는 도무지 그녀 앞에 나설 용기가 나지 않았다. 나는 몇 번이고 비누칠을 했다. 그녀가 무언가 눈치를 챘는지 더는 다그치지 않았다. 투명창을 통해 본 그녀는 가만히 눈을 감고 있었다. 고전 영화 속 첫날 밤 신랑을 기다리는 신부처럼 다소곳한 자태였다. 욕조 끝에 머리를 두고 누워있는 그녀는 깊은 잠이라도 든 것 같았다. 나는 샤워기를 끄고 목에 타월을 두른 채 살그머니 걸어 나왔다. 그녀 몰래 욕실을 빠져나갈 생각이었다. 그러나 그녀는 내 생각을 이미 읽고 있었다. 문고리를 잡는 순간 그녀의 손이 내 팔을 잡아끌었다.

"호호, 쌤, 어딜 가세요? 재스민 향이 얼마나 좋은데요?"

나는 모든 것을 체념했다. 대신 머리칼을 내려 귀를 가린 다음 최대한 몸을 비스듬히 숙이고 그녀와 함께 욕조로 들어 갔다. 한쪽 손은 어깨의 타월을 꼭 쥔 채였다. 하지만 너무 빨리 욕조에 앉으려는 바람에 내 몸이 휘청거렸다. 그녀가 내 손을 잡아 몸의 중심을 잡아주었다. 그 순간 욕조의 물이 출렁거려 내 어깨의 타월이 벗겨지고 말았다. 타월 속의 맨 어깨를 본 그녀의 눈이 휘둥그레졌다. 내 귀마저 본 그녀의 눈빛이 당혹스러운 듯 한 차례 더 흔들렸다. 그렇지만 그녀의 행동만은 침착했다. 그녀는 물속에 빠진 타월을 건져내어 내 어깨에 걸쳐주었다.

그녀가 물속의 내 손을 가만히 잡았다. 좁은 욕조 속에서 그녀의 몸과 내 몸이 밀착되었다. 욕조의 거품이 몇 차례 넘실 거리며 흘러넘쳤다. 그녀는 내 뭉개진 귓불을 보지 않으려 애 쓰는 듯했다. 침묵 속에 수면의 거품이 스멀스멀 녹아내렸다. 서로의 숨결이 내는 미세한 호흡이 느껴졌다. 나는 눈을 감았 다. 내 머릿속에 각인된 오래된 이야기는 내가 태어나던 날의 풍경을 산만하고도 선명하게 보여주었다.

29년 전 음력 정월 초하루였다. 구 년을 기도하며 기다리던 아기가 태어나자 아버지는 기쁨을 감추지 못하고 안절부절, 부엌에서 잔솔가지로 아궁이에 불만 주야장천 때고 있었다. 바깥은 엄동설한, 먹거리도 부족했던 시골집의 산모가 누운 바닥만은 절절 끓었다. 손이 느리고 나이 많은 삼방 아지매는 명절 아침에 부리나케 불려 나오는 바람에, 아기가 나오는 길에 달력 한 장 달랑 깔아놓았다. 산고 끝에 태어난 아기는 소스라치게 놀라 울었지만 다들 그저 아기가 좀 요란스레 우는 거겠거니 했다. 울음을 그치지 않는 아기가 뜨거운 방바닥에 왼쪽 귀와 어깨를 덴 사실을 알아차린 건 아직 정신도 못 차린 엄마였다.

'그때 난 네년이 죽는 줄 알았다.'

엄마는 아버지를 두고두고 원망했고 어느 날 아버지는 스스로 우리 곁을 떠났다. 엄마의 욕지거리와 같이 자라온 나는 전혀 아무렇지 않은 건 아니지만 충분히 무신경해져 있었다. 그건 억척스런 엄마와 살면서 내가 나를 스스로 단련한 결과이기도 했다. 내 신체에 대해 아무런 설명도, 변명도 하지 않는 나를 보며 지나 선생님은 내가 속으로 울고 있다고 생각하는지도 몰랐다.

순간, 숨 막힐 듯한 고요를 가른 그녀의 재채기 소리가 욕실 천장을 울렸다. 천장에는 무수한 물방울이 점점이 맺혀있었다. 그녀의 재채기와 함께 차가운 물 한 방울이 내 미간에 똑 떨어졌다. 깜짝 놀라 눈을 뜬 나는 딸꾹질을 하기 시작했다. 그녀가 반사적으로 내 등을 두드려주었다. 나는 딸꾹질을 멈추려 자꾸 숨을 참았다. 그렇지만 한 번 시작된 딸꾹질은 엄마의 딸꾹질처럼 그치지 않았다.

그녀가 수도꼭지를 틀어 따뜻한 물을 받았다. 그리고는 두 손으로 내게 물을 끼얹었다. 그녀가 개구쟁이처럼 내게 물을 마구 튕겼다. 그녀의 물장구는 필사적이었다. 나도 일어나 그녀에게 물을 튕겼다. 물세례에 타월이 벗겨지고 내 귀와 어깨가 고스란히 드러났다. 우리는 서로의 표정과 몸매를 분간할 수 없게 물을 끼얹었다. 격렬한 물싸움에 거울과 벽이 젖고 욕실 천장마저 축축하게 젖었다. 수도꼭지를 끝까지 열어둔 욕실은 온통 물바다가 되었다. 욕조에서 흘러넘친 물과 거품은 빠른 속도로 배수구로 빠져나갔다.

우리는 깔깔거리며 호텔이 떠나갈 듯 웃어젖혔다. 복도에서 누군가 출입문을 두드려대는 소리가 들렸다. 옆방에 묵고 있는 원장 팀일지도 몰랐다. 잠시 멈칫했던 우리는 못 들은 척

안 들은 척, 다시 물을 뿌려댔다. 흘러넘치는 물속엔 내 눈물도 몇 방울 섞여 있을 것이다. 딸꾹질은 그칠 듯 그칠 듯 이어졌다.

해피 버스데이

해피 버스데이

능소화가 떨어졌다. 간밤에 휘몰아쳤던 태풍이 꿈이 아니었다. 떨어진 꽃잎들은 지난날 진홍으로 화려하게 꽃피웠던 자신을 기억하지 못하는 듯, 물기 흥건한 마당에 아무렇게나 뒹군다. 커다란 꽃잎 하나가 담 모퉁이 수챗구멍에 가 처박힌다. 한때 한 몸이었던 넝쿨과 꽃잎은 미풍을 사이에 두고 데면데면 외면한다.

대문에서 인기척이 들린다. 마루에서 잠든 시어머니가 뒤척이며 돌아눕는다. 멍하니 마당을 내다보던 내가 현관문을 빠져나간다. 낡은 대문의 쇠 문고리를 잡고 비틀자 자물쇠가 딸깍, 소리를 낸다. 쪽문 모서리에 끼워져있던 조간신문이 시멘트 바닥으로 떨어져 내린다.

야스쿠니 신사를 참배하는 조선 왕족들의 흑백사진이 광복절을 하루 앞둔 일간지 1면 상단을 차지하고 있다. 예닐곱 살가량 된 조선 왕실 마지막 왕세자를 포함한 왕족 세 명이 또래로 보이는 일본 왕족들과 나란히 서 있는 장면이다. 바로 밑에 광복절 특사로 모범수를 가석방한다는 세로 문구가 눈에 띈다. '교통법규 위반 사범 포함 8150명'. 그 옆은 '세계 첫 치매치료제 개발 성공'이라는 제목을 단 박스 기사다. 국내 한 대학 연구팀이 컬럼비아 대학 병원팀과 공동 연구를 통해 인간 신경 줄기세포를 이용한 노인성 치매 치료 임상에 성공했다는 뉴스다.

나는 거실장 속에 있는 신문보관 상자를 꺼낸다. 스크랩 상자가 평소보다 가볍다. 상자 안에 있어야 할 가위가 보이지 않는다. 서재 책장 서랍에 넣어둔 가위도 없다. 주방의 식기세척기를 열어보아도 가위 놓는 자리만 비어있다. 집안에는 정확하게 네 개의 가위가 있다. 나머지 한 개는 욕실에 둔다. 오래된 그것은 무겁고 녹이 슬어 주로 머리카락을 다듬을 때 사용한다.

어느새 자리에서 일어난 시어머니가 욕실 거울 앞에 서 있다. 그녀는 가위 네 개를 늘어놓고 머리를 다듬느라 내가 다가

가는 줄도 모른다. 거울 속에 비친 그녀의 뺨에 한 줄기 피가 흐른다. 내가 그녀를 안다시피 하며 좌변기 뚜껑 위에 눌러 앉힌다. 실팍한 그녀의 몸이 완강하게 저항한다.

"이것 놔, 이년아! 마저 해야지."

그녀가 거세게 내 팔을 뿌리친다. 그 바람에 세면대 모서리에 놓인 서랍 가위가 욕실 바닥으로 떨어진다. 가위는 내 발등을 한번 찧고 멈춘다. 그녀의 어깨가 움찔, 한다. 나보다 그녀가 더 놀란듯하다. 그 틈에 나는 재빨리 가위 세 개를 수습한다. 주방용 가위는 아직 그녀가 꽉 움켜쥐고 있다. 무리하게 뺏으면 그녀는 더 거칠어질 것이다. 욕실 바닥은 짧고 꼬불꼬불한 머리카락으로 너저분하다.

"내가 해줄게, 이리 줘 봐, 내가 이쁘게 해준다니까."

나는 아기 어르듯 그녀를 살살 달랜다.

"정말이지?"

"그럼, 걱정 말라니까."

그녀의 손아귀 힘이 느슨해진다. 한 손으로 그녀의 손목을 잡고, 날을 벌리고 있는 가위를 그녀의 손가락에서 조심스럽게 빼낸다. 다행히 그녀의 왼손은 머리를 만지작거린다. 그녀의 머리카락은 작은 덤불 같다. 손가락으로 마사지하듯 그녀의 머리를 다듬어 보지만 내 솜씨로는 어림도 없다. 손재주가 좋았던 그녀는 쓰러지기 전까지 보이지 않는 뒷머리도 손거울을 보며 깔끔하게 손질하곤 했다.

젖은 수건으로 그녀의 얼굴에 흐르는 피를 닦아내고 연고를 발라준다. 밴드로 상처를 감싸면 좋겠지만 이물감 때문인지 그녀는 얼굴에 밴드 붙이는 걸 거부한다. 오른쪽 뺨에 난 상처는 꽤 커서 다른 곳을 소독하는 동안에도 지혈이 되지 않는다. 그곳만은 밴드를 붙여야 할 것 같다.

"여긴 표도 안 나고 밴드 색깔도 이쁘니까 하나만 붙일게."

나는 재빨리 분홍색 밴드 한 개를 그녀의 뺨에 붙인다. 그녀가 그것을 손가락으로 눌러본다. 그사이 나는 내 발등에도 밴드를 붙인다. 내 발등의 상처는 생각보다 깊어 피가 계속 흐른다. 나는 그 옆에 밴드를 한 개 더 붙여놓는다.

"검버섯도 안 보이고, 오히려 더 낫네?"

내 말에 그녀가 세면대 거울 앞으로 바짝 다가간다. 그녀가 거울을 물끄러미 쳐다본다. 거울 속 그녀의 얼굴이 실물보다 많이 이지러져 보인다. 밴드를 붙인 시어머니의 볼이 불도그의 볼살 같다. 심술궂게 처진 두 볼이 그녀의 마음 상태를 말해주는 듯하다.

그녀는 거울 보는 것을 좋아하는 편이다. 나는 그녀 옆에 서서 손거울로 그녀의 옆모습을 비춰 보여준다. 그녀가 거울 속에 비친 자신을 뚫어져라, 쳐다본다. 오래전, 그녀는 거울 속의 첫 번째 거울에 비친 얼굴이 진짜 제 얼굴이라고 말해주었다. 나는 그녀가 진짜 자기 모습을 볼 수 있도록 손거울의 각도를 조절한다. 그녀가 거울과 거울 사이에 서서 거울 속을 살펴본다. 커다란 거울 속에 손거울을 든 그녀가, 손거울 속에 손거울을 든 그녀가 끝없이 이어진다. 거울 속에 비친 거울을 든 무수한 그녀들은 거울을 든 그녀와 닮았지만, 아류의 아류, 그 아류의 아류다. 그녀가 거울 속의 그녀들을 노려본다. 하나 건너씩 보이는 진짜 그녀들은 거울 밖 진짜 그녀를 응시하지만 서로 눈을 맞출 수는 없다. 첫 번째 거울 속에 비친 그녀는 거울 밖 진짜 그녀를 끝내 외면한다.

☾

며느리는 오늘도 신문을 오려 상자 속에 넣는다. 논술학원 강사였던 며느리는 언제부턴가 치매와 사면에 관한 기사를 모은다. 가위를 찾는 며느리의 얼굴빛이 밝은 것으로 보아 좋은 뉴스인 모양이다. 오늘은 음력 7월 21일, 양력으로 8월 14일, 그러니까 내 생일이다. 며느리는 내 생일을 누구보다도 잘 기억하고 있다. 제 생일이기도 하기 때문이다. 내가 쓰러지기 전에는 손수 며느리의 생일을 챙겨주었다. 며느리 또한 당연히 내 생일을 챙겨주었다. 고부간에 서로 생일이 같다는 것은 묘한 연대감을 자아냈다.

"엄마, 이제 세수하고 꼬까옷 입자, 오늘 생일이잖아."

나를 엄마라고 부르는 며느리가 싫지 않다.

"알어, 이년아! 미역국 끓였어?"

며느리가 대답 대신 고개를 끄덕인다. 며느리가 내게 수건을 두르고 얼굴을 씻어준다. 나는 상처 난 볼이 따끔거려 눈을 꼭 감는다.

"얼른 옷 갈아입자, 광수 오겠다!"

며느리의 말에 내가 순순히 욕실에서 나온다. 광수는 조카이자 하나뿐인 내 아들이다. 광수는 손위 시누이가 두고 간, 시집의 유일한 혈육이었다. 시누이 부부는 광수가 세 살 때 교통사고로 죽었고, 광수는 청상이었던 내게로 와 내 아들이 되었다. 하지만 광수도 삼 년 전에 죽었다. 그런데 며느리는 거의 매일 광수가 온다면서 부산을 떤다. 내가 고집을 부릴 때마다 며느리는 꼭 광수 얘기를 꺼낸다. 광수, 라는 말만 들으면 내가 말 잘 듣는 아이가 된다는 걸 며느리는 너무 자주 써먹는다.

"아유, 때깔이 곱기도 하네."

며느리가 호들갑을 떨며 침대 헤드에 걸쳐둔 원피스를 집어 든다. 알록달록한 아메바 무늬가 사방 연속으로 고색창연한 그 원피스는 광수가 첫 월급을 탔을 때 사준 것이다. 아들이 며느리와 혼인하기 전이었으니 삼십 년이 다 된 옷이다. 몇 번이나 수선해서 이제 낡고 볼품이 없다. 며느리가 원피스를 내 몸에 대어본다. 인견의 차고 보드라운 감촉이 내 몸을 감싼다. 며칠 전 세탁소에 맡겨서 옆 솔기를 마저 따고 손을 보았기에 품이 넉넉하다. 며느리가 천천히 옷을 입혀준다. 가슴이 처지고 뱃살이 두둑한 나에게 헐렁하니 잘 맞는다. 실은 그 옷을 선호하게 된 이유가 있다. 요실금과 변실금으로 오줌과 변을 자주 지리다 보니 현란한 무늬와 화려한 빛깔의 옷이 편안해진 것이다. 내가 제일 좋아하는 색깔은 엷은 비취색이다. 하지만 며느리는 내가 복잡한 무늬에 원색 계통을 좋아하는 줄 안다. 옷을 다 입고 거울에 비춰 보니 옷도 사람도 후줄근하다. 문득 나물 여편네의 요란한 티셔츠가 떠오른다.

엊그제 며느리는 나를 휠체어에 태우고 인근 재래시장에 나갔다. 생일상을 보러 가자는 며느리의 말에 마실 삼아 집을 나선 것이다. 장을 보려고 시장 입구에 들어서자마자 유난히 하얀 도라지를 내놓고 팔던 아낙과 국산이다, 아니다, 실랑이가 붙었다. 난전에 물건을 늘어놓고 장사하던 사람들과 지나가는 사람들이 우리를 힐끔거리며 쳐다보았다. 아낙은 보란 듯이 더 큰소리로 떠들었다. 악다구니를 퍼붓는 아낙은 울긋불긋한 아메바 티셔츠를 입고 있었다. 낯익은 아메바 무늬에 이끌려 한 소쿠리라도 팔아주려고 다가간 것이었는데, 나물 여편네는 그것도 모르고 타박으로 들었던 모양이었다. 며느리는 도망치듯 그곳을 빠져나왔다. 나는 연신 뒤돌아보며 그 여편네를 향해서 에라이 재수 없는 년, 하고 욕을 해주었다.

"재수는 니가 없다, 이년아!"

나물 여편네도 만만찮았다. 거친 말싸움에 며느리는 휠체어를 숨이 차도록 밀었다. 등 뒤로 나물 여편네의 걸걸한 목소리가 계속 날아들었다.

"저년 봐라, 쯧쯧, 아주 평생 그러고 살아라, 가자!"

나 또한 미친 듯이 욕을 해댔지만, 힘에 겨웠다. 숨도 찼다. 이제 이 미친년 노릇도 그만하고 싶었다. 그렇지만 내가 이럴

수록 며느리는 더욱 이를 악물었고 강해졌다. 우리는 너무 지쳐서 장보기고 뭐고 다 그만두고 집으로 돌아와 버렸다. 며느리도 다시 시장 볼 엄두가 나지 않았는지 동네 어귀 반찬가게에 전화를 걸어 음식을 주문했다. 평소 며느리는 저녁이면 퇴근하고 돌아올 남편을 기다리듯 나를 위해 요리했다. 며느리가 만든 음식은 대부분 맛이 없었지만, 나는 최대한 맛있게, 많이 먹으려 애썼다.

☾

내가 아주 어렸을 때, 내 등이 무척 가려웠던 적이 있었다. 나는 돌 무렵의 갓난아기였다. 나는 기저귀를 찬 채 가려움에 발버둥 치다가 공중으로 둥둥 떠올랐다. 천장에 머리와 등이 닿으니 신기하게도 가려움증이 멎었다. 나를 재워두고 바깥에 나갔던 보모가 방안에 들어와 그 모습을 보고 혼비백산했다. 보모는 나를 무슨 외계인 보듯 놀라워했다. 그러나 곧 조심스럽게 나를 안아 내렸다. 나는 다시 앙증맞은 요 위에 얌전히 누워 편안하게 잠을 잤다. 그날 이후로 나는 가끔 천장에 가 붙어

있곤 했다. 언제나 혼자 있을 때 그런 현상이 일어났다. 혼자 있다가 잠에서 깨어나 천장을 뚫어지게 바라보고 있으면 문득 몸이 가려워졌고 발버둥을 치는 대로 내 몸이 조금씩 위로 올라가는 것이었다. 그러다 아메바 무늬의 보꾹에 닿으면 더는 몸이 가렵지 않고 그 자세로 편안하게 쉴 수 있었다.

나를 제자리로 다시 데려다 놓는 사람은 언제나 그 보모였다. 나는 하늘을 나는 아이라는 별명이 붙었다. 그렇지만 나는 사람들이 보고 있으면 날지 않았다. 아니 날지 못했다. 사람들은 천장에 붙어 있는 나를 본 것으로는 믿지 않았다. 차츰차츰 나는 혼자 있어도 날지 못했다. 나는 사람들을 속인 나쁜 아이가 되어있었다. 나는 억울했다.

그런 나를 믿어주는 사람이 있었다. 보모였다. 보모는 나의 모든 것을 믿어주었다. 보모가 그곳을 떠날 즈음 나도 그곳을 떠났고, 내가 성인이 되어 다시 그곳을 찾았을 때 보모는 미용사가 되어 그곳에서 봉사하고 있었다. 다시 만난 그녀가 나의 어린 시절 이야기를 해주었다. 나는 그녀가 데리고 다니던 아들과 사귀게 되었다. 머지않아 보모는 나의 시모가 되었다.

결혼한 지 십 년이 되도록 아이가 생기지 않았던 우리 부부는 그 시설에서 두 살 된 여자아이를 입양했다. 아이 이름은 우리 부부의 이름을 하나씩 따서 수지로 지었다. 수지는 자라면서 점점 눈매가 날카로워졌다. 하지만 정성을 다해 키운 수지는 모델인 양 늘씬하고 피부도 무척이나 고왔다. 수지가 대학에 들어가고 쌍꺼풀 수술과 치아교정을 한 뒤에는 한결 순한 인상을 지니게 되었다.

삼 년 전 그날은 내 생일이었다. 시어머니의 생일이기도 했다. 아침 일찍 일어난 수지는 남편의 핸드폰을 살펴보고 있었다. 그즈음 수지는 남편의 전날 밤 행적을 조사하는 일로 하루를 시작했다. 반쯤은 내가 시킨 일이었다. 사실, 남편에게 여자가 여러 명 있다는 것은 그리 심각한 일이 아니었다. 한 사람에게 깊이 빠지지만 않는다면 문제 될 것이 없었다. 조기퇴직 후 집에서 온종일 지내는 남편에게는 시간 죽이기, 스트레스 해소 등 오히려 활력소가 될 수도 있었다. 소심한 남편은 제 처지에 직접 여자를 만나거나 돈을 쓰지도 못했을 것이다. 수지도 전화통화 정도는 눈감아 주려 했을 것이다. 그런데 수지가 남편의 핸드폰을 몰래 검색하는 모습을 들켜버리고 말았다.

남편은 다짜고짜 수지의 따귀를 때렸다. 수지는 참지 못하고 악을 쓰며 비명을 질러댔다. 남편은 수지의 입을 틀어막았고 수지는 반항하며 남편의 손을 물어버렸다. 남편은 수지의 뺨을 몇 차례 더 때렸다. 수지는 방바닥에 나가떨어졌다. 남편이 수지에게 손찌검한 것은 그날이 처음이 아니었다. 남편은 나에게도 가끔 구타했다. 수지는 벌떡 일어나 제 방 서랍 안에 있던 독일제 재단 가위를 꺼내 들었다. 그것은 수지가 고대하던 대학 의상디자인학과에 합격했을 때, 내가 사준 입학선물이었다. 겁에 질린 남편이 그걸 제지하려다가 제 목을 찔리고 말았다. 순식간에 일어난 일이었다. 딸과 같은 방을 쓰는 시어머니는 허리가 아파 자리에 누워있다가 짐승 소리를 냈다. 아침상을 준비하던 나는 처음 듣는 시어머니의 비명에 소름이 돋았고 방으로 뛰어갔다. 온 집안에 피비린내가 진동했다. 시어머니의 머리맡에 놓인 자리끼, 리모컨, 특히 황금빛 장판의 이음새까지 노을처럼 붉은 핏물이 번졌다. 시어머니의 비단 이불에 수놓아진 무수한 나비 떼들이 일제히 천장으로 날아올랐다.

영화를 많이 본 수지는 침착하게 119 구급대를 불렀고 경찰에 신고도 했다. 사이렌이 울리면서 구급차가 오고 경찰이 들이닥쳤다. 수지는 남의 일인 듯 덤덤하게 제 행동을 진술했다.

〔

아들의 고교 동기들이 손녀를 위해 진정서를 작성했다. 처음 보는 손녀의 일기장은 낯설었다. 마 변호사는 우발적인 사고였다는 것과 눈앞에 보이는 가위를 사용할 수밖에 없을 정도로 급박한 상황이었다는 것을 강조해 정당방위로 조서를 꾸몄다. 제 남편이 딸을 상습적으로 성폭행했다는 사실을 며느리는 차마 시인할 수 없었을 것이다. 그러나 마 변호사는 그 내용을 넣어야 유리하다고, 그냥 고개만 끄덕이라고 했다. 이미 죽은 사람은 죽은 사람이고 산 사람은 살려야 하지 않겠느냐고 아들의 고교 동기회 회장이기도 한, 마 변호사가 집에까지 찾아와 며느리를 설득했다. 며느리는 손녀의 입양 사실과 아들이 무정자증이었다는 사실까지 털어놓아야 했다. 한때 대기업에 다녔던 아들은 의처증, 무능력한 알코올 중독자, 입양한 딸을 성폭행한 파렴치범이 되었다. '타인으로 구성된 가족, 끝내 비극으로'라는 제목으로 몇몇 신문에 크게 보도되었고 속보 형태로 한 차례 기사가 더 나갔다. 인터넷뉴스에는 네티즌들의 악플이 무성했다. 며느리는 더는 학원생들 앞에 설

수 없었다.

옆친 데 덮친다고 나는 저혈당으로 쓰러져 한동안 병원 신세를 져야 했다. 며느리는 남편의 장례식을 시작으로 병원으로, 법원으로, 은행으로, 변호사 사무실로 정신없이 뛰어다녀야 했다. 해내야 할 일이 산더미 같았던 며느리는 감기몸살을 달고 살았지만 누워있을 새도 슬퍼할 겨를도 없었다. 다행인지 걸을 수 있을 정도로 회복된 나는 입원한 지 두 달 만에 퇴원했다. 하지만 말이 어눌해지고 정신이 자주 혼미해졌다. 나는 정신을 차리기 위해 나에게 욕을 해댔다. 나에게 욕을 먹은 나는 정신을 차리곤 했다. 그러나 제정신으로 살아갈 자신이 없었다. 며느리 또한 마찬가지였을 것이다.

며느리는 일도 나가지 않고 신문을 오리거나 책만 읽었다. 잘 나가던 입시학원 강사로 하루 한 끼도 함께 먹기 힘들었던 며느리가 끼니때마다 나와 같이 식사했다. 내가 물리치료와 언어치료를 받을 때 며느리는 종처럼 내 옆에서 수발을 들었다. 나에 대한 호칭도 어머니에서 엄마로 바뀌었다. 나는 며느리에게 상스러운 욕을 해댔다. 며느리는 나에게 아무리 욕을 먹어도 화를 내지 않았다. 그것은 며느리와 내가 서로 연민을 가지지 않고 살아갈 수 있게 해주는 최선의 생활 방식이었다.

사망보험금이 나왔다. 생계를 위해 돈을 벌지 않아도 될 만큼 큰돈이었다. 우리는 소도시의 마당이 있는 주택으로 집을 옮겼다. 보험이란 참 좋은 거였다. 아들을 잃고 돈에 의지하며 그따위 생각을 하는 내가 참으로 가엽고 한심했지만, 며느리와 내가 살아가는 데 돈은 그 무엇보다 든든한 버팀목이 되어주는 게 사실이었다.

손녀에게 징역 7년이 선고되었다. 과실치사로 내려진 최종 판결이었다. 마 변호사는 특사를 받을 수도 있으니 실제 형량은 그보다 줄어들 것이라고 위로해주었다. 손녀는 처음에는 살이 빠지고 얼굴이 어두웠지만, 점점 건강해졌다. 수감생활을 시작할 즈음엔 허여멀건 두 볼이 다시 통통해져 얼핏 보면 아무 걱정도 없는 사람 같았다. 그동안 아무 일도 일어나지 않았던 것은 아닐까, 비록 푸른 수의를 입었을지언정 해맑간 손녀의 얼굴을 떠올리면 모든 일이 꿈을 꾸고 있는 것처럼 아득해졌다.

마지막 공판이 끝난 주말이었다. 며느리는 마 변호사를 불러내 저녁을 같이했다. 처음부터 모든 일을 꿰차고 처리한 사람이기에 며느리는 크게 한 번 대접하려고 맘먹었던 것 같았다. 그동안 관련 사람들과 같이 여러 차례 식사도 하고 이런저런 자리에 어울렸겠지만, 특별히 마 변호사에게 고마웠던 마음을 구별해 표현하고 싶었으리라. 며느리가 그만큼 여유가 생겼다는 증거였다. 마 변호사는 일정이 빡빡해서 저녁 시간을 내는 게 쉽지 않다고 하면서도 약속 장소에 나와 주었다.

"이제 뭐라도 시작하셔야죠? 아직 나이도 있고 능력도 있으신데요."

음식을 앞에 두고 마 변호사는 평소보다 점잖게 말을 꺼냈다. 그동안 보아온 이미지도 그렇고 며느리를 챙겨가며 일을 하는 것을 보면서 다정다감한 사람이리라 생각했는데 너무나 정중한 태도에 거리감이 느껴졌다.

"어머니가 계시잖아요. 많이 좋아지긴 했는데 완전히 회복되실 때까진 제가 계속 옆에 있어야겠죠."

"그렇군요. 비록 힘들어도 해야 할 일이 있다는 건 좋은 거지요. 제가 뭐 도와드릴 일은 없겠습니까?"

지나치게 예의 바르고 사무적인 마 변호사의 태도에 내가 다 눈물이 나려 했다.

"여태 많이 도와주셨잖아요. 다행히 경제적으로는 힘들지 않으니까 걱정 안 하셔도 됩니다. 다시 한번 감사드립니다."

며느리는 차분한 목소리로 야무지게 대답했다.

"그래요, 힘들면 언제든지 말씀하세요. 친구들이 가만있지는 않을 겁니다."

"네, 모두 좋은 분들이더군요."

"그래서 학교는 좋은 데 나오고 볼 일입니다. 하하하."

마 변호사는 소리 내어 웃기까지 했다. 이제 자신의 할 일을 다 했다는 듯, 그동안의 중압감에서 벗어났다는 듯, 한결 여유로워 보였다. 홀가분해 보이는 마 변호사의 모습을 마주하고 있자니 서러움이 복받쳤다. 이제 정말 며느리와 내가 헤치고 가야 할 일만 남았구나 싶었다. 그토록 걱정하고 열심히 뛰어다니던 아들의 친구들이 이제 자신의 가정으로 돌아가 이전과 다름없는 생활을 하고 있을 터였다. 마 변호사도 가능한 한 빨리 우리에게서 벗어나고 싶었을 것이다. 후식이 나오기 전에 마 변호사는 집안 모임이 있어 늦게라도 본가에 내려가야 한다며 자리에서 일어났다. 죽은 친구의 아내, 그리고 죽은 친구의 어머니와 함께 식사한다는 것은 엄청난 배려이자 스트레스이리라. 며느리도 그를 빨리 보내주는 것이 가장 후한 접대임을 알아차린 모양이었다. 마 변호사를 배웅한 며느리와 나는 한참을 말없이 그 자리에 앉아 있었다. 바람 부는 겨울밤, 허허벌판에 며느리와 나만 남겨진 것 같았다. 나는 며느리 몰래 입술을 잘끈, 깨물었다.

☾

시어머니는 해마다 자신의 생일만큼은 꼭 기억한다. 특별히 붉은빛이 도는 둥근 호족반을 꺼내놓는 걸 잊지 않는다. 낡고 오래된 그것은 작은 상판 가득 산과 매화, 학 등이 자개로 새겨져 고풍스럽고 고급스러운 느낌이 들었다. 시어머니는 그 상을 당신의 양어머니가 결혼선물로 준 것이라 했다.

언젠가 시어머니는 양어머니가 조선의 마지막 궁녀였다고 말해주었다. 큰 비밀인 듯 조심스러운, 그렇지만 자랑스러운 표정이었다. 장롱 깊은 곳에서 봉황 두 마리가 정교하게 수놓아진 반짇고리를 꺼내 보인 시어머니가 뚜껑을 열고 맨 아랫부분에서 붉은 비단실에 묶인 편지 묶음을 찾아냈다. 양어머니가 갓 결혼한 그녀에게 보낸 편지라고 했다.

나는 해서체의 반듯한 한글이 세로로 쓰인 편지 앞부분을 재빨리 훑어보았다. 날씨와 절기를 앞세운 정갈한 인사와 애틋함이 묻어나는 일상적인 안부가 대부분이었다. 내가 호기심에 좀 더 자세히 읽기를 원하자 시어머니는 혼잣말로, 더 많은 편지가 있었는데, 하면서 편지 묶음을 갈무리했다. 그리고는 곧바로 반짇고리를 장롱 깊숙한 곳으로 집어넣는 것이었다. 이후로 시어머니는 두 번 다시 그 편지와 그 이야기를 꺼내지 않았다.

그녀 앞에 호족반을 놓고 상 위에다 미리 준비한 반찬들을 진열한다. 달걀지단으로 꾸미를 입힌 조기를 머리 쪽이 그녀를 향하도록 놓는다. 생선의 머리가 생일을 맞이하는 사람 쪽을 향해야 한다는 것이 평소 그녀의 지론이었다. 그런데 그녀가 그것을 얼른 내 쪽으로 돌린다. 그녀가 내 생일을 기억하는 것일까. 기분이 나쁘지는 않다. 나는 나무 숟가락을 그녀 손에 쥐여주고 그녀 옆에 앉는다. 그녀가 잡채와 불고기를 줄줄 흘려가며 듬뿍 퍼먹는다. 나는 조기 살을 발라내 그녀의 숟가락에 올려준다. 그녀는 배가 고팠는지 간 투정 없이 잘 받아먹는다. 가게에서 사 온 음식들이라 혹 그녀가 음식 타박이라도 할까 봐 걱정했는데 그녀는 전혀 시비를 걸지 않는다.

"광수는 아직 안 왔어?"

"응, 먼저 먹으래."

"술은 안 줄 거야?"

"아참, 깜빡했네."

나는 냉장고 서랍에서 마시다 넣어 둔 포도주를 꺼내고 플라스틱 잔 한 개를 챙겨온다.

"이거 말고."

내가 파카 유리잔을 꺼내온다.

"한 개 더."

나는 같은 와인 잔을 하나 더 가져온다.

"케이크는 어뎠어?"

"불은 밥 다 먹고 켜자. 조금 있으면 배달 올 거야."

"정말이지?"

"그럼."

시어머니는 자신의 생일날 포도주와 케이크를 꼭 챙긴다. 나는 잔 두 개에 붉은 포도주를 남김없이 따른다. 그녀가 포도주를 벌컥벌컥 마신다. 상 위에 붉은 포도주가 물 흐르듯 떨어진다. 그녀의 입을 화장지로 닦아주는데 초인종이 울린다.

"광수가 왔구나."

그녀가 반사적으로 상에서 물러난다. 나는 손사래를 치며 마당으로 나간다. 예상대로 떡집 주인이다. 그가 주문한 떡 케이크와 함께 고깔모자를 건네준다. 내가 지폐를 지불하고 대문을 잠그는 동안 그녀가 고개를 내밀어 현관문을 내다본다.

"맛있겠다. 밥마저 먹고 촛불 켜자."

케이크와 고깔모자를 안고 내가 급히 마루 위에 올라선다.

"엄마, 광수 벌써 갔어?"

갑자기 날 보고 엄마라고 부르는 시어머니의 얼굴에 서운한 기색이 역력하다. 하루에 한두 차례 그녀가 날 보고 엄마, 라고 부르면 난 진짜 그녀의 엄마가 된 것 같다. 그녀가 엄마, 라는 말을 입에 올리며 요의나 변의를 표현해주는 것이 고마울 따름이다. 나는 그녀에게 얼른 이동식 변기를 대령한다.

그녀가 내 딸이 되면 그녀만의 유별난 대소변이 시작된다. 그녀는 한사코 혼자 변기에 앉는다. 그러다 보니 미처 옷을 내리기도 전에 변을 지리기도 한다. 그럴 때면 나는 그녀의 속옷을 빨지 않고 쓰레기통에 버린다. 그녀를 미워하지 않기 위해서다. 그녀의 배변은 주로 아침 식사 시간에 이루어진다. 나는 능숙하게 뒤처리를 한 다음 아침을 먹는다. 숟갈을 놓고 소파에 옮겨 앉은 그녀가 밥을 먹는 나를 구경한다.

최근 들어 그녀의 체중은 눈에 띄게 불었다. 혈압과 당수치도 조금씩 올랐다. 덩달아 혈기도 늘었는데 식욕과 혈색은 좋은 편이다. 아직 아리셉트로 인한 부작용은 없어 보이지만 다음 정기 검진 때는 정밀검사를 해봐야 할 것 같다. 그녀가 며칠 입원해서 검진받는 동안 수지에게 다녀올 생각이다. 수지가 출소하려면 아직 3년 남짓 남았다. 그때까지 수지는 이 세상에 없는 존재이다. 다행히 수지는 잘 지내고 있고 앞으로도 그럴 것이다. 면회를 다녀오는 길에 남편에게도 들를 계획이다. 사이버 납골당에서 남편의 이름을 자주 클릭해보긴 하지만 직접 방문하여 조화나마 바꿔주는 것이 아내의 도리일 것이다.

☾

상을 물린 며느리가 거실 탁자 위에 둥근 떡 케이크를 올린다. 긴 초 일곱 개와 짧은 초 일곱 개를 떡과 떡 사이에 가지런히 꽂는다. 케이크 맨 윗부분은 색색의 경단이 장식처럼 놓여 있다. 커튼을 드리우고 나니 실내가 은은해진다. 며느리가 나에게 고깔모자까지 씌운다. 입을 벌리고 히죽 웃었더니 아래턱으로 침이 흐른다. 며느리 몰래 손으로 얼른 침을 닦는다. 촛불은 한꺼번에 꺼지지 않는다. 남아있는 촛불을 며느리가 한 번 더 불어 완전히 꺼트린다. 며느리가 초를 다 빼기도 전에 내 손이 노란 콩떡 한 개를 집는다. 그 옆의 검은깨 경단도 하나 오물거리고 나서 또 수수경단을 입에 넣는다. 팥앙금이 든 앙증맞고 예쁜 떡이 적당히 달고 맛나다.

"떡 그만 먹고 머리하러 가자."

며느리가 내 손을 잡아 일으킨다. 내가 봐도 머리를 한 번 손질해줘야 할 것 같다. 며느리를 따라 일어서는 내 원피스 앞부분에 색색의 고물이 묻어 있다. 며느리가 그걸 털어 준다. 나는 며느리가 이끄는 대로 현관으로 나간다. 전체적으로 오른쪽이 부실한 나는 오른쪽 무릎 또한 좋지 않다. 그래서 외출할 때에는 휠체어를 이용한다. 나보다 체격이 작은 며느리는 나를 휠체어에 태우는 것을 힘겨워하는 눈치다.

마당에 내려선 며느리의 발치에 능소화가 밟힌다. 내가 그걸 손가락으로 가리키자 며느리는 그중 상태가 좋은 것을 하나 주워서 수세미 같은 내 머리칼에다 꽂아준다. 내가 조심스레 꽃을 만져본다. 꽃은 미용실에 도착할 때까지 얌전히 꽂혀있다.

"어서 오세요, 원피스가 참 곱네요, 어머, 오늘은 머리에 꽃도 꽂았네요. 며느님이 해주셨어요?"

미용실 여주인이 과장된 목소리로 우리를 반기며 휠체어를 잡아끈다.

"야 이년아, 저리 비켜!"

미용실 여주인이 인사를 마치기도 전에 내가 욕지거리를 내뱉는다. 그녀의 가식이 보기 싫어 나도 모르게 불쑥 욕지거리가 나온 것이다. 한번 혼쭐이 난 사람은 두 번 다시 나에게 인사를 하지 않는다. 그렇지만 미용실 여주인은 직업상 그럴 수 없는 모양이다. 동네 사람들은 곁에 있는 며느리를 연민의 눈으로 쳐다본다. 하지만 언젠가, 며느리는 속으로 통쾌했었다고 말해주었다. 내가 그녀 대신 세상을 향해 호통을 치는 것 같더라는 것이었다. 진심인지 나를 민망하게 하지 않으려고 그러는지, 도리어 더 심하게 해주길 바랐다고 했다. 며느리도 욕을 하고 싶을 때가 있다면서, 자신을 불쌍하게 여기거나 업신여기는 사람, 그리고 자기에게 거슬리는 사람들에게 마음껏 욕을 해대고 싶다는 것이었다.

여주인은 잠시 표정이 일그러졌다가 손님들을 의식한 듯 이내 미소를 되찾는다. 집 부근의 미용실이라 여주인도 내 상태를 어느 정도 알고 있다. 주춤했던 여주인이 다소 거칠게 나를 휠체어째 거울 앞으로 당긴다. 여주인은 씹던 껌을 더 큰소리가 나게 딱딱거리며 가운을 걸쳐준다. 나는 눈과 귀를 막는다. 여주인은 빠른 손놀림으로 내 머리칼을 커트해 나간다.

깜빡 졸았다가 눈을 뜬 나는 깜짝 놀란다. 거울 속 내 머리카락은 남자들 스포츠머리만큼이나 짧아져 있다. 물론 며느리가 전화로 미리 부탁해 둔 일일 것이다. 하지만 짧아도 너무 짧다. 내가 거울 속의 나와 여주인을 번갈아 노려본다. 나와 눈이 마주친 여주인이 내 앞머리를 이마에 당겨 내린다. 여주인이 손을 놓자마자 머리칼은 다시 위로 올라붙는다. 여주인이 민망한 듯 비웃는 듯 입꼬리를 살짝 비튼다.

"야, 이년아!"

내가 고개를 돌려 여주인을 향해 호통을 친다. 여주인이 눈을 동그랗게 치뜬다. 내가 팔을 뻗어 여주인이 들고 있던 가위를 낚아채고는 거울을 향해 냅다 내던진다. 거울은 날카로운 쇳소리를 내더니 쩍, 금이 간다. 여주인이 으악, 비명을 지른다. 처음부터 흘끔흘끔 불안하게 훔쳐보던 손님들이 하나둘 밖으로 달아난다. 나는 휠체어에서 내려 선반 위에 놓인 다른 가위를 집어 들고 이번에는 옆 거울을 내리찍는다. 여주인이 귀를 막고 계속 비명을 내지른다. 나는 아랑곳하지 않고 거울 속에 비친 여주인을 향해 가위를 거울에 짓찧는다. 며느리가 나를 막아선다. 그러나 며느리의 제지는 형식적이고 느슨하다. 나는 가위로 유리 선반과 거울을 닥치는 대로 내리찍고 깨부순다. 여주인이 필사적으로 달려들어 가위를 빼앗는다. 가위는 허공에 치솟았다가 바닥에 나가떨어진다.

"이리 줘, 이년아! 이년아, 어서!"

내가 여주인의 팔을 우악스럽게 뿌리치고 고래고래 고함을 지른다. 선반 위의 헤어 로션, 에센스, 드라이어도 눈에 보이는 대로 집어 던진다. 미용용품들이 바닥에 나동그라진다. 다시 가위를 집어 든 나는 다섯 개의 전신 거울들을 남김없이 힘껏 내리찍는다. 거울은 금이 가면서 촤르르촤르르, 차례대로 쏟아져 내린다. 사색이 된 여주인이 핸드폰을 찾아들고 밖으로 뛰쳐나간다.

"광수 오겠다!"

며느리가 신경질적으로 내지르는 소리에 내가 바닥에 털썩 주저앉는다.

"아이고 광수야, 광수야, 어헝 헝헝!"

내가 가슴을 치며 울부짖는다. 며느리는 나를 버려두고 코너에 있는 샴푸실로 들어가 버린다. 꺽꺽, 한바탕 울음을 토해낸 내가 탈진한 채 거울과 유리 조각이 어지럽게 흩뿌려진 바닥에 그대로 드러눕는다. 날카로운 유리 파편과 거울 조각이 온몸을 찔러댄다. 파고드는 통증에 전신이 마비된 듯 꼼짝할 수가 없다. 눈앞에 능소화 한 송이가 오도카니 피어 있다. 찢어진 꽃잎 한가운데 유리 파편이 박혀있다.

나는 가까스로 손을 뻗어 꽃잎 속의 유리를 털어낸다. 상처난 꽃잎을 내 얼굴에 갖다 댄다. 핏물과 눈물로 어룽진 오른 뺨엔 아직도 며느리가 붙여준 밴드가 단단히 붙어 있다. 며느리가 샴푸 실의 커튼을 젖히고 천천히 내 곁에 다가온다. 나는 그만 눈을 감는다. 며느리가 따뜻한 물수건으로 내 얼굴을 닦아준다. 며느리가 내 숨을 확인하려는지 제 귀를 내 코에 기울인다.

"야 이년아, 광수는 죽었어!"

며느리가 내 귀에다 나직하게, 그러나 또렷하게 읊조린다. 멀리서 높고 경쾌한 사이렌 소리가 들려온다.

사
과
———

사과

어떤 음악은 죽음보다 슬프다. 사과에겐 사춘기 때 처음 들었던 페르귄트 조곡 중 솔베이지의 노래가 그러했다. 그 가없이 고즈넉하고 애잔한 선율은 죽음보다 처연한 슬픔이었고 아름다움이었다. 슬픔도 수명이 있어 오래되고 깊어지면 죽는다는 걸, 슬픔에도 수위가 있어, 깊은 슬픔에는 진심 어린 위로나 사과의 수의를 입혀주어야 한다는 걸 몰랐을 그즈음, 슬픈 느낌의 음악이 그렇게도 좋았다. 어른이 되어서는 영화든 음악이든 슬픈 것은 싫었다. 슬픔이나 아픔은 현실에서 겪는 것만으로도 충분했다.

어젯밤, 총무 엄마가 안부 문자와 함께 보내준 동영상의 제목을 보는 순간, 사과는 오래전 그 감동과 맞닥뜨리게 될 걸

직감했다. 그걸 클릭하는 게 아니었다. 그러나 늦어버렸다. 싫어하면서도 닮는다고, 아닌 줄 알면서도 기어이 발을 들여놓게 되는 나쁜 습관처럼 손가락은 머리를 앞섰다. 이전만큼은 아니어도 가슴을 치고 들어오는 감동은 여전히 남아있었다. 아니 추억까지 더해, 사과는 모처럼 온몸을 휘돌아나가는 전율을 느꼈다. 사과는 그 음원을 저장해두었다. 아껴먹는 초콜릿처럼 울고 싶을 때 야금야금 들어볼 참이었다.

사과는 조심스럽게 양치질을 하고 냉수를 들이켰다. 밤새 메말랐던 혀가 촉촉해지면서 부드러워졌다. 위장약 덕분인지 화끈거리고 쓰렸던 속도 좀 편안해졌다. 언제부턴가 사과는 가슴이 타는 듯한 작열감과 명치 언저리에서 무언가 팽팽하게 치받아 오르는 역류성 식도염 증세를 느끼곤 했다. 그럴 때면 그러잖아도 부족한 삶의 의욕이 일시에 사라졌다. 누군가 제 손을 탁 내려친 듯 모든 것을 놓게 되고, 사는 것이 아무런 재미도 의미도 없어졌다. 그 증상은 수시로 나타나 사과의 감정을 조종했다. 속수무책, 사과로서는 그 감정을 제어할 방법이 없었다. 언제 그랬냐는 듯 다시 좋아진 위장상태에 사과의 기분도 한결 괜찮아졌다. 어쩌면 약이 아니라 아침마다 먹는 사과 한 알의 효과를 보고 있는지도 몰랐다. 사과가 위에 좋다고 일러준 이는 남편이었다.

냉장고 신선칸을 열어보고서야 사과는 집안에 사과가 단한 개도 남지 않았다는 걸 알아차렸다. 보름 전쯤 단골 과수원에서 한 박스나 사두었는데, 어느새 다 먹은 모양이었다. 아침 사과를 금사과라며 꼬박꼬박 챙겨먹는 남편을 위해 오늘이라도 사과를 사두어야 했다. 하지만 오전에는 동화 수업이, 오후에는 사과가 좋아하는 소설가가 지역 도서관에 강연하러 올 예정이었다. 사과는 그의 소설들을 도서관에서 대출해서 읽었고 사인 받을 책도 한 권 사두었다. 한 달에 한 번, 십 년째 이어져 오는 딸아이 초등학교 엄마들 모임의 총무에게도 같이 가자고 해둔 터였다. 교회 일로 바쁜 그녀는 지난밤 늦게 자신을 태워서 같이 가자고 승낙 문자를 보내왔고, 대답이 늦어서 미안했던지 페르귄트 조곡이 든 음원까지 선물처럼 붙여 보내주었다. 오래 기억하고 어렵사리 시간을 냈을 그녀이기에 사과를 사기 위해 약속을 취소한다는 건 말도 되지 않았다. 무엇보다 사과는 그 소설가를 직접 만나보고 싶었다.

그래도 혹 강연이 빨리 끝나면 인근 과수원에 들르기로 했다. 마음 같아서는 이번만큼은 멀리 청송이나 밀양의 얼음골로 나들이 겸 사과를 사러 가고 싶었다. 맛도 맛이지만 깜깜

한 시골 밤하늘의 유성우를 보고 싶었다. 매스컴에서는 오늘 밤 페르세우스 유성우가 떨어지면서 이십 년 만에 최고의 장면이 펼쳐진다고 보도하고 있었다. 남편에게 같이 가자고 하면 보나마나 반대할 것이 틀림없었다. 사과를 사러 그곳까지 가는 건 시간 낭비일 뿐 아니라, 이 시점에 난데없이 유성우를 보겠다는 건 그야말로 귀신 씻나락 까먹는 소리일 터였다.

남편은 얼마 전 다니던 회사에 사표를 제출했다. 글로벌 경제위기를 직원들과 나누려는지, 적자가 누적된 철강회사는 모든 직원을 대상으로 희망퇴직 신청을 받았다. 이 년 치 월급을 위로금으로 지급한다니 정년퇴직을 사 년 앞둔 남편은 일하지 않고도 이 년 동안 월급을 받는 셈이어서 괜찮은 조건 아니냐며 사과를 설득했다. 하고 싶은 것은 기어이 해버리는 남편의 고집을 알기에 사과는 그러시라고 단번에 승낙했다. 그런데 남편은 그렇게 쉽게 대답하느냐고, 오히려 화를 냈다. 그러면 다니든지, 사과의 시큰둥한 반응에 남편은 더 이상 말을 꺼내지 않았다. 남편은 며칠을 예민하게 구는가 싶더니 사표를 냈다고 통보하듯 말했다.

이제 남편은 업무 인수인계를 마치고 다가올 월요일 마지막 출근을 앞두고 있었다. 평생 다닌 회사를 마무리하는 시점

인데다가 피 같은 퇴직금으로 무언가 사업을 시작할 수 있지 않을까, 남편은 눈길 한 번 주지 않던 사업 아이템을 찾아보느라 핏발 선 두 눈에 실핏줄이 터질 지경이었다. 엄살과 과장이 심한 남편이긴 하지만 머리가 돌기 일보 직전이라는 말이 전혀 엉터리는 아닐 것이다. 이럴 때는 서로 부딪치지 않는 것이 최선이었다. 남편은 어젯밤에도 늦게까지 컴퓨터를 붙들고 멍하니 앉아 있었다. 침대에 몸을 웅크린 채 잠들어 있는 남편을 깨우지 않으려, 사과는 조용히 외출 채비를 했다. 며칠째 보온 중인 밥솥의 밥을 두어 숟갈 덜어내 물에 말아먹고는 급히 현관문을 나섰다.

남편은 모를, 소위 갱년기 우울증을 겪고 있는 사과는 밤새 그럴 수 없이 까마득하고 절망적이었다가도, 날이 밝으면 또 빡빡한 스케줄에 이끌려 아무렇지도 않은 듯 생활하고 있었다. 사과는 자신을 필요로 하는 곳이 있다는 사실이 고맙게 여겨지다가도 하루하루 삶을 연명하는 건 아닌가, 문득 힘이 빠지곤 했다. 자신이 원하는 일을 하는 것이 아니라 돈이 필요해서 하는 일이라고 생각하니 우울해지고 슬퍼질 때가 많았다. 그럴 땐 생각이라는 걸 하지 말아야 했다. 생각은 염려로 이어지게 마련이었다. 마음속의 생각들은 캐내는 것이 아니라 내

버려 두는 거였다. 잘못 건드렸다가는 슬픔이라는 피로 범벅이 될 거였다. 슬픔은 생각 속에서만 흐르는 것이 안전했다. 원시림 같은 생각을 건드리지 않는 좋은 방법은 무신경하게 사는 것이었다. 언제나 그런 것은 아니었지만 생각 없이 바쁘게 움직이며 살아가는 것이 그리 나쁜 것도 아니었다.

주말 오전, 백화점 문화센터는 유아들을 데리고 온 엄마들로 붐볐다. 엄마와 함께하는 동화읽기 교실은 조심스럽고 늘 신경이 쓰였다. 회원 둘이 장기 결석 중이라, 열세 명의 회원들로 수업이 진행되고 있었다. 엄마가 아이들에게 책을 읽어주는 시간은 산만할 때가 더 많았다. 아이들이 유난히 보채는 날이면 마음이 더욱 어수선해지면서 강사로서의 정체감이 흔들리고 회의가 들었다. 이 일이 과연 자신과 그들에게 무슨 도움이 되고 의미가 있을까, 그런 생각에 빠져들기 시작하면 삽시에 우울해졌다. 그 느낌을 떨쳐내느라 더욱 신나게 크게 오버액션을 취하곤 했다. 한마디로 쇼를 하는 것이었다. 열과 성을 다해 수업이 끝났어도 수강자들 역시 비슷한 느낌을 가질 거라는 불안감은 그대로 깔려 있었다. 같은 기분을 느낀 그들이 다음 학기 강좌를 끊어버리는 것은 아닐까, 조바심치며 4학기를 보냈다. 다행인지 불행인지 매 학기 수업은 폐강되지 않았다. 이번 학기도 최저 수강인원 열다섯 명을 겨우 채우고 아슬아슬하게 개강할 수 있었다. 마감을 앞두고 신경이 쓰였던지 사과는 한차례 위경련이 나 응급실을 찾기도 했다. 여느 때와 크게 다르지 않은 고만고만한 수업이 끝나고 교실은 본래 정적을 되찾았다.

사과는 강의실을 정리하고 가방을 챙겨들었다. 문화센터에서 집까지는 이십 분 남짓 걸렸다. 사과는 아파트 입구 제과점 앞에 주차했다. 총무 엄마의 작은 아들이 수능을 앞두고 있었다. 그녀는 작년에 반수하던 사과의 딸, 수민이의 수능 일에 맞춰 손수 초콜릿을 만들어 주었다. 딸 수민이는 인 서울로 나름 성공적인 입시를 끝냈었다. 그녀 덕분에 사과는 아침 시간에 우유배달도 할 수 있었다. 석 달 전쯤, 아들을 위해 작정 새벽기도에 나가야 해서 배달 일을 넘겨야한다는 총무 엄마의 부탁어린 제안에 사과는 못이기는 척 그 일을 받아들였다. 명랑하고 붙임성 좋은 그녀는 하루 건너 한 건씩 교인들을 비롯해 이곳저곳 배달건수를 늘려주었다. 사과에게도 좋은 일이었다. 수금은 그녀가 맡았기에 사과는 새벽에 일어나 배달만 하면 되었다. 총무 엄마는 돈보다는 건강을 위해 우유배달을 했었다고 말해주었다. 우유를 배달받는 사람보다 배달하는 사람이 더 건강하다는 말은 사실이었다. 그녀는 언제보아도 혈색이 좋았고 에너지가 넘쳤다. 사과도 총무 엄마처럼 건강해지고 싶었다.

우유배달을 하면서 새벽에 일어나 움직이다 보니, 사과는 남편의 아침 식사 챙기는 일에 소홀해졌다. 남편은 퇴근할 때 떡을 사와 스스로 아침을 해결했다. 출근하는 남편이 어떤 표정으로 어떤 복장으로 나가는지 보지 못하는 날들이 많아졌다. 피곤은 습관으로 이어졌다. 아침을 대충 챙겨먹고는 오전 내내 헤매다가 오후에 초등학교 두 군데에서 방과 후 수업을 하고 돌아오면 또 녹초가 되었다. 가까스로 저녁을 준비하고 남편이 퇴근할 무렵이 되면 컨디션이 가장 나빠졌다. 남편과 자꾸 엇박자가 났고 소소하게 부딪혔다. 서로 참고 묵히는 것들이 쌓여갔다. 말 그대로 사는 것이 사는 것이 아니었다. 수민이가 집에 있었다면 그런 삶의 패턴은 애초에 생겨나지 않았을 것이다.

수민이는 추가 합격하는 바람에 기숙사에 들어가지 못했다. 원룸을 구해주고 간단한 취사도구와 침구 등을 챙겨주느라 학기 초에는 생각보다 많은 돈이 들어갔고 무척 바빴다. 그러나 지금은 통화하는 것 외에 딸을 위해 시간을 쓸 일은 없어졌다. 남편은 회사에서 저녁 식사를 하고 올 때가 많았고 사과는 시간이 남아돌았다. 대신 생활비는 더 많이 필요했다. 사과가 새벽에 배달 일을 시작하게 된 가장 큰 이유였다. 학기 초에는 딸아이도 살펴볼 겸 주말에 밑반찬을 사들고 상경하기도 했지만, 우유배달을 시작한 지금은 택배를 보내거나, 너를 믿는다, 하면서 눈을 질끈 감았다. 무엇보다 사과는 용돈을 조금 더 올려보내주는 것이 서로 피곤하지 않은 일임을 깨닫게 되었다.

화려해서 더 맛깔스럽게 보이는 수능 대박 초콜릿 상품들을 보면서, 사과는 자신이 먹고 싶은 것도 하나 고르고 싶었다. 그러나 가격이 턱없이 높았다. 사과는 고흐의 별이 빛나는 밤 그림이 인쇄되어있는 중간 가격대 포장 하나를 집어 들고 급히 계산을 했다. 그길로 남편과 점심을 먹기 위해 부랴부랴 집으로 돌아왔다. 사과는 소파에 누워 리모컨을 손에 쥔 채 텔레비전 바라기를 하는 남편을 보자 울컥, 짜증이 치밀었다. 그냥 밖에서 점심을 해결하고 바로 문학 강연 장소로 가면 그다지 서두르지 않아도 될 터인데, 굳이 남편의 점심을 해결해주겠다고 집으로 발걸음을 향한 자신이 바보처럼 느껴졌다. 게다가 사과를 본 남편은 오히려 버럭 소리를 질렀다.

"사과도 안 사놓고 뭐 하는 거야?"

"바쁘면 깜빡할 수도 있잖아."

"그러니까 미리미리 좀 사놓으랬잖아?"

남편은 단단히 벼른 듯 잔소리를 쏟아냈다. 남편과 같이 식사하고 싶다기보다는 밖에서 혼자 먹는 게 싫어 집으로 방향을 튼 것이긴 했지만, 그래도 남편이 조금은 고마워할 줄 알았다. 그런데 고마워하기는커녕 예상치 못한 타박만 들은 것이다. 사과는 괜히 집으로 돌아왔다고 생각했다. 사람은, 아니 남편이라는 사람은 잘해주면 더 잘해주길 바랐다. 사과가 떨어진 게 문제가 아니었다. 보다 근원적인 문제, 남편의 경쟁력, 경제력이 부족하기 때문이 아닌가. 남편이 능력이 있어 왕성하게 바깥 활동을 하고 있다면 이런 언쟁은 일어나지도 않았을 것이다. 아내가 돈을 벌지 않아도 된다면 어련히 꼬박꼬박 잘 챙겨주지 않겠는가 말이다.

"나갔으면 먹을 거라도 좀 사 오든가. 새로운 반찬을 만들지도 못할 거면 즉석에서 먹을 수 있는 거라도 좀 사와야 하는 거 아냐? 어떻게 백화점까지 가서 그냥 빈손으로 오냐?"

사과의 속을 모르는 남편이 계속 잔소리를 해댔다. 사과는 입을 다물어버렸다. 귀까지 닫은 걸로 여기는 편이 나을 것 같왔다.

"내가 사과를 얼마나 좋아하는지 알면서……."

거푸 잔소리를 퍼붓던 남편은 사과가 약이 오르지 않자 재미가 없는지 기운이 없는지, 슬그머니 말꼬리를 흐리면서 안방으로 들어가 버렸다. 사과는 중의적인 의미였을 것이다. 사과라는 이름으로 살아오면서 많은 유머와 에피소드들이 피어났고 열매를 맺었고, 지금의 남편도 만났다. 딸 수민이가 집을 떠나기 전만 해도 그런 유머가 통했고 웃음꽃이 피고는 했다. 그런데 지금은 그런 말을 들어도 사과의 마음에 아무런 울림이 없었다. 오히려 냉담해졌다. 한바탕 잔소리 세례를 받은 사과의 입은 다시는 열리지 않을 것처럼 굳어졌다. 더 이상 말할 마음도 힘도 없었다. 서운하기도 하고 서럽기도 한 것이 그냥 밖으로 뛰쳐나가 백화점 지하 뷔페에 가서 혼자 회전초밥이나 실컷 먹어버릴까, 오기가 생겼다.

그러나 남편의 목소리가 들리지 않는 사이, 자신의 잘못이 파노라마처럼 떠올랐다. 분명 백화점에 들어갔을 때 사과를 몇 개 사야겠다고 생각했으면서 그냥 나온 것이었다. 하긴 7층 문화센터에서 엘리베이터를 타고 지하 주차장으로 바로 내려오는 게 습관이 된 터였다. 북적이는 1층 생활관이나 지하 1층 마트에서 장을 보는 것도 내키지 않았지만, 그보다 엄마들을 만나는 게 신경이 쓰였다. 수업에서 본 그들과 매장에서 곧바로 마주친다는 것이 불편했다. 단지 그 이유였다. 사과는 오늘도 그 사실을 먼저 생각하느라 남편의 사과를 미처 생각하지 못한 것이었다. 사과는 냉장고를 뒤져 찬 없는 점심을 차렸다. 말없이 계란 프라이 두 개를 남편의 밥 위에 얹어주면서 그래도 이 궁상맞은 식사는 다 당신의 무능력 때문이야, 라는 변명도 함께 얹었다. 남편도 그 사실을 알고 알량한 자존심 때문에 더 화를 내는지도 몰랐다. 남편이 좀 더 잘 벌면 자신의 삶이 좀 더 럭셔리하고 매끄럽게 흘러갈 터였다. 남편은, 없는 찬에 그래도 반찬타령은 하지 않고 한 그릇을 후딱 비워냈다. 사과는 등을 돌려 몇 안 되는 빈 그릇과 수저를 씻었다. 평소 같으면 미뤄두었을 점심 설거지였다. 실은 남편에게 이런저런 심사가 드러난 얼굴표정을 보여주지 않기 위해서였다. 설거지가 끝나자마자 사과는 또 외출할 채비를 차렸다.

세시에 시작하는 문학 강연에 가려면 서둘러야 했다. 총무 엄마의 집은 도서관과 반대 방향에 있었다. 한 달 전 모임 때 사과가 말을 흘렸는데 총무 엄마가 관심을 보이는 것 같아 사과가 한 번 더 권했고, 토요일도 봉사 활동으로 바쁘다던 그녀가 애써 시간을 내주었다. 남편은 다시 외출하려는 사과를 보며 커피를 마시고 싶다고 오후엔 차를 쓰면 안 되냐고 했다. 사과는 고작 커피 한 잔 마시겠다고 하나뿐인 차를 쓰냐, 싶었다. 남편의 태도로 보아 거절하기가 수월찮았다. 사과는 난감했다. 그래서 같이 나서자고, 같이 도서관에 가서 커피도 마시고 강연을 듣자고, 마음에도 없는 말을 내뱉었다. 그런데 남편은 정말 밖에서 커피를 마실 요량인지 옷을 주섬주섬 챙겨 입는 것이었다. 딱히 강의를 듣고 싶다기보다는 이렇게 집에 눌러앉아 있다가는 주말 오후를 집돌이나 하겠다 싶었는 모양이었다.

후줄근한 아웃도어 복장의 남편과 실랑이를 벌이고 새삼 옷을 골라 입히느라 총무 엄마와 한 약속시간이 빠듯해졌다. 사과는 조바심이 나면서 초조해졌다. 그러나 남편을 재촉하지는 않았다. 그래봤자, 상황이 달라지지도 않을뿐더러 싸우기만 할 것이었다. 사과는 서두르는 기색을 감추며 먼저 현관을 나섰다. 시동을 걸고 남편이 탈 자리와 총무 엄마가 탈 자리를 정돈하는데 폰이 울렸다. 화면에 집 전화번호가 떴다. 남편이었다. 남편은 대뜸 자신의 핸드폰을 못 보았느냐고 물었다. 사과는 어이가 없었다. 순간 울화가 치밀었다. 그래도 화

를 내면 안 된다는 압박이 사과를 저지해 주었다. 남편과 신경
전을 치른다면 곧 만날 총무 엄마 앞에서 미운 표정을 지을 수
밖에 없을 것이었다. 총무 엄마는 십 분이나 늦게 약속 장소로
나왔다. 이번에는 남편이 표정을 관리할 차례였다. 총무 엄마
의 사과 인사에 남편은 연기하듯 너무나도 상냥스럽게 그녀
의 남편 안부를 물었다. 아이들이 어렸을 적에 사과 부부는 그
들 부부와 식사를 한 적이 있었다. 총무 엄마와 안부를 주고받
는 남편의 목소리는 평소보다 높고 친절했다.

　사과는 주차를 남편에게 맡기고 먼저 강연장으로 향했다.
강변을 바라보는 도서관 남쪽 복도엔 시화전도 함께 열리고
있었다. 걸개마다 글쓴이의 캐리커처가 익살스런 표정을 지
어 보였다. 지역 도서관이 주관하고 사과도 소속된 주부 독서
회가 진행하는 강연회는 이미 시작되었다. 중년여성 도서관
장이 왕성하게 창작활동을 하는 중견 남성 소설가를 소개하
고 있었다. 그사이 남편은 건물 지하에 주차하고 부근 카페에
서 커피를 마시고 갈 거라며 문자를 보내왔다. 총무 엄마는 나
중에 올 남편을 위해 옆자리를 하나 잡아 두었다. 더러 벽에
기대선 청중도 있어, 사과는 빈자리에 신경이 쓰였다.

　총무 엄마는 사회자가 즉석에서 제안한 유인물 낭독 요청

에 사과를 떠밀었다. 사과가 몸을 사리자, 처음부터 자신이 하고 싶었던 듯 손을 번쩍 들었다. 총무 엄마는 무대 앞으로 나가 유인물을 감칠맛 나게 읽었다. 민망한 대목이었는데 아랑곳하지 않았고 낭랑한 목소리로 마무리까지 완벽했다. 박수가 터져 나왔다. 교회에서 성가대원으로, 교사로 봉사하고 있어선지 무대공포증 따위는 없었다. 아니 그녀는 당당하고 여유 있는 표정으로 오히려 무대를 즐기는 쪽이었다. 사과는 총무 엄마가 달리 보였다. 우연일지라도 사과의 속을 꿰뚫어 본 듯 페르귄트 조곡을 보내준 것 하며. 언젠가 책에서 읽었어, 누군가를 미워하면 아프게 되는 이야기, 수민 엄마가 맨날 아픈 이유를 달리 생각해 봐, 지난달 총무 엄마가 사과에게 넌지시 일러준 충고는 사과에게 충격적이었지만 그럴듯했다. 그녀에게 무언가 더 조언을 얻고도 싶었으나, 그녀가 교인이라는 선입견 때문인지 아직 속을 내놓고 상의한 적은 없었다. 아무려나 사과는 예상치 못한 총무 엄마의 돌발적이고 적극적인 행동이 진심으로 부러웠다.

씩씩하고 활달한 총무 엄마의 숫기를 정작으로 부러워하는 이는 소설가였다. 그는 눌변에다 수줍어하기까지 했다. 총무 엄마에게 몇 가지 묻고는 인상이 참 밝고 좋아 보인다고 더듬더듬 말하는데 빈말이 아님이 느껴졌다. 그도 자신의 상태를 잘 알고 있었다. 그러나 그 눌변으로 인해 소설가가 될 수 있었다고 고백했다. 그 말은 설득력이 있었다. 사람들로 하여금 그를 응원하게 만드는 기류가 형성되었다. 그의 말과 말 사이에 들리지 않는 말이 그의 말을 도와주고 있었다. 그가 말을 유창하게 하지는 않아도 그가 표현하고자 하는 의미는 충분히 전달되었다. 눌변이라고 다 그렇지는 않을 것이었다. 공손한 말투에서 그만의 인격이 엿보이고 어눌한 말씨도 그를 도와, 심지어 그는 겉과 속이 같은 사람일 거라는 맹신마저 생겼다. 일단 그런 믿음이 들고나니 그의 초라한 외모조차 겸손으로 보였다. 그를 둘러싼 겉모습은 보잘것없지만, 그의 진정성은 누구나 알아볼 수 있었다. 그는 사과에게 좋은 소설가로 각인되었다.

그가 어떤 사람도 다른 사람의 내면을 고백하거나 삶을 회상할 수는 없는 일이라며 일인칭 소설에 관해 설명할 때, 움베르토 에코의 『장미의 이름』과 김경욱의 『황금사과』를 예로 들었다. 황금사과라니, 사과의 눈과 귀가 번쩍 띄었다. 소설가의 입을 통해 나온 사과라는 단어는, 남편의 입에서 나온 단어와는 품격이 달라 보였다. 이후 사과는 그가 하는 말을 한참이나 놓쳤다. 황금사과라는 말에 꽂혔다고나 할까. 사과는 엉뚱하게도 자신은 황금사과가 되어야겠다고 다짐했다. 사과라는 이름으로 살아오면서 열매는커녕 작은 꽃 한 송이도 피우지 못한, 여태 그렇고 그런 김 사과로 살아왔지만, 이제부터는 황금사과로 살아갈 요량이었다. 총무 엄마처럼 용감하게, 라고 메모장에도 다짐하듯 기록해두었다. 사과가 생각해도 멋진 수확이었다. 강연이 끝나고 작가 사인과 함께 받은 '행복하세요, 오늘 바로 지금!'이라는 멘트는 사과를 위한 사과에게만 들려주는 격려의 메시지로 충분했다.

청중들이 쏟아져 나온 복도에서 총무 엄마는 지인들을 만나 두루 인사를 하느라 바빴다. 그녀는 사과에게도 지인을 소개시켜주었다. 사과의 눈에 저 멀리 아는 학부형들이 더러 보였지만 사과는 부러 가까이 다가가 인사를 나누지는 않았다. 일정이 모두 끝났는데도 남편이 나타나지 않자 눈치 빠른 총무 엄마는 버스를 타고 가겠다며, 두 사람 데이트 잘하고 주말 잘 보내라며, 살뜰한 인사말을 건넸다. 사과는 뒤늦게 차에 둔 초콜릿이 생각났다. 하지만 남편도 차도 어디에 있는지 알 수 없었다. 당장 줄 수 없는 초콜릿을 사두었다고 말하는 것도 우스운 일이었다. 덕분에 수능일 전에 그녀를 한 번 더 만날 수 있으니 좋은 일이라고 생각하기로 했다. 2층 중앙로비에서 헤어져 계단을 내려가는 그녀를 물끄러미 내려다보던 사과는 그녀가 몇 걸음 안 가 또 지인을 만나 반갑게 손을 붙들고 인사하는 것을 지켜보았다. 둘은 셋이 되고 셋은 다섯이 되더니 깔깔거리며 출입구로 몰려나갔다. 셋이 와서 혼자가 된 사과의 입가에 씁쓸한 미소가 저절로 피어났다. 강연장에 모였던 사람들이 다 돌아가도록 남편은 전화를 받지 않았다. 이제 청송이나 밀양은 물론 인근 과수원으로 사과를 사러 가는 것도 늦은 시간이었다. 남편은 도대체 어디로 간 것일까? 사과는 다시 폰을 열어보았다. 강연 시작 무렵 남편이 보낸 문자가 하나 더 있었다.

— 끝나면 전화하셩.

사과보다 네 살이나 많은 남편이 존댓말을 한다는 것은 기분이 좋다는 의미였다. 남편은 왜 기분이 좋아졌을까? 그런데 이제야 문자를 보다니. 미리 알았으면 마음 편히 강연을 들었을 텐데. 문체는 문체일 뿐, 남편과는 여전히 어긋나고 있었다. 굳이 따진다면 사과의 백전백패였다. 바둑의 포도송이 포석처럼 일을 하면 할수록 시간이 가면 갈수록 남편과의 관계가 돌돌 말려버리는 느낌이었다. 남편뿐만 아니라 자신의 인생도 그렇게 되어가는 것이 아닌가 생각이 또 생각을 낳기 시작했다. 사과는 고개를 흔들었다. 한숨을 크게 한 번 내쉬고는 남편에게 또 전화를 걸었다. 남편은 여전히 전화를 받지 않았다. 사과는 신경질적으로 몇 번이고 통화버튼을 눌러댔다. 그때서야 남편에게서 통화거절 메시지 하나가 날아들었다.

― 지금은 전화를 받을 수 없습니다. 잠시 후 연락드리겠습니다.

남편은 무엇을 하길래 전화를 받을 수 없다는 걸까? 사과는 도서관 앞마당 벤치에 앉았다. 스마트폰을 들여다보며 길을 걷는 사람들이 간간이 지나갈 뿐 거리는 한산했다. 무료해진 사과는 하늘을 올려다보았다. 하늘은 맑고 쾌청했다. 이런 날씨라면 오늘 밤 별도 많이 보일 것이다. 사과는 남편과 별을 보러갈 수 있을까, 절망 섞인 희망을 가져보았다. 간절히 바라면 이루어진다는 말도 있잖은가. 그런데 남편이 왜 그렇게 별을 보기를 원하는지 묻는다면 할 말이 없었다. 자신도 모를 일이었다. 그냥, 그냥 별을 보고 싶었다. 아니, 마음속엔 별을 보고 싶어 하는 이유가 보풀처럼 하나 둘 돋아나 있었다. 그러나 손에 집히지도 않을 그 미묘하고 여릿한 감정을 남편에게 잘 설명하고 설득할 자신이 없었다. 구차하게 설명하고 싶지도 않았다. 남편과는 적지 않은 세월을 겪어왔으므로 이해받지 못할 게 뻔했다. 그냥 묻어두고 그저 별만 보면 되는 것이었다. 사과는 오래 하늘을 올려다보았다.

아주 어렸을 적에 아버지를 따라 시골에 간 기억이 났다. 아마 할아버지나 할머니 제삿날이었을 것이다. 그 깜깜한 밤하늘에 별이 쏟아져 내리는 풍경 한 컷이 가슴 한편에 간직되어 있었다. 딸의 이름을 사과로 지어 줄만큼 여리고 순진한 감성을 가졌던 아버지, 지금은 세상에 없는 아버지의 손을 잡고 아득히 넓은 들판을 걸어가던 단발머리 여자아이의 모습이 떠올랐다. 그날 밤, 셀 수 없이 많은 별이 하늘에 가득하다 못해 땅바닥에 닿도록 흩뿌려져 있었다. 하늘 한 귀퉁이를 그으며 단숨에 사라지던 별똥별도 몇 개 본 것 같았다. 그날의 그 별들을 지금 보고 싶은 것일까. 그 많았던 별들은 지금도 하늘에서 빛나고 있을 터였다. 어딘가 그 별들을 잘 볼 수 있는 곳이 있을 것만 같았다. 이국의 사막 한 가운데서 별을 보는 것이 소원이라는 사람도 있지만 자신의 형편에 그렇게 멀리까지 가서 별을 볼 일은 없을 것 같았다. 맑은 하늘을 보고 있자니, 오늘 밤에 내린다는 유성우를 꼭 보고 싶었다. 사과는 다시 남편에게 전화를 걸었다. 남편은 여전히 전화를 받지 않았다. 남편은 도대체 무슨 일로 전화를 받지 않는 걸까? 짜증이 걱정으로 변하는 순간 남편에게서 전화가 왔다.

"여기로 올래?"

"거기가 어딘데?"

"도서관 오른쪽 골목으로 나와 첫 번째 도로 안쪽으로 오다 보면 스타부동산이라고 있어."

"부동산? 거긴 왜?"

"가게 몇 개 둘러보고 있었어."

"가게?"

"그래, 기가 막히게 좋은 자리가 하나 나와 있어. 조건도 아주 좋아. 놓치면 후회할 거야."

사과는 어처구니가 없었다. 난데없이 부동산이라니. 가게라니. 자신이 별을 생각하고 있는 동안 남편은 부동산에서 가게를 생각하고 있었던 것이다. 전화를 끊은 사과는 남편이 일러준 길을 찾아 터벅터벅 걸어갔다. 스타부동산 출입문을 열고 안으로 들어갔을 때, 사과는 아버지가 누워있던 요양원에서 나던 노인 특유의 냄새가 확 끼쳐오는 것을 느꼈다. 남편은 남편과 엇비슷한 나이로 보이는 남자 둘과 소파에 앉아 이야기를 나누는 중이었다. 사과는 손으로 코를 막지는 못하고 숨을 참았다.

"버거킹 같은 햄버거 가게야. 방금 계약했어!"

남편이 사과를 보자 반색하며 일어났다. 남편의 목소리는 그 어느 때보다 크고 밝았다.

"왜, 느닷없이?"

사과는 말을 아꼈다.

"오늘 지켜보니까 도서관 주변으로 유동 인구가 많았어. 잘할 자신 있어. 아이들과 엄마들이 좋아하는 아이템이잖아. 나름 심사숙고한 거야. 마음 변할까 봐 바로 계약했어."

들떠있는 남편과 잘했다고 등 떠미는 중개인들의 권유로, 사과는 남편과 함께 가게를 둘러보기 위해 스타부동산을 나섰다. 남편은 강연은 어땠어? 라고 묻는 여유까지 부렸다. 서로 다른 생각을 하는 부부를 배웅하는 중개업자의 얼굴은 낮술이라도 했는지 불콰하게 상기되어 있었다. 남편이 고개를 내밀면 도서관이 보이는 3층 건물의 1층을 가리켰다. 손님 하나 없이 텅 비어있는 가게는 생각보다 넓었다. 주변에 임대광고지가 붙은 빈 점포가 두 개나 보였다. 사과는 남편의 옷자락을 끌었다. 남편의 이번 고집만은 어떻게든 꺾어야 했다.

"사과나 사러 가요."

"아까 당신 강연 들을 때 요 앞 마트에서 몇 개 사 두었어. 주차하고 커피 마시고 사과도 사고 가게도 둘러보느라 혼자 무지 바빴어."

남편은 더 이상 가게 얘기는 하지 않았다. 대신 그동안 자기가 한 일을 좀 알아달라는 듯 변명처럼 행적을 둘러댔다. 사과는 무어라 할 말이 없었다. 그 일들을 하나씩 해치우려면 바쁘고도 남았을 것이다.

"그럼 저녁 먹으러 가요. 백화점 상품권 있으니까."

사과는 유성우 보러 가자, 라는 말은 꺼내지도 못하고 계약을 취소해요, 라는 말은 아껴두었다. 두 가지 일을 다 성사시키기 위해서는, 배고픔을 참지 못하는 남편에게 배불리 밥을 먹이는 것이 우선이었다. 그리고 기회를 포착해야 했다. 둘 다 아직 말할 때가 아니었다. 남편이 지하주차장에서 차를 끌고 왔다. 사과가 차에 올랐을 때 남편이 그제야 생각났다는 듯, 미안하다는 듯 말했다.

"아 참, 고마워. 초콜릿 맛있던데. 당신도 맛 좀 봐. 당신도 초콜릿 좋아하잖아."

사과는 다시 한번 어이가 없었다. 이미 포장을 뜯었을 텐데 총무 엄마 줄 거라고 말할 필요는 없었다. 남편은 사과의 선물로 사과가 초콜릿을 사둔 것이라고 생각하는 모양이었다. 참 단순한 사람이었다. 모든 것이 자기를 중심으로 돌아간다고 생각하는 것은 여전했다. 달리 생각하면 남편이 순진하기 때문이었다. 생각하기에 따라 진정성 어린 소설가 같은 면모라고 볼 수도 있었다. 좋게 생각하면 좋은 점일 터였다. 사과는 마음이 한껏 풀어진 남편을 잘 다독여 별을 보러 갈 수도 있겠다 싶었다. 계약 건도 어떻게든 파기하도록 해야 했다. 손해를 보는 것은 감수해야 할 것이다. 이런 불경기에 경험도 자본도 없이 가게라니. 역시 나를 슬프게 하는 목록 제 일 순위는 남편이었어, 사과는 속으로 읊조리며 입술을 깨물었다.

"주말인데 어디 바람이나 쐬러 갈까? 당신 가고 싶은 데 없어?"

말없이 이른 저녁을 먹고 집으로 돌아오는 길이었다. 남편은 상의도 없이 덜컥 계약을 해버린 사실이 이제야 실감이 나는 건지 겁이 나는 건지 사과의 눈치를 살폈다. 일이 되려면 애쓰지 않아도 어떻게든 되는 방향으로 흘러가는가 보았다. 남편이 난데없이 가게를 계약한 것도 그렇고, 먼저 어디 가고 싶은 곳 없냐고 물어오는 것 하며. 사과는 기회를 놓치지 않았다.

유성우 이야기에 남편은 바로 그거라는 듯, 외곽 쪽으로 운전대를 돌렸다. 목표를 정한 차는 목적지도 없이 속도를 냈다. 승용차가 도심을 벗어나 터널을 지났다. 어딘가 있을 그 어딘가를 향해 내달리며, 남편은 남은 초콜릿을 후식삼아 집어먹었다. 사과에게도 빨간 하트 모양의 초콜릿을 하나 건넸다. 앙증맞은 초콜릿은 먹기 아까울 정도로 예뻤다. 부드럽고 적당하게 달콤한 맛이 목구멍을 타고 천천히 내려갔다. 맛있는 것은 행복한 거야, 남편이 사과의 속도 모르고 흥얼거렸다. 사과는 남편 덕분에 먹고 싶었던 초콜릿을 맛보고, 그토록 원하던 별도 보러 간다는 사실이 아이러니했다. 어둠이 짙을수록 별은 더 빛나는 법이니까 최대한 어두운 곳으로 가야 해, 사과가 남편에게 주문했다. 밤은 깊어가고 주변은 한층 어두워졌다. 승용차가 세상의 가장 어두운 곳을 향하여 달려가는 동안, 남편은 가게를 어떻게 꾸려갈 것인지 계획들을 하나씩 풀어놓았다. 사과는 점점 말이 없어졌다. 남편은 가게에 대해 사업에 대해 혼자 묻고 답하고 있었다. 사과는 문득 총무 엄마가 보내준 솔베이지의 노래가 생각났다.

"죽음보다 슬픈 음악 한번 들어볼래요? 당신도 많이 들었을 거야."

사과의 말에 남편이 발끈했다.

"당신 말이 더 슬퍼. 죽음보다 슬픈 게 어디 있어? 말 돌리지 마. 나랑 사는 게 슬프다고 말하고 싶은 거지?"

사과의 손이 정지버튼을 클릭했다. 전주가 흘러나오다 뚝, 끊어졌다.

"이런 말 안 하려고 했는데."

남편이 정색했다. 사과는 안 하려고 했으면 끝까지 안 해야지. 어디 할 테면 해 보셔, 라는 심정으로 남편을 쳐다보았다.

"내가 표현은 이래도 당신을 사랑하는 거 잘 알잖아. 사는 게 어설퍼도 실수해도 사람은 진심이 중요한 거 아냐? 당신은 반듯해서 실수하지 않는지는 모르지만 진심을 모르겠어. 게다가 표현도 잘 안 하니. 나는 알고 있었어. 당신이 나에게 아무런 기대도 하지 않는다는 걸. 난 그게 세상에서 제일 슬퍼!"

사과는 말문이 막혀 아무 대꾸도 하지 못했다. 남편의 말은 맞는 것도 그렇다고 아주 틀린 것도 아니었다. 남편은 사과에게 하고 싶은 말이 많았던지 계속 속말을 쏟아냈다.

"나는 실수하는 인간이야. 허술하고. 이제 와서 다르게 살기는 힘들겠지만 이렇게 사는 나를 좀 너그럽게 봐주면 좋겠어."

남편의 말은 너무 슬퍼서 사과는 오히려 담담해졌다. 여태까지의 슬픔만으로도 평생 자신에게 할당된 슬픔은 다 채웠다고 생각했다. 살면서 기쁜 날보다 슬픈 날이 아주 많았다고 할 수는 없지만, 사는 것이 죽는 것만 못한 날들이 더러 있었다. 오늘도 거기에 포함될 모양이었다. 한동안 침묵이 흘렀다. 남편은 가장 먼저 보이는 톨게이트로 빠져나왔다. 추수가 끝난 들판이 보였다. 남편이 그곳을 향해 차를 몰았다. 사과는 눈물을 참으려고 계속 눈을 깜빡이고 있었다. 남편에게 눈물을 보이기는 싫었다. 사과는 이를 악물었다. 소설가와 황금사과와 다짐을 떠올렸다.

'강해져야 해. 약해지고 슬퍼지고 좁아지면 안 돼!'

"하늘이 넓게 보이긴 한데 주차할 곳이 없어, 좀 더 산 쪽으로 가봐야겠지? 여긴 가로등이 비쳐서 안 되겠어, 여긴 거름 냄새가 너무 지독해, 좀 더 산 쪽으로, 좀 더 어두운 곳으로 가야 잘 보이겠지? 달도 보이지 않는 게 좋겠지?, 좀 더, 좀 더 가볼게."

상대는 어떠하든지 자신은 마음을 비우고 난 것처럼 홀가분해 보이는 남편이 혼잣말처럼 중얼거리며 별을 더 잘 볼 수 있는 곳을 찾았다. 마침내 남편이 차를 세운 곳은 깊고 깊은 산 검은 골짜기였다. 계곡을 따라 으슥한 곳에 폐가가 보였다. 야외 테이블이 놓여있는 것으로 보아 가든이나 펜션 자리였던 것 같았다. 남편이 조금 더 차를 움직여 보았다. 폐가 뒤로 족구장과 주차장으로 사용한 듯한 넓은 공간이 나왔다. 바람이 센 곳인지 가장자리의 나무들이 쓰러져 있었다. 덕분에 하늘이 뻥 뚫려보였다. 남편이 막다른 그곳에다 차를 세우며 물었다.

"어때?"

"여태 본 곳 중에는 제일 낫네요, 뭐."

사과가 서운한 기색을 삼키며 아무 일도 없었다는 듯 덤덤하게 내뱉었다.

"거봐, 그런 식이지. 힘들게 운전해서 왔는데, 수고했다는 말 한마디 안 하고. 난 피곤해서 좀 잘 테니 별인지 똥인지 다 보고 나면 얘기해. 정말 별을 보고 싶다면 천문대를 갔어야지. 요즘 하늘에 별이 어디 보인다구."

남편의 볼멘소리를 뒤로 하고 사과는 그만 문을 열고 밖으로 나왔다. 남편은 그 많은 할말을 지니고 있었으면서 그동안 어떻게 참고 지냈을까. 가차 없는 바람이 사과에게 몰아쳤다. 바람은 사과의 머리칼과 얼굴을 사정없이 할퀴고 지나갔다.

어떤 바람은 사과의 뺨을 소리 나게 때렸다. 사과는 좀처럼 눈을 뜰 수 없었다. 골짜기에서 불어오는 바람은 마치 먹이를 본 굶주린 짐승처럼 사과를 향해 끝도 없이 달려들었다. 남편은 끝내 차에서 내리지 않았다.

사과는 가까스로 눈을 뜨고 천천히 하늘을 올려다보았다. 밤하늘은 생각보다 어둡지 않았다. 생각만큼 별이 많이 보이지도 않았다. 유성우는 더더욱 볼 수 없었다. 바람은 뭐라고 수군거리며 멀어져갔다. 사과는 귀밑을 스쳐 지나가는 바람이 하는 말 중 하나를 알아들을 수 있었다. 그 말은 사과의 가슴을 예리하고도 날카롭게 파고들었다.

바람이 일러준 말을 남편에게 전하기 위해 사과가 승용차 문을 열었을 때, 남편은 운전석에 길게 드러누운 채 코를 골며 자고 있었다. 사과는 곤히 잠든 남편의 낯선 얼굴을 멍하니 쳐다보았다. 남편은 쉽사리 깨어날 것 같지 않았다. 솔베이지의 노래로 가득 찬 사과의 목구멍에서 가만가만 멜로디가 흘러나왔다. 허밍으로 이어진 음률은 끝도 없이 그 자리를 맴돌았다. 차창에 하나둘 새벽이슬이 맺히기 시작했다.

해설 ─────

저녁 이후에 오는 시간

저녁 이후에 오는 시간

임정균(문학평론가)

1

김영의 첫 소설집 『나미가 오지 않는 저녁』에는 불안과 고독을 느끼는 여러 인물이 등장한다. 청소년과 청년은 불투명한 미래에서 막막함을 느끼고, 중년은 현실의 실패를 봉합하려 분투하는가 하면, 노인은 임박한 죽음 앞에 지나간 시간을 곱씹으며 고독을 경험한다. 인생의 어느 시기에 마주한 현실의 벽 앞에 어찌할 수 없는 소외감을 느끼는 다양한 연령대의 인물들에게서 어떤 체념의 정서를 엿볼 수도 있을 것이다. 소설 인물에게 체념이란 빤히 예견된 실패를 향해 부나방처럼 뛰어드는 일과 같다. 때론 실패를 향한 그 시도가 인간을 인간답게, 실패를 단순한 실패가 아니게 만드는 법. 현실이란 그러한 시도의 연속이고, 이 소설은 그 실패의 기록이 아닐까.

아닌 게 아니라 이 소설들 속 인물들은 "누구나 자신의 현실을 바꿔 보고 싶어 하"(「오픈 게임」, 56쪽)지만, 현실은 쉬 바뀌지 않는다. 그런 까닭에 이들은 온라인 커뮤니티나 게임에 빠지거나 아내를 대신할 AI 로봇을 구매하고 최면 공부를 하는 등 비현실적인 것에 몰두한다. 치매에 걸려 과거의 어느 시기에 머물기도 하고, 급기야는 꿈과 현실을 혼동하는 인물도 등장한다. 이렇게 볼 때 이 인물들에게 비현실은 현실의 도피처나 헛된 희망에 불과해 보이기도 한다. 가령 「은빛 우산」에서 어린 남매가 아빠의 것으로 짐작되는 은빛 우산을 소중히 여기는 것처럼 말이다. 남매에게 우산은 비를 막아줄 단순한 도구가 아니라 궂은 날씨 같은 현실의 풍파로부터 자신들을 지켜 줄 든든한 부모 혹은 가족 이상일 것이다. 하지만 소설의 풍경은 그야말로 폭우가 쏟아지면서 반짝이는 우산의 빛깔은 부모가 부재하는 남매의 어두운 현실을 더욱 극적으로 보여 줄 따름이다.

　삶이 꿈이라거나 게임이라면 인간은 불안을 느끼지 않을지도 모른다. 소설은 허구의 이야기라는 점에서 꿈과 게임을 닮았고, 대체로 현실보다 끔찍하거나 비루한 일상을 재현하기 마련이다. 소설이 현실보다 더 지독한 세계를 상상하고, 독자가 그것을 읽는 까닭은 소설 속 인물의 고난을 통해 어떤 지혜를 배우기 위함일 것이다. 그럴 때 허구와 비현실은 고통스러운 현실을 이겨내기 위한 백신과 같다. 하지만 소설의 비루한 리얼리티는 독자에게는 허구일지 몰라도 소설 속 인물에게는 끔찍한 현실이다. 현실을 살아가는 인간에게 삶은 매 순간이 위기다. 삶은 선택의 연속이고, 한 치 앞도 알 수 없는 단 한 번의 생에서 그 선택들은 늘 결정적인 순간이기 마련이다. 하지만 모든 경우의 수에 대비하기엔 시간은 너무나 덧없이 흘러간다. 인간은 자신과 무관하게 흘러가는 시간에 휩쓸려 선택을 강요받는가 하면, 나이를 먹고 늙어가며 죽음에 한발 다가서는 것을 속절없이 바라보기도 한다. 시간을 쫓거나 시간에 쫓기며 흐르는 시간으로부터 소외되어 있다는 현실 인식, 바로 여기에 모든 불안과 고독이 똬리를 튼다. 이 소설들은 바로 그 시간에 관한 이야기이다.

2

자연에 비하자면 찰나에 불과한 것이 인생이라지만, 스스로 자기 삶을 전체적으로 조망하기란 힘든 것이 사실이다. 우리가 종종 인생을 하루에 빗대곤 하는 것은 지난한 세월을 쉽게 파악할 수 있는 시간 단위로 바꿔 인생의 전체성을 헤아려 보기 위함이리라. 어쩌면 이 소설집이 다양한 연령대의 인물 들이 마주한 현실을 이야기로 엮어낸 것도 그런 이유일 것이 다. 그 자연스러운 시간의 흐름을 따라 이 소설들을 읽어 봐도 좋지 않을까.

앞서 본 「은빛 우산」이 어린 소년과 소녀의 이야기라면, 「노아의 방주」는 이제 막 고등학생이 된 청소년의 이야기이다. 노아는 온라인 게임에 몰두한다. 엄마는 재가 간병 일을 하며 수시로 집을 비우고, 아빠는 가끔 돈이 든 봉투를 보내오긴 하지만 소식이 뜸하다. 노아가 오랫동안 혼자서 라면으로 끼니를 때우는 가난하고 외로운 생활을 이어왔음은 쉽게 짐작할 수 있다. 먹고 싶은 피자를 사 먹거나 피시방에 가기 위해 주인집 할머니에게 주어야 할 월세에 손을 대야 하는 것이 노아에게는 "100퍼센트 리얼"(16쪽)의 세계다. 그런 노아에게 희망이자 미래를 엿보게 해준 것이 바로 게임이다. 게임 속에서만큼은 남부럽지 않은 성공과 승리가 손에 잡히기 때문에 노아는 "기분이 엉망일수록 게임 생각이 간절해"(30쪽)진다.

하지만 게임이 단순히 현실의 도피처인 것만은 아니다. 노아가 프로게이머와 E 스포츠 중계자가 되겠다거나 "행복한 놀이터"(22쪽)와 같은 피시방을 차리겠다는 등 비교적 긍정적인 미래를 꿈꿔볼 수 있는 것도 게임 덕분이다. 아직 가진 것이 없는 청소년에게 미래를 설계해 볼 수 있다는 것만큼 중요한 삶의 동력은 없을 것이다. 노아는 자신의 아이를 가졌을지도 모를 한 소녀에게 미래 계획을 말해주며 피시방을 차리게 되면 라면 코너를 맡기겠다고 약속하기도 한다. 하지만 "야, 우리 그냥 결혼이나 할래?"(37쪽)라고 쉽게 말하는 노아의 모습에서 이 소년의 미래가 허황된 것임을 또한 어렵지 않게 알 수 있다. 결국 노아는 자신의 집이 아닌 곳을 방주처럼 여기며 현실을 도피할 궁리만을 하기 때문이다.

아직 미래가 창창한 미성년에게 비현실은 비루한 현실을 이겨내고 희망적인 미래를 꿈꿀 여지가 되기도 하지만, 조금만 더 나이가 들면 현실이 그리 녹록지 않다는 것을 삶은 잔인하게 가르쳐준다. 「홍콩 블루스」와 「아르바이트」의 여성 화자인 '나'는 뜻대로 되지 않는 것이 현실임을 이미 경험으로 깨우친 청년 세대다. 두 소설의 화자에게 점차 악화되는 현실을 뒤집을 방법은 카지노에서 일확천금을 노리거나, 뜻하지 않은 횡재가 찾아오는 것 말고는 없어 보인다.

「아르바이트」의 화자인 '나'는 간호대 졸업을 앞두고 생계를 위해 아르바이트를 병행해 왔다. 이야기는 선배의 소개로 강노인의 간병을 하던 중 거부하기 힘든 제안을 받게 되면서 본격적으로 시작된다. 선배의 작은할아버지인 강노인은 외무 고시를 패스한 외교관 출신으로 한때 부와 명예를 누렸으나, 지금은 중풍으로 몸도 가누지 못한 채 죽음만 기다리는 신세다. 일이 수월할 거라던 선배의 말과 달리 강노인은 꽤나 성가신 환자다. 부인이 '나'에게 노인을 맡긴 뒤 도망치듯 떠나 버리자, 목욕에서부터 에로 비디오를 틀어달라는 것까지 강노인의 노골적인 부탁이 이어진다. 처음에는 안쓰러운 마음에 들어주었으나 함께 에로 비디오를 보며 치킨을 시켜 먹자는 요구에 짜증이 솟구친다. 그러나 "이젠 그만 이 삶을 벗어나고 싶어. 학생, 내 심정 이해할 수 있겠어, 요?"(143쪽)라는 하대와 존대가 뒤섞인 음흉한 목소리에 이어 서재에 숨겨둔 골드바를 대가로 주겠다는 제안에 귀가 솔깃해지지 않을 수가 없다. 가져 본 적도, 기대해 본 적도 없는 큰 대가에 의심부터 들지만, 곧 그 돈으로 할 수 있는 일들을 떠올리자 마음이 기운다. 마침내 '나'는 "건강도 소망도 없는 강 노인은 지금 자신에게 별 소용없는 돈을, 돈이 절실히 필요한 나에게 주려는 것"(147쪽)이라 생각하며 노인이 던진 미끼를 붙잡는다.

먹기 좋게 발라놓은 닭을 쉴 새 없이 받아먹으며 한동안 비디오 화면만 응시하던 강 노인이 이번에는 내 장래에 관해 물었다. 나는 달리 할 말이 없었다. 그동안 누가 내 가족에 관해 묻거나 내 미래에 관해서 물어온 적이 없었다. 그러면서 내가 다른 사람에게 내 미래에 대해 말해본 적도, 구체적으로 생각해 본 적도 없다는 사실을 깨달았다. 여태껏 미래에 대한 희망도, 그렇다고 절망도 품지 않은 채 그냥 그렇고 그런 날들을 살아왔다.(145쪽)

골드바는 '나'가 그동안 누구도 물어온 적 없고, 스스로도 생각해본 적 없는 미래를 잠시나마 꿈꾸게 해준다. 희망도 절망도 없이 살아온 '나'에게 그날 밤은 어느 밤보다 달콤했을 것이다. 이제 '나'는 강노인이 더한 요구를 해오더라도 참아낼 수 있을 것만 같지만, 그날 밤 통닭을 먹은 까닭인지 노인이 복통을 호소하며 응급실로 실려 가게 되면서 '나'의 꿈은 여지없이 깨어진다. 그러나 한번 맛본 달콤한 미래를 '나'가 포기하기란 쉽지 않아 보인다. 처음부터 내 것이 아니었던 꿈은 결국 현실의 '나'를 타락시키고 마는 것일까.

3

성공의 경험이 드문 젊은 세대에게 손쉽게 주어지는 달콤한 미래는 더욱 유혹적일 것이다. 그렇다면 어느 정도의 실패와 성공을 맛본 중년의 삶에서 현실의 고통과 불안은 어떤 모습을 보일까. 결혼은 현실이란 말이 있듯 이 소설집에서 그려지는 부부의 삶 또한 순탄치 않다. 「이논」과 「오픈 게임」, 「사과」에 등장하는 부부의 관계는 각기 다른 이유로 어려움에 처해 있지만, 비현실의 힘을 빌려 가까스로 유지되고 있다. 「사과」의 부부가 함께 유성우를 보러 가게 되는 장면은 두 사람의 관계가 당장 파탄에 이르는 것을 잠시 유예해준다. 「이논」에서는 '뷰티 와이프'라 불리는 인공지능 로봇 이논이 그러한 역할을 하고 있다. 기러기 아빠인 '당신'은 경제적으로는 남부러울 것 없이 성공했지만, 부부 관계는 아내가 교육을 핑계로 두 딸을 데리고 캐나다로 떠나기 전부터 망가진 상태다. 이 소설이 '당신'이 아닌 인공지능 로봇을 2인칭 화자로 설정한 것은 다음과 같은 이유일 것이다.

나는 당신의 아내 이미지에서 당신이 좋아하는 호주 여배우의 모습으로 업그레이드되었다. 당신이 내 이마에다 키스했다. 당신은 내가 당신의 아내를 닮기 원했고, 한편으론 다르기를 원했다. 당신은 까다롭고 신경질적인 주문자였지만 나를 반품하거나 교환할 이유를 찾지 못했다.(155쪽)

'당신'이 거금을 들여 뷰티 와이프를 구매한 것은 아내를 닮았으나, 자신이 원하는 모습으로 '업그레이드'할 수 있는 까닭이다. 이 소설에서 목소리를 부여받은 뷰티 와이프는 소설집 전체를 관통하는 비현실의 상징물인 동시에 현실의 아내가 채워주지 못하는 욕망의 대체물로 소비된 후 끝내 불어난 강물 속에 버려지고 만다. 흥미로운 점은 그가 자신이 주문한 이논의 외형에서 아내의 이미지를 떠올리면서도 "쏘리, 넌 미주가 아니지"(155쪽)라며 이논이 복제품에 불과하다는 사실을 인지하고 있다는 것이다. 망가진 부부 관계를 끝내지도 회복하지도 못하는 '당신'이 결혼이라는 현실을 유지하기 위해 또 다른 이논을 주문하게 되리라고 짐작하기란 어렵지 않다.

「오픈 게임」의 화자인 '나'는 결혼한 지 5년이 지났지만, 아이가 생기지 않아 소원해진 부부 관계를 이어가는 중이다. 그런 상황에서 남편이 공기업을 그만두고 독서실에 틀어박혀

시험을 준비하자, '나'는 남편이 못마땅하면서도 뜻밖에 주어진 자유를 보상처럼 여긴다. 온라인 커뮤니티에서 자신의 신분을 포장하며 늑대 같은 남자들을 놀려먹던 '나'는 오프라인 모임에 참석하기에 이른다. 모임 장소에 가기 위해 버스에 오른 '나'는 마치 미래를 꿰뚫어 보는 듯한 옆좌석의 노파에게 그동안 누구에게도 말해본 적 없는 사생활을 털어놓게 된다. 그러는 동안 눈앞의 노파가 '나'의 다른 모습일지도 모른다는 암시와 함께 소설 속 현실과 비현실은 분간하기 어려운 지경에 이른다.

인생의 황혼기인 노년은 지천명(知天命)과 이순(耳順), 종심(從心)이라는 말처럼 삶의 지혜가 성숙과 완성에 이르는 시기로 이해되곤 하지만, 이 소설집에서 노인의 삶은 비현실이 현실을 압도하여 어지럽게 뒤섞인 모습으로 그려진다. 특히 「해피 버스데이」에 등장하는 노인은 치매로 인해 비현실이 현실을 압도하여 둘을 분간하기 어려운 지경에 놓여 있다. 「해피 버스데이」는 치매가 온 시어머니와 그녀를 모시고 사는 며느리의 시점을 오가며 끔찍한 과거 사건을 회상하는 이야기가 표면에 놓여있지만, 그 밑바탕에는 치매라는 증상과 시간에 대한 사유가 깔려 있다. 현실의 자신을 망각한 채 과거의 시간대에 머무는 것이 치매의 증상이라면, 언젠가 시어머니가 했던 "거울 속의 첫 번째 거울에 비친 얼굴이 진짜 제 얼굴"(214쪽)이라는 말과 "거울 속에 비친 거울을 든 무수한 그녀들은 거울을 든 그녀와 닮았지만, 아류의 아류, 그 아류의 아류다"(214쪽)라는 며느리의 현실 인식은 비현실에 압도되어 길을 잃을 때 자신을 찾는 나침반이 될 수도 있을 것이다. 하지만 때로 삶은 치매와 같은 증상 없이도 길을 잃곤 한다.

4

독거노인의 고독사가 하루가 멀다하고 보도되는 것이 세계의 현실일 때 노년은 성숙과 완성의 시기가 아닌 것이 분명하다. 표제작 「나미가 오지 않는 저녁」의 '당신'은 아내가 세상을 떠난 후 꿈과 현실이 분간되지 않는 삶을 살고 있다. 백내장 수술을 받은 후 아들 내외의 연락은 더욱 뜸해졌고, 대신 아들이 고용한 가사도우미가 이따금 집안일을 돌봐준다. 몸이 편치 않으니 자그마한 관심도 귀찮은 일로 여겨져 '당신'은 생전의 아내가 먹이를 주던 고양이 일가를 내쫓고, 사람의 온기를 느끼게 해준 후원단체 사람들을 돌려세운다. 그런 뒤 찾아

오는 고독감에 '당신'은 버려졌다는 생각에 자책한다. "오늘이 어제 같고 어제가 오늘 같은 날"(74쪽)이 이어짐에도 '당신'이 날짜 감각을 잃지 않을 수 있는 것은 가사도우미의 딸, 나미가 하루 세 번 안약을 넣어주러 매일 들르기 때문이다. 그 꿈만 같은 사실로 인해 '당신'은 시간의 흐름을 알고, 동시에 꿈 같은 내일을 기대한다.

하지만 이 소설은 어느 날 나미가 이제 오지 않는다고 말하며 시작된다. 나미가 오지 않을 것이라는 사실을 안 직후 '당신'이 경험하는 하루는 별안간 빛을 잃고 만다. 이제 '당신'은 "모든 것을 내려놓고 전장 같은 이 세계를 단번에 탈출한 아내가 진심으로 부러"(91쪽)워진다. 나미가 두고 간 부채를 발견한 '당신'은 부채를 찾으러 돌아올 소녀를 기대하며 그 꿈이 신기루처럼 사라지지 않도록 부채를 이불 아래 숨겨둔다. 이윽고 부채를 가지러 온 나미가 부채와 함께 나비처럼 사라지면서 그날은 여느 날보다 더욱 고독한 하루가 되고 만다. 이처럼 이 소설집에서 그려진 현실은 신기루와 같은 비현실로 인해 더 비참해지곤 한다. 하지만 우리는 다음과 같이 말하는 이 소설의 노인에게서 한 가지 지혜를 배울 수도 있을 것이다.

어쩌면 꿈이 현실이고 현실이 꿈일는지 몰랐다. 꿈과 현실이 되풀이되는 나날 속에서 현실은 당신이 꾸는 꿈이고, 꿈은 당신의 현실일는지 알 수 없는 일이었다. 꿈이든 현실이든 지금 꿈을 꾸고 있다고 생각하면 사는 일이 조금 수월해졌다. 현실은 꿈이므로 고민하거나 절망할 필요가 없기 때문이다. 어떠한 악몽이라도 꿈만 깨면 되니까. 그러나 그렇게 마음을 먹는다는 것은 쉬운 일이 아니었다. 간신히 마음먹었다 해도 오래가지 않았다. 그 상태를 유지하려면 계속 그런 마음을 먹어야 했다. 마음은 밥처럼 자꾸, 또 새롭게 먹어주어야 했다. 아니, 밥보다 더 자주 매 순간 먹어주어야 했다. 이 땅에 살아있는 한 하늘나라로 옮겨가지 않는 한, 되풀이될 것이었다.(89쪽)

현실이 꿈이라면 절망할 필요가 없다. 그렇다면 꿈과 현실을 구분하는 것은 불가능한 것이 아니라 불필요한 일일지 모른다. 매 순간 현실이 꿈이라는 마음을 먹는 것이 어렵고, 그래서 계속 그런 마음을 먹어야만 한다는 것. 그러므로 고통스러운 현실을 버티기 위해 비현실에 의지하려는 것 역시도 현재의 어떤 노력 없이는 안 된다는 것. 그것이 이 땅에서 살아가는 한 끝없이 되풀이될 것이라는 데에서 우리는 그러한 노력 자체가 하나의 현실임을 배울 수 있지 않을까. 그리고 그것이 나미가 오지 않을 것임을 알게 된 어느 하루의 깨달음이라면 더 미덥지 않은가.

시간은 누구도 멈출 수도 없고 되돌릴 수도 없으므로 인간은 언제나 현재에 산다. 현재는 단순히 과거와 미래 사이의 시간이 아니라 '지금-여기'라는 현실이다. 현재는 누적된 과거의 총체이자, 도래할 미래를 가능하게 할 가장 확실한 근거다. 이러한 근거 없이 꿈꾸는 미래는 허황될 뿐이다. 현실이란 과거와 미래라는 사실과 사실이 아닌 것이 만나는 현재의 순간이다. 이 소설집 속 여러 인물들이 말해주듯 미래에 대한 긍정적 전망 없이는 현재의 삶은 무의미하며, 미래는 무수한 현재의 순간들이 단단하게 누적되었을 때 현실이 된다. 그러므로 과거를 되짚어 무언가를 배우고, 그로부터 미래를 기획하고 행하는 현재의 삶만이 현실을 바꿀 수 있다. 그것이 쉬운 일은 아니다. 그 쉽지 않은 일을 매일 밥을 먹듯 해야만 한다는 것이 바로 현실의 본질인 셈이다.

인생이 하루와 같다면, 어떤 기대와 불안을 동시에 안고 다가오는 새벽녘의 여명으로부터 정오를 지나 어스름히 저녁이

다가올 때 인간은 자기 삶을 전체적으로 조망해볼 수도 있을 것이다. 그러나 인생은 하루와 같지 않다. 인생은 그 하루가 날마다 켜켜이 쌓인 무엇이다. 누구도 다음에 올 시간을 미리 살아볼 수는 없다. 단지 꿈꾸고 기대해볼 수 있을 따름이다. 그 기대가 현실이 되는 것은 저녁 이후의 시간을 기대하며 잠 드는 일이 가능할 때일 것이다. 그러므로 인생이 하루와 같다 면, 저녁은 하루의 끝이 아니라 새로운 날의 시작이기도 하다 는 말, 저녁 이후의 시간은 반드시 온다는 말, 그리고 그 시간 을 만드는 것은 바로 지금이라는 것을 이르는 말일 것이다.

작 가 의   말

　구월 중순, 비와 구름으로 가리워진 마테호른은 끝내 제 모습을 보여주지 않았다. 해 질 녘, 레만 호수에서 비와 구름은 반원의 크고 아름다운 쌍무지개를 보여주었다. 비와 구름은 분명히 존재하는 실체를 숨기기도 하고 존재하지 않는 신기루 같은 현상을 그 무엇보다 선명하게 보여주기도 했다.

　나에게 시와 소설은 삶의 고단한 모습들을 감추어주기도 하고 때로 생각지도 못한 장면을 펼쳐 보이며 희열을 느끼게도 해주었다. 속수무책인 생, 막막하고 어찌할 수 없는 현실에서 비켜나 오롯이 혼자만의 세계에서 온전히 자유로울 수 있는 그 시간이 좋았다.

　글을 쓰면서 무엇을 의도하거나 염두에 두고 쓰지는 않았다. 아니, 그런 의식조차 없이 그저 쓰는 일이 좋아서 글쓰기에 몰두할 수 있었던 것 같다. 꾸준히 작품을 쓸 수 있었던 건 긴 습작의 나날 덕분일 것이다.

어떻게 처음 소설을 쓰게 되었느냐는 질문에 토니 모리슨은 이렇게 답했다고 한다. "내가 정말 읽고 싶은 소설을 쓰고 싶었어요." 언제쯤 쓰고 싶은 소설이 아닌 읽고 싶은 소설을 쓸 수 있을까.

첫 책의 여정에 함께해주신 도서출판 비엠케이 안광욱 대표님, 한결같은 마음으로 편집을 맡아주신 김도형 선생님, 흔쾌히 해설을 써주신 임정균 평론가님, 축하와 함께 추천사를 써주신 정이현 소설가님께 깊은 감사를 드린다.

지켜보시고 이끌어주시는 여러 선생님께 존경과 감사의 마음을 드린다. 같은 길 걷는 속 깊고 다정한 문우들, 살아오는 동안 나를 알고 알게 될 모든 분, 사랑하는 가족들, 그리고 은혜로우신 그분께 사랑과 감사를 올려드린다.

2023년 가을
김 영

나미가 오지 않는 저녁

1판 1쇄 인쇄 2023년 10월 30일
1판 1쇄 발행 2023년 11월 20일

지은이 김 영
펴낸곳 도서출판 비엠케이

편집 김도형
디자인 아르떼203
제작 (주)재원프린팅

출판등록 2006년 5월 29일(제313-2006-000117호)
주소 121-841 서울시 마포구 성미산로10길 12 화이트빌 101
전화 (02) 323-4894 **팩스** (070) 4157-4893
이메일 arteahn@naver.com

값은 뒤표지에 있습니다.
ISBN 979-11-89703-67-7 03810

이 도서는 한국출판문화산업진흥원의 '2023년 우수출판콘텐츠 제작 지원' 사업 선정작입니다.